JN035843

講談社文庫

氷の轍

桜木紫乃

講談社

目次

氷の轍

他ト我　　北原白秋

二人デ居タレドマダ淋シ、
一人ニナツタラナホ淋シ、
シンジツ二人ハ遣瀬《ヤルセ》ナシ、
シンジツ一人ハ堪ヘガタシ。

1

水平線に鮮やかな朱色の帯が走っていた。

七月の街を覆う海霧《じり》のせいで、今日も一日太陽を拝んでいない。沖に横たわる陽の名残《なごり》はひどく遠かった。

大門真由《だいもんまゆ》は河口にかかる橋を渡り、リハビリ専門病院へ続く坂へと向かっていた。ここ数ヵ月、道警釧路《くしろ》方面本部の建物を出るあたりから毎日、職場にいるときとは別の疲れを感じるようになった。アクセルを踏むつま先も遅れ気味だ。

父大門史郎《しろう》が釧路署を退職して五年、脳梗塞で倒れてから一年が経った。それまで毎日竹刀《しない》の素振《すぶ》りを欠かさなかった元刑事の体は、その人生における何の罰だったのか、六十四で左半分が天に召された。リハビリは一進一退を繰り返している。失われた左半身の五感をすべて取り戻すのは難しそうだ。

真由が出勤時に母親の希代《きよ》を送り、退勤時あるいは捜査の休み時間に家に送るという生活が続いている。実際、そのくらいしか自分にできることがないのだ。湿度の高い釧路の街にひと刷毛《はけ》、夜の風が吹いた。運転席の窓から潮のにおいが滑り込んできた。

四人部屋の窓側に、史郎のベッドがあった。真由が病室に入ってゆくと、母の希代が持っていた文庫本を閉じた。

「おかえりなさい」

どこにいても、同じ言葉で娘を迎える。身長百八十センチという大男の妻は、本人は測ったことがないと言うけれど、おそらく百五十センチ前後だろう。病院の廊下を並んで歩く際に、自分の肩先に薄くなったつむじが見えたりすると、ひどくものさびしい。施設の職員も、小柄な希代が史郎のリハビリの介添えをする姿には「思わず手を貸したくなる」と言う。たまには母に休みをと思い交代したこともあるのだが、娘だと自由にならないことが多いのか史郎の機嫌が悪かった。

「ただいま。今日の調子はどうだった」

病院ではなるべく語尾を上げるように気をつけている。グレーのトレーナー姿の父は、リハビリの疲れなのか、寝ているようだ。

「まぁまぁってところ。癇癪《かんしゃく》を起こさずにやってたから、機嫌が良かったんでしょう」

「そう、よかった」

真由はベッドの下にある洗濯物用の紙袋を引きずり出した。畳んだり詰め込んだりを繰り返しているせいで皺《しわ》だらけだ。朝は洗ったタオルやジャージと下着が、夕方には洗濯物が入っている。

「お母さん、この袋そろそろ更新しないと」

「そう思いながら、もう一週間くらい経ってるねぇ」

言いながら笑う母の髪は、ここ一年で半分ほど白くなった。手入れが面倒だからと短く切っているせいか、余計に白髪が目立つ。気づけば真由も同じ理由でショートにしている。父と母はひとりっ子同士の結婚だった。それぞれの両親四人の介護は、短くて半年、長くて五年。老親たちの看取《みと》りはほとんどこの母が背負った。四人すべて見送って、さて自分の時間をと思ったところへ史郎が倒れたのだから、希代の人生は子育てと介護の連続ということになる。

いつ逃れられるのか出口も見えない生活について、母がどう思っているのかを聞いたことがなかった。お互いに、最後のひと言はおろか自分の考えというのを表に出さないところが似ている。顔立ちや大柄な体型は父そっくりだが、真由の性格は母親寄りだ。しかし、希代と真由のあいだに血の繋《つな》がりはなかった。

真由は高校に上がる際に、自分がふたりの養女であることを知った。母の口から聞かされたのだが、彼女の口調には一切の湿っぽさがなかった。

今年三十になる娘は表向きふたりの「養女」だが、父親は実父で血の繋がりのない母親だけが他人だった。結婚生活はもう三十二年になるから、真由は結婚二年で外の女に産ませた子ということだ。そんな事実を、当時希代は毅然《きぜん》とした態度で言い切った。

——あなたは、誰が産んでもうちの娘です。そういうことを今後なにかで知ったり耳に入れたりして、妙な誤解が生まれるのは避けたいの。

己の中にあるあたりまえの未来を選択したつもりで、警官を目指していることを告げた日だった。ならばなぜ、自分は母に似ているのだろうという思いがふっと心を過《よ》ぎったが、感情は竹刀の先ほどもぶれなかった気がする。それまで色ごとには一切の関心がないと思っていた堅物《かたぶつ》の父が、三十半ばで家庭の外に女と子供を作ったことのほうが驚きで、その子が自分だという事実がどこかに置き去りになっていた。

事実は事実として在《あ》るものの、その後も大門家には波風のない生活が続いた。真由に告げるまでのあいだにあった父と母の葛藤が、娘の心に波風を立たせなかったのかもしれない。母に似た性分、と思うとき、血の繋がりなどなんの意味があるだろうと考える。気にしないよう気にしている——、そんな言葉をなにかの本で読んだときに「なるほど」と思った。気にしないためには、気にし続けることも必要なのだ。母がそうであったように。

窓の外はもうたっぷりと夜に包まれていた。街灯がやけに大きく見えるのは海霧《じり》のせいだろう。

「今日はお母さんを家に送ってから、また出なきゃならないの」

「大きな事件なのかい」

「たぶん」

説明不要なのは、母が元警官だからだ。じゃあさっさと帰ろう、と希代が椅子から立ち上がった。ビニールバッグに文庫本を放り込む。父に食べさせる煮付けやおひたしが入っていたタッパーウエアが見えた。

「今日は食欲もあったし、いい日だった」

そう言うと、希代は史郎の肩を軽くさすり「お父さん、帰りますよ」と声を掛けた。目覚めた父の、右目が先に開く。遅れてゆっくりと左瞼《まぶた》が動き始める。倒れてからしばらくは死体のようだった左半身も、部分的に右の動きについてくるようになった。

「真由が来たから、帰りますよ。おトイレ、行かなくてもいいですか」

史郎が坊主頭をわずかに上下させ、ろれつの回らぬ口調で言った。

「じけん、か」

「うん、海から一体上がった」

答えてしまってから、父が眠ってなどいなかったことに気づいた。史郎は右手を持ち上げ手の甲を見せて振り、早く帰れと合図する。真由も父の気遣いに手を振り、紙袋を提《さ》げて病室を出た。言語に障害が残ってしまった今、複雑な言葉を聞き取れるのは母ひとりだった。会話らしい会話など誰とも交わさぬ父だったから、これは長いこと変わらぬことなのだ。史郎本人だけがもどかしく悔しい日々を送っているほか、大門家の疎通には大きな変化がなかった。

霧で濡《ぬ》れたフロントガラスをワイパーで拭《ぬぐ》いながら、家に向かった。街は今夜も霧に包まれていた。

「長くなりそうなの」と信号待ちで希代が訊《たず》ねてきた。

「もしかしたらしばらく泊まりかもしれないから、荷物取りに抜けてきた。送ってご飯食べたらすぐ署に戻る。ごめんね」

「わたしの送り迎えは気にしなくていいから」

霧に濡れたアスファルトに光を吸い取られ、視界が悪い。大門史郎が建て売り住宅を購入した当初まだ街はずれだった地域は、今は商業施設がひしめく住宅街になっている。歓楽街より多くの光を放ちながら、どの建物も駐車場の敷地のほうを広く取ってある。元は湿原で、葦原《あしはら》だった土地に暮らし始めたのは史郎が釧路署を退職したときのことだ。

大門史郎は刑事課の本柱と呼ばれた三十代半ばに、交通課に配置換えとなった。女がらみで辞職などという汚名を本人が許さなかったのか、それともほかに理由があったのか。史郎が職場を去らなかった理由についての話題は、家族三人のあいだでも元の職場でも、巧妙に避け続けられていた。

帰宅してすぐに、希代は冷蔵庫から煮物の入った鍋を取り出し火に掛けた。

「さっと温めるから、これと漬け物と、ご飯はチンして食べて行きなさい」

「わかった、ありがとう」

言いながら、洗濯機に史郎の汚れ物を放り込みスイッチを押した。二階に上がり黒いボストンバッグに机の上の携帯充電器やノートパソコンを入れる。バッグには四、五日帰宅しなくてもいいくらいの着替えや小物を詰めてあった。

暦《こよみ》の上でもテレビニュースでも夏のはずだが、道東の七月は二十度に届かぬ日も多い。季節によって詰め替えてはいるのだが、なぜか防寒用の肌着やフリースはこの時期でも入れたままになっている。

忘れものはないだろうか。机とベッドと本棚、造り付けのクローゼットをひとつひとつ見て、取りこぼしがないことを確認してからドアを閉めた。

真由は階段を下りる際にふと、釣り人が発見した遺体の服装を思いだした。運ばれてゆくところに間に合ってほんの数秒目にしただけだったが、はっきりと覚えているのは相当な年配と思われる被害者の、遺体の損傷具合とはかけ離れた身なりの良さだった。

白っぽい麻の半袖シャツ、紺色の綿パンツ――。

後頭部の頭蓋骨が大きく陥没していた。皮膚が顔や手足から剝《は》がれたり、あるいは削れたりというのは、死亡後に岩や消波ブロックに衝突したことによるものだろうか。

高齢男性の、打ち上げられた遺体に持った違和感はなんだったろうと考えていたが、今やっとそれが被害者が着ていた麻の半袖シャツだったことに気づいた。七月の釧路で風通しのいいシャツ一枚という服装が引っかかる。外出時は一枚羽織《はお》りものが必要ではないだろうか。

階下に下りると、台所から煮物のにおいが漂ってきた。希代がテーブルにもやしのおひたしと煮物の鉢《はち》を並べていた。急いで炊飯器に残っていたご飯をお茶碗《ちゃわん》ふたつに分けて電子レンジで温める。女ふたりの食卓は、ひと手間省くのがあたりまえのようになっていた。口に入ればそれでよし、洗う皿は一枚でも少ないほうがありがたい。

「忘れものは、ないの」

「だいじょうぶ。何日になるかわからないけど、食べたらすぐ出る」

言ったときにはもう、煮物に箸が伸びていた。史郎が倒れてから、大門家の味付けはいっそう薄くなった。おひたし、ご飯、皿をひとつひとつ空けながら希代に問うてみた。

「お父さんって、麻の半袖シャツとか着るひとだっけ」

「いや、そんな洒落《しゃれ》たもの持ってないけど」希代が箸を持つ手を止めた。

「この時期の釧路で麻の半袖シャツ一枚の男って、どう思う?」

「よほど暑い日ならわからないけど、七月の半ばで半袖っていうのもね。朝晩は冷えるもの。だいたい麻の半袖シャツなんて、高いばかりで滅多に着ないものを買ったりしない」

六十になる希代に言わせると、合い着でひと夏を過ごせる土地で麻製の夏物を持つのは贅沢《ぜいたく》な話で、そんなものを着ている男はただの「洒落っこき」だという。近年「リネン」と呼ばれ親しまれている色とりどりの女性用シャツも通販カタログの人気商品だが、出回っているのは長袖であくまでも普段使いだ。上質なフレンチリネンのシャツが一枚あると便利と聞いても、品質を問えばけっこうな値段がする。真由が雑誌に書かれているような日常着として購入するには、財布とのバランスが取れない素材だった。

遺体に所持品や身元を証明するものは一切なかった。現場周辺でも、海岸線をくまなく探しても所持品らしきものはまだ見つかっていない。上着はいったいどこへ行ったのだろう。

土地のひとじゃないのかもしれない――。

意識せず声に出た。希代のほうはそんな娘のつぶやきには慣れているのか再び箸を動かし始める。

大門家には、親子ならあるはずの会話――そんなことに最近になって気づいたのだが――ここが母似であるとか父似であるという会話がない。ただ、一緒に居て楽なのは母の希代だった。血が繋がっていないならいないでいいと思っている。わかりやすい葛藤《かっとう》のないこの関係を、真由は「母の計画」と受け止めていた。

あなたは、誰が産んでもうちの娘です。

その言葉を十五の娘に言えるだけの関係を、希代は築いてきたのだ。真由にひとつわだかまりがあるとすれば、母はなぜ父を許し、相手の女をも許したのかということだった。訊ねたところで答えを理解できる気がしない。

「早く食べて、行きなさい」

短い返事をして、急いで茶碗の飯をかき込んだ。頭の中では「麻の半袖シャツ」がぐるぐると渦を巻いていた。

「洗い物、干せないけど、ごめんね」

「気にしなくていい。仕事優先」

バッグを抱えて玄関に出ると、背中で希代が火打ち石を鳴らした。事件のときはいつもそうだった。道警釧路方面本部刑事課強行犯係に配属されてからは回数が増えた。

真由が物心ついたとき史郎は既に交通課の閑職にいた。交通課から事件の応援を仰ぐことは滅多にない。真由が記憶する限り、一度もなかった。新しく買い求めたものではないというから、その火打ち石は新婚時代に史郎に使っていたものなのだろう。

署に向かう道のひとつ目の信号でブレーキを踏んだ際、病室でなにを読んでいたのかを訊ね忘れたことに気づいた。希代は毎日なにかしら本を開いている。真由が幼いころからずっと、家事の合間や夜の茶の間で、母は本を読んでいた。廊下から寝室、いたるところにある本棚には、古本のシールが貼られたものや何十巻という大河長編、中には文庫化された漫画や古い詩集などもある。読書傾向ははっきりと定まってはいないようだった。真由も中学高校時代はときどきそこから一冊二冊と抜いて読んでいたのだが、母の読書量には追いつけなかった。

希代は「お父さんが退院するときは、この本を全部捨てて、バリアフリーにしなけりゃね」と笑う。真由がこの家にやって来てからの歴史が、本棚の端から端まで詰まっていた。名付け、育児書から始まった、膨大な量の本を捨てるのは、母が自分の歴史を捨てるのと同じなのだった。

職場に着くころは、夜霧が街灯を倍に膨らませるほど煙っていた。

署内はざわつき、ところどころに非番の顔も見える。これから所轄との合同会議が始まるのだ。時計はもう少しで会議開始の午後七時だ。会議室に向かう真由の前に、巡査部長の松崎《まつざき》比呂《ひろ》が現れた。

「おはよ、なんだか上が張り切って仰々しい看板を付けそうだねぇ」

「現場、見ましたか」

「さっき寝てるところをたたき起こされたんだ」

松崎の後ろから片桐周平《かたぎりしゆうへい》も現れた。片桐は定年まであと三年を残す警部補だ。飄々《ひようひよう》とした気配を漂わせながら、その目はいつも内側を覗《のぞ》かせない。片桐は、大門史郎がまだ刑事課にいたころを知っている数少ない人間のひとりだった。

集められた捜査員がすべて着席した。湿度の高い部屋は窓も開けられない。どこで誰が聞いているかわからないのだから仕方ない。気温は二十度なくても、湿度のせいで屋内は妙に暑かった。総勢五十人、うち女性捜査官は、松崎比呂と大門真由のふたりだ。

「千代《ちよ》ノ浦《うら》海岸・老人殺人死体遺棄事件」

頭部の損傷に、加害者の存在が認められた。

ホワイトボードに書き込まれた戒名は何の説明も要《い》らず、松崎流に言うと「芸がない」。

愛想が悪い彼女のことを、同年代の男性捜査官はあまり良く言わなかった。「お前もあんな風になっちまうのかねえ」という言葉を、何度か聞いた。ただそれも地方から赴任してきた者が大半で、大門真由の父親についてある程度の噂《うわさ》を耳にするころにはぴたりと止《や》んだ。

方面本部長が短い挨拶をし、続いて本部の庶務を執るデスク要員が発表された。そのあとすぐに刑事課長が現時点の説明を始めた。

被害者は男性。

推定年齢は七十代から八十代。

半袖シャツ、長ズボン、メッシュの革靴、着衣に乱れなし。

身元を示す所持品、遺留品なし。

頭蓋骨陥没、直接の死因。

遺体の損傷、大。

目撃情報なし。

死後、一日から二日。

遺体が見つかった場所は、千代ノ浦海岸にある「千代ノ浦マリンパーク」。市の南側にある護岸を兼ねた公園だった。発見された場所は、海にせり出した埋め立て公園の根元にある、消波ブロックの隙間《すきま》だ。公園の先で竿《さお》を振っていた釣り人が、肌寒くなってきたので駐車場に戻ろうとしたところで発見したという。

たまに急激に気温が上がったとき——コートを手放せないはずの五月にいきなり二十度を超える日など——は、水遊びをする子供たちや親子連れが地元ニュースの映像として流れたり、翌朝の新聞に載ったりする場所だった。

課長の声は穏やかで低い。人あたりの良さでは方面本部トップと言われているが、なぜか人気はいまひとつだった。数年で札幌《さっぽろ》への異動が決まっている者は「余所《よそ》もん」でしかない。

「午後二時、消波ブロックの間に挟まるようなかたちで発見されたのも、引き潮の時間帯だったということで、そこが殺害現場かどうかは断定できません。海流や気象条件も視野に入れながら、現場の聞き込みその他、被害者の目撃情報を洗ってください」

こんな緊張感が要求される場面でも課長の語りの速度は常に一定で、語調も穏やかだ。事件が起これば否《いや》が応《おう》でも血が騒ぐ男たちに不評なのは、この「品の良さ」だった。

必要事項を手帳に書き込みながら妙な納得をしていると、班組と捜査分担の発表が始まった。ある種の緊張は仕方ない。組む相手によって、最後まで足並みが揃《そろ》わず嫌な気分が続いてしまうこともある。お互い人間、と割り切っていても、毎日を憂鬱《ゆううつ》にするものは出来れば避けたかった。相手を理解しようとする気力を失うのは大抵、真由より少し上の、苦労して試験に合格したたたき上げと組んだときだった。

三十五歳からの二十五年間、交通課の置物と呼ばれた男の娘。相方が大門真由について持っている情報がそれだけならばいいのだが、その娘が女性刑事登用の波に乗っていることや、大門史郎が交通課に配属になるに至った醜聞を耳に入れたあとは少々厄介だった。気遣いと興味の境界が揺れる様子を何度か見た。ひたすら寡黙になるか、いっとき卑《いや》しい探りを入れてくるかの二手に分かれる。

班と組が順次発表されてゆくなか、敷鑑捜査班の番がきた。親族や友人、知人や仕事関係といった、被害者本人と何らかの関係のある人物を洗う班だ。

「敷鑑捜査担当。釧路方面本部、片桐周平警部補」

返事もせず、片桐が立ち上がった。そのすぐあとに、大門真由巡査長、と続く。片桐が首だけで振り向き、感情の所在がわからぬ眼差《まなざ》しでひとつ頷《うなず》いた。すべての組が発表され、班ごとに散って島ができた。

狭い通路を余裕のある速度で歩いてくる片桐は、万年現場主義が肩書きの捜査官だった。自分の勘が頼りの古株ゆえ、課長を始めとした「余所もん」には受けが悪い。昇進に興味のない男は、それだけで異端者扱いだ。

所轄の若い者の間には「片桐周平を無傷で退官させる会」もあると聞く。愛想がないわりには人気があるのだ。会には人と距離を置きがちな松崎までが籍を置いていると聞いた。大門真由には太陽が西から昇っても声が掛からない集まりだった。片桐は自然と輪の中心になり、なんの前置きもなしにぼやき始めた。

「被害者の身元も年もわからんで、敷鑑もクソもねぇな」

片桐より年下で班長を務める警部補が「のんびり行けってことですよ」と混ぜ返す。そう言う班長が、動き出しの速さに定評があるから、若手の顔がぴりりと締まる。

身元が割れない状態では、親族や友人知人、仕事関係で被害者と何らかの関係がある人物を洗い出すのは難しい。

片桐は、のんびりは俺の専売特許だからな、とつぶやき「まぁそういうことだから、よろしく」とひとりひとり班員の顔を見上げた。

そこへ、第一発見者が署に着いたという連絡が入った。

「片桐さんに会いたいと言ってます」

「いま行く」片桐の声が響いた。

第一発見者の聞き取りはもう済んでいるはずだった。今さらなにを訊《き》こうというのだろう。こういうときの片桐には誰も反対しない。ひな壇でこそこそとなにやら話していた課長と本部長がちらりと疎ましげな視線を向けた。

「行くぞ、お嬢」

「お嬢」は、片桐に初めて会ったときに付けられたあだ名だ。大門史郎の「お嬢」で、課のお荷物としての新人「お嬢」だ。思いあたるふしが多すぎて、嫌がる理由もない。

会議室の出口付近にいた松崎が、真由に向かって無表情のまま親指を立てた。反射的に同じポーズを取りそうになり、慌てて頭を下げた。

「さぁて、取っ掛かり、よろしく頼みますよ」

廊下に出るなり、片桐が顔だけ振り向き言った。どういう意味かわからず「はい」の語尾が上がる。

「第一発見者だ。気のいい釣り好きのオヤジだったから、大丈夫」

「大丈夫って、片桐警部補」

「硬いなお嬢。呼び名はキリさんで統一してくれ」

「いや、そういうわけには」言いかけたところで、既に片桐の手が小会議室のドアノブに掛かっていた。じゃ、と目で合図されるが、なんの打ち合わせもなしでこれはないだろう。すがりつくような気持ちで、ドアノブに手を重ねた。

「なんだ、まだ仕事中だぞ」

「いや、そうではなく」声を潜《ひそ》めるが、中からこのやりとりが聞かれていないかと気が気ではない。

「手順どおりにやればいいんだ」

片桐がそこだけ眼差しをつよくして、ノブをひねった。

「どうもどうもどうも、昼間はどうも」片桐は、声も態度もがらりと変えて第一発見者に向けて片手を挙げた。

「いやいやいや、こちらこそ、どうもどうも」

なにやら旧知の者同士のような意味のないやりとりをしながら、しかし片桐は第一発見者の老人と付き添いの息子をすぐに椅子に座らせてしまった。三席ずつ向かい合わせになった会議机を挟み、自分は素早く端に腰掛ける。ひとつ空けて座るわけにもいかず、結局第一発見者の真向かいに座る羽目になった。

「こんばんは、今日はお疲れ様でした。ご夕食の時間帯にもかかわらずご足労いただき、ありがとうございます。刑事課の大門です」

言いながらどこか調子外れな挨拶だったと後悔している。向かい側のふたりも、唐突な女刑事の挨拶に窺《うかが》うような目つきで頭を下げた。手帳を開き「第一発見者」の名前を確認したところで横から片桐が割って入った。

「それにしても佐藤《さとう》さん、えらいもん見つけちゃったねぇ。何時に帰り支度したんだっけ」

「だいたい二時ちょっと前くらいだったかな。ちょっと肌寒くなってさ。道具仕舞うのに十分くらい、あとは車まで歩くのに一、二分ってところだったと思うな」

「毎日あそこで竿投げてんの」

「いつも同じところだねぇ。たいしたもんは釣れないってわかってんだけどさ」

「車あるんだし、西港や防波堤のほうがアタリはでかいのと違うのかい」

「なんだかねぇ、あのあたりの出勤組は縄張り争いがあって、馴染《なじ》まないんだわ。結局、俺のとこはあんまり釣れないけど、ひとりでぼんやりしてるには充分だと思ってね。魚を食いたくて釣るわけじゃなし」

「眺めもいいし、釣り以外の人間もそこそこ遊びに来るところになったしねぇ」

「そうそう、投げた竿の先を見てるのがいいわけなんでね。ときどき何が釣れるのなんて、訊きにくるお客さんもいたりして。海霧《じり》程度だったら、たいがいあそこにいるねえ」

ふたりの会話に入り込むことも出来ず、後で片桐に確認されたときのために手帳に第一発見者・佐藤の印象と、気になる言葉を書き込んだ。

――釣り日課・二時頃発見・孤独癖。

息子は付き添っているが、父親の調子良さに半ばうんざりした様子を隠さず、かといってこのやりとりを終えたい風でもない。明日から街でしばらく続くだろう話題の欠片《かけら》を溜《た》めているようにも見える。父親が死体を発見した、という話は酒の席で盆暮れには必ず出てくる。同じ話を何遍も言いながら聞きながら育つ。その繰り返しに馴染める者が地元に残る現実を、いくつも見てきた。

しかしびっくりしたわぁ、という言葉のあとは片桐が水を向ける必要がなくなった。

真由のペンも急に忙しくなる。

「あのあたりで滅多に白いもんなんて見ないっしょ。俺らは落ちたらすぐに見つかるような派手な上っ張り着るべさ。密漁じゃあるまいし、とりあえず黄色いもん着てりゃ、なんかあったとき目立つしな。テトラのあたりって、時期になると方角間違ったアキジなんかがかかることもあるわけさ。だもんで、ついそっち見るのが癖になってんだべな。そこにもってきて、なんか白いもんがあれば、そりゃ目立つさ」

白いもん、とはつまり被害者の着ていた白い麻のシャツのことだ。

「あの」

結果的に、片桐の方を向いて得意げに喋《しゃべ》り続ける佐藤の、話の腰を折ってしまった。

「その白いもんって、シャツのことですよね」

「そうだ、着るもんだってことはすぐにわかったさ。ビニールや紙とは、うまく言えないけどなんか違うんだ。ペラッとしてない。厚みがあるから妙に嫌な感じがしてさ。車停《と》めたところさ道具置いて、ちょっと近づいてみたんだ」

そしたらよぉ、という言葉のあとしばしの溜めを作って、佐藤が早口になった。

「人間だったんだ」

消波ブロックの隙間に片脚を取られた「人間」を見つけて、最初はブロックから落ちたものと思ったが、近づいてみると顔面は砂まみれだ。もう息をしていないことは明らかだった。丸い頭の一部が大きく凹《へこ》んでいるのを見て、携帯電話を持っていない佐藤は、慌てて近くのコンビニへ走り警察に通報した。

「あんなもん見たあとすぐに運転したら、俺のほうが事故起こすべ。そらあ慌てたさぁ」

真由はここで訊いておかねばと、姿勢を正した。

「千代ノ浦の海岸線付近で、白い半袖シャツ姿というのはどう思われましたか」

「どうって言われたって」佐藤の声が急に萎《しぼ》んだ。

「肌寒くなってきたので帰ろうと思われたんですよね」

「そらそうだ、昼からなんべんも言ったべ」

「この時期、半袖姿で海岸を散歩したりする人の姿を、見かけますか」

「車でちょこっと寄ったってなら、あるかもしれんけどな。俺らは冬用のヤッケ着てないと、半日で凍えちまうわ」

「そうですよね」

手帳に「車？　通りがかり？　漂着？」と書き込んだ。横で片桐が椅子から半分腰を上げて言った。

「忙しいところ、すんませんでしたね。またいろいろとお訊ねすることもあるかと思うんですが、そのときもご協力願えますかね」

「もちろんだよ」大きく頷いたあと、さっと人の好《よ》い笑顔に戻り両手を合わせ「ホトケさんのためだから」と言った。

佐藤とその息子を見送り、会議室に戻った。捜査員はほとんど外に出ており、デスク班が島を作り、机の上に電話やパソコンを置いていた。部屋の隅で真由は片桐に頭を下げた。

「すみません、突然のことで緊張してしまいました」

「いや、手順は間違ってなかったと思うよ」

「おそらく、昼間と同じことしか」と言いかけたところを片桐が遮る。

「シャツ、気になってんだろう。ちょっと聞かせてくれよ」

表情が硬くならぬよう気をつけながら、言葉を選んだ。

「七月半ばに麻の半袖シャツ一枚というのは、なんだかこの土地の季節にそぐわないような気がしました。外を歩くときは、まだ上着が欲しい時期です。散歩にしてはなんというか、薄着だし、このあたりの年配の男性としては相当身なりに気を遣っているという印象です」

でも、と続けたところで片桐の瞳が動く。

「ここより暑い地方からやって来た場合は、普段着になり得るかと思います」

「土地のもんじゃないって、思うわけだ」

「そんな気がしています」

「気がするだけ？」

答えに詰まった。片桐は着ているカーキ色のテーラードジャケットのボタン穴のあたりをつまんで広げ「確かにね」と言った。

「俺もシャツの上にこんなの着てても、夜はちょっと足りないわな」

「ここより内陸、あるいは西側のひとじゃないでしょうか。最近、気温が上がった地方」

「出張にしては年がいってるな。ありゃ相当な爺《じじ》いだ。商売人ならすぐに身元が出るだろう。問題は旅行者だったときだな」

片桐がジャケットの右ポケットから煙草《たばこ》を取り出しかけ、やめた。何度も挑戦したという禁煙を、もう諦めたという噂は本当らしい。「旅行者」、思わずつぶやいた。あるかもしれない。道外あるいは帯広《おびひろ》、札幌や旭川《あさひかわ》方面ならばこの時季、麻の半袖を着ていてもおかしくない。つい最近、大雪山《たいせつざん》から西はもう三十度に届きそうだとニュース番組で流れていた。

ひとくくりにされてはいても、帯広と北見の七月は、同じ道東とは思えないほどの気温差がある。天気予報区も「網走《あばしり》・北見《きたみ》・紋別《もんべつ》地方」、「釧路・根室《ねむろ》・十勝《とかち》地方」に分けられているが、隣り合った——五十キロ離れた——街で気温が十度違うことも珍しくない。海沿い、内陸、山裾《やますそ》、峠、条件次第で同じ市内でも相当気温が変わる。街と街のあいだに木々、あるいは海しか見えない百キロもの道路があれば、釧路と帯広にしても、着るものや言葉が違う。

「内地となると、厄介だな」

午後十時、片桐がひと組ふた組と戻り始めた捜査員を眺めながら、近くにあったパイプ椅子を引き寄せ腰を下ろした。お前も座れと目で合図され、手帳を閉じ一メートルほど間をあけて座った。

「もうちょっと寄れよ。ここそこ話が出来んだろう」

急に片桐の声が大きくなる。辺りにいた捜査員がみなこちらを向き、数秒後うっすらとした笑いが起こった。課長や本部長は別室にいるようだ。片桐はいつもこうして、現場の空気を測る。

大門真由が職場で色ごとの問題を起こすことはない。己の生まれ、来し方を知ったときから、人を恋《こ》うる気持ちもどこか遠くなってしまった。松崎比呂の素行と比較されるその潔癖さが、職場ではかなり疎《うと》ましがられていることにも気づいている。異性との距離については、親身になってくれた上司に言わせると「防具を着けて常に竹刀を振っている」ように見えるらしい。

心もち椅子を近づけた。

「オヤジさん、どんな具合だ」今度は誰にも聞こえぬくらいの声で片桐が言った。

「一進一退、ここ三ヵ月くらいはほとんど変化がありません」

「希代さんも、疲れてるだろう」

「母は、あのとおり気丈なひとですから」

「勉強家で働きもんの、いい警察官だったよ」

大門史郎との結婚を機に職場を去って二年後に、自分の後輩が妊娠した。誰も語らないが、大まかに情報を繋げると当時の署内を想像できる。どちらにしても、針のむしろだ。父が耐えた時間と母が耐えた時間の重さは、建物に居たか居なかったかの差であって大きく違わない。片桐ならば、当時起こったことをみな知っているのだろう。警察官になると宣言したときに希代が打ち明けなければ、署内の異様な気配を感じ取り、自分はこの男に訊ねていたかもしれない。誰が産んでも、という母のひと言は今も重い。

「この事件が終わったら、久しぶりに見舞いにでも行くかな」

「解決までどのくらい、かかりますかね」

片桐が「馬鹿だなぁ」と笑う。

「そんなこと、神様だって知らねぇよ」

火の点《つ》けられていない煙草をひょいとくわえて片桐が笑った。

ぱらぱらと捜査員が戻り、席についた。先ほどと同じ調子で課長が一声を上げる。はかばかしい成果がないのは、呼ばれて立ち上がる捜査員のゆっくりとした仕種《しぐさ》で測ることができた。今か今かと呼ばれるのを待っている背中は見あたらない。

「遺体は、死後二十時間から二十五時間経過していました」

手帳に滑らせるペンの音が響いた。被害者A。身元は依然として不明のままだった。

次──、課長が「片桐組」を呼ぶ。片桐がちらりと真由を見て、唇の端を上げ煙草の先を上に向ける。ひとつ息を吐いて、立ち上がった。

「第一発見者の佐藤氏から、発見当時の様子を聞きました」

緊張して膝が勝手に動き出しそうだ。斜め後ろの席から「そんなのもうみんな知ってるって」という嫌味めいたつぶやきが聞こえる。声だけでは誰なのかわからなかった。声のするほうを見る勇気もない。

「ひとつ気になることが出てきました」

ひとつふたつ、真由を振り向き見る視線に耐えながら、夕刻からずっと気になっていることを口にする。

「被害者の、麻の半袖シャツとメッシュの靴という服装です。靴は柔らかな革製で、水に濡れれば縮むことから遺体を離れなかったのだろうと、これは先ほどの報告でもございましたとおりですが、気になりますのは、靴底が減ったメッシュの革靴に麻の半袖シャツ、ということです」

「半袖シャツがどうかしましたか」と課長が訊ねてきた。

「このあたりで、七、八十代の男性が、上着を着用しているとしても素肌に麻の半袖シャツを着ているというのは、大変特徴的なことと思われます。冷涼な気候ですし、七月半ばは綿シャツ着用でも朝夕は羽織りものが必要です。道内においても特に当地は低気温に加え湿度も高いので、暦で服装を変えるという習慣がありません」

そういえば、という気配がさざ波のように会議室に広がってゆく。真由は肺に酸素を溜めて、一気に言った。

「被害者は、ここ数日気温が上がった別の土地からやって来たのではないかと判断いたしました」

「土地の者ではない、ということだね」

「日常そうした服装をしていた旅の人間という線を考えました」

「なるほどねぇ」

やけにだらだらとしたやりとりに少しおかしいと思い始めたころ、会議室の戸が開いた。捜査員の視線がほとんどそちらに向き、注目を集めるなかひな壇の中央にいる課長の前に、一枚の紙が置かれた。ひとつ頷き、課長が紙を手にして立ち上がる。

「指紋の照合が終わりました。被害者の名前及び年齢を発表します」

真由は呆気《あっけ》にとられ、すとんと椅子に腰を落とした。横から片桐が肩を寄せて言った。

「こんなもんですよ」

ホワイトボードに書き込まれるより少しだけ早く、課長が読み上げた。指紋は、六年ほど前に進入禁止を逆走した際に取られたものだった。

「被害者は滝川信夫《たきがわのぶお》、八十歳、住所は札幌市南区真駒内《まこまない》。妻子なし、ひとり暮らし。五年前までタクシーの乗務員でした。写真は元の職場に照会中。大門巡査長の言うとおり、道内でも暖かい地方の人間でしたね」

課長の声が一段高くなったところで、会議室の空気がおかしな具合に持ち上がった。嘲笑《ちょうしょう》の気配だ。けれど、捜査本部では誰もあからさまに大門真由を笑ったりはしない。横には護身刀のように片桐がおり、大門父娘を嗤《わら》えば己の脛《すね》もいくらかひりつくのだ。

被害者の身元が割れれば、どこから来た人間だろうとある程度、死亡前後の行動が読める。妻子がなくても親族あるいは友人、旅先となれば、自宅にいた場合より接触した人間も多いはずだった。移動、買い物、食事、会った人間、一緒にいた人間、所持品の在処《ありか》、そして死に至るまでの経緯。

「八十だってかい」と片桐がつぶやいた。身なりも品良く、元タクシー乗務員で、自宅から三百キロ以上ある土地で死んだ老人が、かくしゃくとした姿で旅先の景色を眺めている姿を思い浮かべた。

ふと、時間をかけて竹刀を杖代《つえ》わりに手洗いに立つ父も、ベッドに戻るまでの時間を長い旅のように感じているのかもしれないと思った。やっと立ち上がれるようになったころ、手洗い場にたどり着く前に失禁してしまったことがあった。夜中の廊下で腹立ちまぎれに振り回した竹刀のせいで体が回転し、その場に倒れて泣いていたと聞いたときから、病室の父に話しかける言葉が極端に減ったのだった。この一年、父の残念な話を耳に入れるたびに、自分の心根に気づき傷つくことを繰り返している。もしも倒れたのが希代だったら、真由が献身的に世話をしていたのではと思う。父よりも、母が耐えた時間に憐《あわ》れみを感じるときのほうが胸はきしむ。自分がいたばかりにと、父と母のあいだにある、埋められない距離を想像してしまう。母だが、母ではない、しかし母である。言葉遊びにも似た振幅によって、いっとき気持ちが沈み込む。

「誰か被害者宅を――」、課長の視線が真由で一度止まり、そして片桐に流れた。

「片桐警部補、明日の列車で、札幌の自宅を頼みます」

片桐がいつもより更にもったいつけた声で「了解」と返した。課長がそばにいた捜査員に令状の指示を出している。片桐が札幌ということは、相方の自分も一緒だ。片桐は囁《ささや》くように言った。

「そうきたかい」

「どういうことですか」

「俺たちが被害者《ガイシャ》の身辺洗ってこっちに戻る頃には、事件《ヤマ》は終わる予定なんだ」

ひな壇の面々はもう、事件は解決したような気分でいる、と片桐が言った。おおかた、滝川信夫の宿泊先も誰かがおさえているのだろう。司法解剖の令状も出ている。全捜査員には報《しら》されない情報があるとき、ひな壇の顔つきはなんとなく勝ち誇ったように見えるか渋い口元かのどちらかだ。頼りにしているところとそうではないところへの目配りも違う。片桐に言わせると、彼らにとってこのコンビは、その移動距離が示すほど重要ではないのだった。犯人が捕まったあと、供述との齟齬《そご》を探しに行く旅にもなり得るということだ。

「次の捜査会議は、明日午前九時とします。解散」

捜査員が一斉に立ち上がる。パイプ椅子と机が床に擦《こす》れる音、意味を探せばきりのないため息と低音の声。期待されていないコンビは、明日の捜査会議を待たずに「特急スーパーおおぞら」で札幌に向かう。四時間余りの移動距離を、寝ながら過ごせるとも思えなかった。

時計を見ると、午後十一時だった。これから札幌の所轄に連絡をしても、担当者までたどり着くのと自分たちが札幌に着くのとどちらが早いか、というところだろう。朝のニュースで急転直下、逮捕劇が映し出されるかもしれない。ひな壇の微笑《ほほえ》みが急に意地悪く感じられた。

「札幌の所轄に連絡を取ります。あと、始発の切符も用意しておきます」

「お嬢、そう焦るんじゃないよ。始発の自由席が満杯ってことはないだろうさ。住所がわかれば、あたる先も何とかなる。そこは俺がやるからよ」

それより、と片桐が声を低くして言葉を切った。

「車を出してくれ」

「どちらへ、ですか」

「飯。腹が減った」

言い終わるか終わらぬかのうちに歩きだしている。見ればもう会議室にはデスク班しか残っていなかった。横の繋がりがない限り、捜査会議で上る前の情報を手に入れるのは難しい。

ショルダーバッグから車の鍵を取り出し、片桐の後ろをついて行く。署から一歩出ると、湿って冷たい夜気に触れた。会議室に満ちていたのが人の体温だったと思うと、余計肌寒い。黒いストレッチパンツと白の綿シャツ、挨拶の際に失礼にならぬ程度のジャケットを羽織っているが、それでも首筋には冷えた空気がまとわりついた。

「こちらでお待ちください。いま、車をまわしますから」

「いいよ、こんなとこにひとりで突っ立ってたくねえし」

真由の歩幅についてくるので、心なしか小走りになっている。心もちゆっくり歩き始めると、片桐が「短足に合わせるんじゃないよ」と半分笑いながら言った。

夜気に湿ったフロントガラスをワイパーで拭い、除湿を兼ねてヒーターを入れる。内側のくもりが消えたところで、駐車場から出た。

「どちらの店へ向かいますか」

「予定変更。千代ノ浦に向かってくれ」

「なにか気になることでもありましたか」

「夜はどんな具合なのか、ちょっと見ておきたい。午後二時過ぎに発見されるまで、ホトケさんどうしてたかなと思って。それだけだ」

それだけ、にしては片桐の言葉は重たい。発見されるまでの遺体の様子を想像するために行く現場を想像しながら、ハンドルを握った。

橋を渡り、高台を抜けて真《ま》っ直《す》ぐ海岸へ下りてゆく。行き止まりに「千代ノ浦マリンパーク」がある。海にせり出す埋め立て公園は、昼間より駐車している車の台数が多いように見えた。車は、点在する街灯の下を避けて測ったように等間隔で並んでいる。第一発見者の佐藤が好んで停めていた場所にも、今は黒っぽいワンボックスカーが停まっていた。

チェーンの張られたポールの側《そば》に立った。最近の車は夜でもリアウインドウが黒くて中が見えづらい。エンジンはかかっていないが、中からモニター画面の明かりが漏れている。数秒立ち止まったところで車の窓がするすると下りて、あやうく飛び退《の》きそうになった。

「あんたたちも肝試《きもだめ》し？」夜目にも金髪とわかる若者がぬっと顔を出した。

片桐が数歩戻り「どうした」と語尾を上げた。

「まさか、あのおっさんと肝試し？」

質問を続ける男の、金髪、垂れ目、だんご鼻、厚めの唇と、その特徴をできるだけ頭に入れる。

「そっちも肝試しなのかい」片桐が軽く返した。

「昼間死体が上がったっていうんで、今日はちょっと車が多いよ。海を見るような天気でもないのに、こんなに並んでる。まぁ、霧で視界が悪いときのほうが多いけどさ」男がにやりと笑い、太い指で辺りの車を指さした。

街灯の下に堂々と停めているだけあって、助手席に女がいる様子はなかった。

「なんだ、肝試しもひとりじゃつまんないだろう」片桐が笑う。

「おっさん、もしかして警察?」

片桐があっさり頷いた。男のだんご鼻が、心もち横に開いた。視線が片桐と真由を往復している。

「なんか、わかったのかい。夕方のニュースで身元不明って言ってたけど」

「まだなんもわかんねぇんだ。そっちは、ここにはちょくちょく来てるのかい」

「車が趣味だからね、夜に映画観るのも車ん中だし、飯も三食車で食う」

「家はあるのかい」

「あるけど、親がうるせぇの」

ナビゲーションの画面に視線を移した。時代劇が流れていた。男が画面の一時停止ボタンを押すと、藤田《ふじた》まことが刀を構えたところで画像が止まった。

「『必殺』か。ずいぶんと渋いの観てるじゃないか」片桐が笑う。

「何度も観てる。好きだからね」男が鼻に皺を寄せ、急に人なつこい表情になる。

横から「昨日もここにいらしたんですか」と質問を挟むと、それまで窓から出ていた顔がわずかに引っ込んだ。

「昨日は、来てなかった。昨日に限ってだ。晴れてたから気分良くて阿寒まで足延ばして夜中にこっちに戻った。来てたらなにか見たかもしれないのに」舌打ちが聞こえそうなくらい悔しそうな口ぶりだ。

「悪いんだけど、名前と連絡先を教えてくれないかな。この辺の様子に詳しいひとがいるのはありがたいんだよ。協力をお願いすることもでてくるかもしれない」

片桐の視線に促され、真由は慌てて名刺を取り出し男に差し出した。男は好奇心に光る目で名刺の裏表を眺めながら、名前と携帯番号を告げる。急いで手帳に書き込んだ。住所はいいのかと訊ねられ真由が「車番を控えさせていただいたので」と返す。男の表情が「ああ」と不愉快そうなところを通り過ぎ、今度はしっかりと首を引っ込めた。

マリンパークの先へと歩きだした片桐を追う。普通に歩いていても、すぐに追いつけない。昔はテレビドラマの新人刑事くらい走るのが速かったと自慢する片桐だが、歩く速度とは比例しないようだ。半分ほど歩いたところで、既に髪も上着も湿っぽい。車に戻ってヒーターを入れたら、磯臭さと体臭が混じり合いおかしな具合になるだろう。そこに片桐の加齢臭、と思うと気が沈んだ。潮風の湿った日は川縁《かわべり》を歩いていてさえ自分の髪のにおいが気になって仕方ないのだ。

海に飛び出た公園の先に立ち、視界の悪いなか波の音を聴いた。足下から突き上げるようでも、天から降ってくるようでもある。晴れた日中は子供たちの遊び場になっている人工岩や遊具も、ひっそりと霧に湿っている。

「満ち潮だってのに、こっちには人っ子ひとりいねぇんだな。釣りの人間が来るのは、明け方だろうし。それにしたって、こんな公園作っちゃしばらく魚も寄りつかねぇよな」

曖昧《あいまい》に頷くと、片桐はくるりと陸の方向に体の向きを変えた。つられて真由も回れ右をする。数百メートル先には、正面と海岸左側に延びる坂道、右には海岸に沿う道路。丘の上にはちらちらと、夜に漂う細かな水滴に霞《かす》む民家の明かりがある。

ほんの少し沖に張りだしたところにいるだけなのに、日々の生活がひどく遠く感じられるのはここが本来ならば海の上にある場所だからか。消波ブロックが波音を増幅させ響いた。黙っていると、絶え間ない波音が静寂に変わる。見れば、ほんの数分前に話した男の車はなくなっていた。目を凝らしても耳を澄ましても、潮騒はさまざまな音をかき消し海の底へと引きずり込む。こんな場所に遺体が漂っているところを想像すると、脇腹のあたりが震えた。

「明日の朝でぜんぶ片付いてたら、そりゃそれでいい旅になるだろうけどな」

身元の判明した遺体の捜査には常に「無念」がつきまとう。片桐の諦めに似た発言は、真由のやる気を削《そ》いだ。だいたい、さっきの報告にしてもそうだ。海水でふやけきった指紋を照合するまでの時間を計っての会議だったのなら、そのあいだ外へ聞き込みに行っていた捜査員の消耗をどうしてくれる。片桐もこんな展開が読めていたからこそ、第一発見者と真由に気の抜けたやりとり——聴き取りの練習——をさせたのではないか。

事件の解決を望みながら、どこか自分が蚊帳《かや》の外にいるという卑屈さから逃れられない。片桐はベテランだが、その名を轟《とどろ》かせた豪腕というわけでもない。自分たちはやはり期待されてはいないのだ。母が背中で打ってくれた火打ち石の音も、潮騒でかき消えそうだった。

「まぁ、ふたが開いたら開いたでいろいろあるさ、な」

「このあたりで撲殺して海に投げ入れたんでしょうか」

「お嬢は、ずいぶん平凡なものの考え方をするやつだ」

「平凡ですか」

「俺らは明日、被害者の生活を解剖するんだ。内側とはまたちょっと違った、いろんなものが出てくる。消化試合になればなったの闘いかたがある。覚悟しとけよ」

覚悟、が何を示すのかわからず澱《よど》んだ色の夜空を見上げた。被害者の自宅になにがあるのか、八十歳の男の独身暮らしを想像してみた。白い麻のシャツとメッシュの革靴から思い浮かべるのは、人に会うことをさほど厭《いと》わない日常生活だった。

人嫌いでは務まらぬ仕事かもしれないと、タクシー運転手という職業にも思いをはせる。まだ薄皮一枚剝がれたわけでもないのに、八十歳の老人がひとり暮らす部屋で、なにを摑《つか》み取ればいいのかを考えた。片桐の言う「覚悟」は様々な意味を持って真由を緊張させた。

ひとつ海から冷たい風が吹いた。それを合図に、夜空にかかった薄い膜が一枚剝がれた。大きな星がひとつふたつと姿を現し、足下にぶつかる波音も高くなった。帰宅は無理と思っていたが、このぶんだと仮眠を取るくらいはできるかもしれない。つと横にいる片桐を見た。

先ほどまでの飄々とした気配はなく、沖を背にしてじっと浜を見ている。片桐の視線のあるところへ目を凝らしてみる。砂浜に並んだ消波ブロックが、道路の明かりを避けて波を受ける。ときどき白いものが跳ねた。満ち潮のようだ。

「ホトケさん、いったいどこから流れてきたもんかなぁ」

唐突に、「お嬢」と片桐が真由を見上げた。

「腹が減ってたのを忘れてた」

すたすたと陸に向かって歩き出す彼を、追い越さぬよう真由も歩き出す。ふとなにかに呼ばれたような気がして沖を振り向き見た。黒々とした夜の海原に立った波の先が、少ない光を集めて光った。沈んでは浮き、浮いては沈みながらここに流れ着いた滝川老人の、白いシャツが眼裏《まなうら》に浮かんだ。

「片桐警部補」

「キリさんで統一しろ」

ちいさな背中を左右に揺すりながら、片桐が振り向かず夜空に吐き捨てる。上空に星が瞬き始めた。明日は晴れるかもしれない。そして、朝の気温は低めになる。やはり一枚多く持って行かねばならないだろう。

釧路から札幌。札幌から釧路——。

この地で命を落とすどんな理由が滝川老人にあったのか。麻シャツ一枚きりの旅ではない気がする。ならば彼の上着はどこにあるのか。真由は夜風に晴れてゆく空を見上げながら、不思議とそればかりを深まる闇に問うていた。

2

滝川信夫の住まいは、札幌市営地下鉄南北線の南側終点駅「真駒内」から徒歩で更に十五分ほど歩いた場所にあった。札幌オリンピックの頃に選手村だった場所だ。真駒内のアイスアリーナが見える住宅街の一角にある「コーポ　オリンピア」は、築三十年のアパートだった。

「今どき、身よりがない八十歳のひとり暮らしなんて本当でしょうかね」

所轄からやってきた、真由とそう年齢が違わない巡査長が面倒くさそうに二階建てアパートを見上げた。気温は二十八度あるという。釧路の倍だが、彼は汗のひとつもかいていない。

「今どきだからある話だろうさ」額を押さえて片桐が言った。

「八十でひとり住まいが出来るということは、相当達者なひとだったということですね」

真由の言葉に片桐が頷く。

「周りが心配するくらい呆《ぼ》けてたら、カンカンアパートの二階になんぞ住めないだろう」

片桐の言うカンカンアパートが、鉄製の外階段がついている格安賃貸物件の別称だと初めて知った。巡査長は「カンカンアパート」と上がりきらない語尾をもてあましている。

「さ、行くか」

不動産会社から借りた鍵には「二〇二」と書かれたちいさな札がぶら下がっている。一階に四室、二階に四室、計八室の部屋数だが、二階の手すりに大きく「空室有」の看板があった。もともとは大家がいたのだろうが、たしかに個人で維持するには中途半端な建物という印象だ。札は変色しているが折れたり破れたりはしていなかった。

「特急スーパーおおぞら」に揺られた四時間余り、真由の脳裏に浮かぶのはやはり滝川老人の所持品についてだった。タクシー乗務員時代に自家用車でつまらない違反をしたばかりに残ってしまった「指紋」しか、彼にたどり着く術《すべ》がなかった。上着はおろか所持品の一切、身元を知る手がかりとなるものがなかった被害者だ。今となっては、プロドライバーとして手痛かったはずの違反ひとつがありがたい。

玄関先は古新聞も缶や瓶類の放置もなく、きれいなものだった。新聞は取っていなかったか止めていたか。留守中、郵便受けに差し込まれた様子もない。なにか異変のある部屋は、ドアの前からそれを感じ取れるものだと教わってきた。こと滝川老人の部屋前においても、異変は見つけられなかった。

造り付けの靴箱と八十センチ四方の三和土《たたき》、玄関脇のトイレと居間に続くドア。閉めきっていた玄関は、トイレの消臭剤に使われている人工的な柑橘《かんきつ》のにおいがした。片桐、真由、所轄の巡査長の順に部屋へと上がった。

十畳と八畳の和室に狭い台所のついた、独居あるいはふたり暮らし向けの部屋だ。室内には、ラベンダー寄りのハーブが混じったにおいがする。冷蔵庫や炊飯器といった家電はすべて小さめ。長期的に滝川以外の人間が住んだ気配も少ない。居間のテレビは四十型ほどの録画機能付きだ。贅沢といえば、唯一それが贅沢品に思えた。

炬燵布団《こたつぶとん》を外した天板付きのテーブルが、テレビの前に置かれている。天板の上にはリモコンとペン立てがあった。筆ペンや万年筆、ボールペンといった筆記具が、何本もある。座布団は斜《はす》に置かれた二枚。

ざっと室内を見回したあと、寝室に使っていたと思われる隣の部屋に入った片桐が「お」と声を出した。「どうかしましたか」立ち上がり、奥の部屋の入り口に立った。片桐が、壁を見て口を開けている。回り込んで真由もその壁を見た。入り口以外の壁には、耐震対策の突っ張り棒で固定された本棚が天井を支えるように並んでおり、その棚のすべて、天板の上にまでぎっしりと背表紙が並んでいた。入りきらない書物が畳の上にシートを敷いて積んである。本が畳の湿気を吸うことを嫌ってのことならば、持ち主の性分がうっすらと見える。

『三国志』や『水滸伝《すいこでん》』は、全巻ハードカバーで上の棚に、映画や旅といった文字が目立つ目の高さの棚には、同じ著者の本が二段にわたって並んでいる。文学評論も数冊あった。この著者ならば真由も知っている。何冊か読んでいるし、数年前に自伝的映画が公開になり母とふたりで観に行ったのを覚えている。

片桐が唸《うな》りながら「爺さん、けっこうなインテリだったな」とつぶやいた。

「インテリというか、読書家ですね。小説は大河系のものが目立ちます。評論や対談は同じ著者のものを追いかけているようです」

下の棚には、単行本や文庫とは規格の違うものが厚い薄いを問わず並べられている。写真集のほかには、温泉やグルメガイドが目立つ。本棚を見ていると、他人の頭の中を覗いているような気分になる。希代の本棚も、ときどき古いものが抜かれていたりする。廊下を通る際にふと、ここには何が入っていたかを思いだして、言葉をなくすことがある。父の介護をしながら寺山修司の詩集を開く母の、どうにも晴れない心の裡《うち》を想像すると苦しい。

「俺はこういうのはどうも苦手だ。こっちのほうはお嬢に任せる」

「わかりました。寝室はわたしが」

片桐が居間へと戻り「こっちは録画機能付きテレビか」とつぶやいたあと、巡査長にどんな番組を録画していたのか調べるよう指示を出した。新型のリモコンのボタン操作がわからないのだろう。

返事のあとすぐに巡査長が言った。

「窓を開けましょうか。道東から来られた人には、ここはちょっと暑いでしょう」

「宇宙飛行士が鼻毛一本落としたばっかりに、別人だってのがばれた話もあるからな。風で大事なもんが吹き飛んじゃまずいだろう」

映画『ガタカ』のことを言っているのだ。

「片桐警部補、それは睫毛《まつげ》じゃなかったですか」

問うと、片桐が冷蔵庫のドアを開けながら「毛は毛だろう」と返した。

さて、と真由は一歩後ろに下がり本棚全体を視界に入れた。背にはさほど奥行きのない六段の箪笥《たんす》があり、箪笥の上には爪切りや櫛《くし》、衝立《ついたて》付きの鏡といった身だしなみ用の小物類が神経質なほど小分けされたプラスチックのトレイにのせられていた。

本棚と箪笥のあいだに布団を敷いていたのだろう。押し入れのふすまは開いており、上段には寝具が、下段には衣替え用なのか衣類の入った透明の衣装ボックスが重ねられ防寒具やセーターが透けて見える。独居老人の寝室は想像していたよりずっと清潔で、それゆえに侵入者の想像を拒む孤独な日常生活が垣間《かいま》見《み》えた。

本棚の上の段からは案外収穫が少ないかもしれぬと思ったのは、下段で目立つ旅の本が「東北」や「津軽《つがる》」「下北《しもきた》」で、その端の比較的新しいものが「道東」だったせいだ。白手袋をはめた手で端にあった旅行雑誌の特集号を二冊抜いた。どちらも道東の特集号だった。「くしろ&あっけし・道東海鮮三昧」「港街で炉端を楽しもう」「道東温泉グルメ旅」、といった大見出しが躍る表紙のひとつには、釧路のフィッシャーマンズワーフの写真が使われている。何気なく開いたページは上部の角が折り曲げられていた。「釧路の街を食べ尽くす」と題された特集記事だった。

台所の引き出しを開けてはぶつぶつ言っている片桐に「すみません」と声をかけた。

「警部補、滝川老人は酒を飲むほうだったんでしょうか」

「こっちに酒瓶や缶ビールはないぞ。どうした、なんか気になることでもでてきたか」

「道東の居酒屋や海鮮に興味があったようです」

禁欲的な生活を送る八十の男が、旅先で舌鼓を打つ姿を想像すると幾分気持ちも和《なご》むのだが、その彼が殺害されたことに静かな憤りを感じる。この世の不条理を何度か見てきたつもりでも、決して慣れることはない。

「家飲みっていう感じでもないな」

「つまみもありませんか」

片桐が「みりんもない」と返した。旅行雑誌の発刊日時を確かめてみる。東北が四年近く前のもの、道東は三年前に発売されたものだった。雑誌の、それぞれは薄いのだが積めば十センチくらいの高さになる。窓のそばに積まれた本の背表紙は、ちゃんとこちらを向いている。手前側にあるのはあきらかに古書だ。いちばん上にあるグラシン紙で保護された薄い冊子は、煮詰めたタマネギのような色をしている。

『白金之獨樂《はっきんのこま》』北原白秋《きたはらはくしゅう》――。

手に取っただけでかさかさと辺りに崩れ散ってしまいそうな軽さだった。この本に触れてきた人間の数を想像するだけで、思考が遠くへ連れ去られそうだ。古書店のものなのか、日付と金額だけの領収書が挟まっているページがあった。見開きの百二十六ページには「ヒトツ星」、百二十七ページには「他ト我」という短い詩が収録されている。

貴風堂《きふうどう》書店、金額は一万八千円。

日付は五年前の七月――。

おそるおそる奥付を開いてみた。大正三年十二月十三日印刷、とある。奥付の向かいのページに、すっかり変色した万年筆の文字で「滝川信夫　蔵書」とあった。

もう一度挟まっていた領収書の日付を確認するが、間違いなく五年前だ。念のために、と開いたほかの本のどれにも、署名は入っていない。この本を手に入れた際に入れたとは思えない、経年を感じる万年筆の文字が気になる。真由の耳の奥でちりちりと何かが引っかかった。

「爺さんずいぶん几帳面《きちょうめん》だったようだな」

言いながら片桐が寝室を覗いた。

「どうだいお嬢、なにか見つけたか」

「行きたいところが出てきました」

どこだと訊ねられ「古書店です」と答えた。

「古書店って、古本屋か」

「この本に挟まれていた領収書に店名が入っています。被害者は五年前に一万八千円もする古書を求めています」

挟まっていたのが本人の蔵書で、それもかなりの年代物であることを告げた。片桐が首を傾《かし》げながら、タオルハンカチを出して額の汗を拭った。

「その薄っぺらい本が一万八千円もするってのか」

「それが、よくわからないんです」

「どういうことだ」

「この本、奥付に古い蔵書の署名が入ってます。被害者の名前です。どうしてこれが積んであった本の一番上にあるのか。別の本を買い求めた際のものだとしても、五年前の領収書が挟まっていることがちょっと気になって」

片桐が「へぇ」と語尾を伸ばした。

「読んでたところに、その辺にあった領収書挟んだとか。そういう風でもないのか」

「なんとなくですけど、室内を見る限り、五年も前の領収書をその辺に置いておくような人という感じもしないんです」

片桐が押し入れの上段に重なる布団の折り目を見て「確かにな」とつぶやいた。洗濯物の一枚も干されていない住まいは、まるでもう主《あるじ》が戻らないことを知っていたように片付いていた。死出の旅でもなかったろうに、と思うとき、真由の胸にひりつくような思いがこみ上げてきた。

テレビの録画チェックをしていた所轄の巡査長が「古書店って言いましたか」と間延びした声をかけてきた。

「貴風堂書店って、ご存じですか。貴いに風、お堂の堂です」

「もしかして北大キャンパスの近くにある、あそこかなあ。看板を見たことある気がする」と言ったあと、慌てて「気がします」と言い直した。

「有名な古書店なんですか」

「有名っていうか、えらい古い土蔵みたいな建物だった気がするんで、けっこう商売になってるんじゃないっす――でしょうか」

いちいち語尾を訂正するくらいなら、最初から気をつければいいものを、と思いながら今日は営業しているかどうか確かめて欲しいと伝える。まるで舌打ちでも聞こえそうな声で「はい」でも「うい」でもない返答だ。

「定休日は月曜だそうです」誰と話した様子もなく彼が言うので、真由は思わず本を持ったままテレビのある部屋へ戻った。

「誰に確かめたんですか」

「誰って、これですよ」左手に持ったスマートフォンをひらひらと振って見せた。

「電話番号、教えていただけますか」静かに言った。

はいどうぞ、と巡査長がこちらに画面を見せた。真由はできるだけ顔が歪《ゆが》まないよう気をつけながら、自分の携帯に貴風堂書店の電話番号を打ち込んだ。

――おかけになった電話番号は現在使われておりません。

「使われてないって、言ってるけど」

「変だな、ちょっと待ってください」

右手にテレビのリモコンを持ったまま、左手の親指だけが忙《せわ》しなく動いている。こんなふうに親指だけで有力な情報を得られれば、刑事なんぞ要らないかもしれない。真由が彼の仕種を眺めていると、横から片桐がひょいとその画面を覗き込んだ。巡査長はそれが彼の癖なのか、片桐の視線を避けるように体を捻《ひね》る。捻った方へと片桐の顔もついてゆく。そのままくるりと一回転するのではと思うほど、それぞれの無意識な仕種がおかしい。

「どうも、営業を休んでいるようですね。詳しいことはわかりません」

真由は遠慮なくため息をついた。

台所からは近所の内科で処方されたと思われる風邪薬の残りと、関節痛に効くというサプリメント、ビタミン剤、歯槽膿漏《しそうのうろう》薬。寝室からは使いかけの湿布薬の袋が出た。ただ、保険証、免許証といった個人を証明するものがなかった。ひとり住まいで旅先での死亡となればそれらを持ち歩いていても不思議ではないが、くずかごにも冷蔵庫にも寝室にも、それまでの生活や汚れをこんなにも残さずに人は死ねるものだろうか。

録画されたテレビ番組はほとんどが歌謡ショーと旅番組だった。ほかには映画が数本。旅番組もやはり東北と北海道に限られている。三十分のものも一時間のものもある。最初の録画は五年前から始まっているが、最初は年に二本か三本の映画だったのがここ三年間は旅番組に集中している。すべての番組を確認するには、何日かかるかわからなかった。真由はほとんど埃《ほこり》も溜まっていないテレビの裏側を覗き込んだ。

「あった」

もしやと思った場所に、白いカセットが差し込まれていた。祈るような気持ちで旅番組の録画先を確かめた。滝川老人が番組を録画していたのはテレビ本体ではなくカセットだった。これならばダビングの時間が不要だ。そのぶん、聞き込みが出来る。電源を切り、カセットを外した。

「それに録画したもんが入ってるのか」片桐が感心したようにつぶやいた。

「五年前の製品なので、もしかしたらと思いまして」

同じメーカーでもう少し画面の大きなテレビを、父の退職祝いとして贈ったのだ。当時は、父が倒れるなど想像してもいなかった。テレビは、「本」という趣味を共有できない母との時間をいくらかでも埋めてくれるかと選んだものだった。パラボラアンテナを付け、有料放送にも加入した。結局この一年は、番組案内の小冊子が郵送されても袋さえ開けないまま捨ててしまうことを繰り返している。母は相変わらず本を読み、娘の自分は仕事以外の時間は道場で竹刀を振っている。

史郎がひとり家でテレビを観ているのも、考えてみればさびしい姿だった。ふたり並んで懐かしい映画のひとつも、というのは娘の感傷に過ぎなかった。

所轄の巡査長に貴風堂の店主あるいは店員のあたりをつけてもらうよう頼むと、彼はなにがそんなに嬉《うれ》しいのか、初めて見せる愛想の良さで「コーポ　オリンピア」を出て行った。

「お嬢、今回のキーワードは『旅』かね」

「旅の本も録画の傾向もここ数年に限られていることを考えると、滝川老人になにか外へ向かう心境の変化があったとみたほうがいいかと思いました」

「急に、道東のグルメ旅に出かけるような、心境の変化ね」

「実に簡素な生活です。おそらく、旅行鞄《かばん》も持って出たもののひとつだったし、証明関係、預金通帳などほとんどを持ち歩く人物だったことも、彼にとってはなんの矛盾も無理もないように思えるんです」

　史郎の退職時、旅らしい旅を経験してこなかった夫婦に九州一周のツアーを贈ったのだが、あのときも父は余計な荷物となりそうなものをあれこれ鞄に入れては希代にたしなめられていた。旅の間のあらかたは、帰宅後の会話の少なさでなんとなく想像がついた。後にも先にも夫婦ふたりの旅行はあの一度だけだった。

「爺《じい》さんが全財産を持ち歩いていたとして、物盗《ものと》りの線も出てくるか」

　西陽で室温が上がってきたらしく、背中が汗ばんできた。見れば片桐も額にうっすらと汗をかいていた。

「暑いですね、窓を開けますか」

「あいつがいるところで、暑い暑い言いたくなかったんだ」

「わたしもです」と返すと、片桐が笑った。

「なんだ、お嬢もけっこう底意地が悪いな」

「ありがとうございます」

　テレビの後ろ側にある腰高の一間《けん》窓に手を掛けた。曇りガラスの入った窓枠が、結露のせいなのか下へゆくほど黒ずんでいる。長く住んだ公務員宿舎もこんな感じだったことを思いだした。内窓はすっかり渋くなっており、几帳面な滝川老人もさすがにひんぱんには開けていなかったようだ。そこだけうっすらと溜まった埃を、吸い込まぬよう気をつけながら両手で少しずつずらす。頭上で木と木が擦れる音がしたかと思うと左手の甲をかすめて、何かが落ちてきた。悲鳴をあげそうになり、思わず飛び退いた。

「どうした」

窓の内側に、ガムテープ幅の厚紙がジグザグに曲がり転がっている。隙間風で内窓が鳴るのを防いだものだろうか。手に取って開いた。埃臭さが染みこんだ厚紙だ。厚紙の端に、薄い紙が残っていた。どうやら便せんの台紙らしい。テーブルの上のペン立てを見た。

「警部補、滝川老人は手紙を書く習慣があったのかもしれません」

「そういう年頃だわなあ」と間延びした声が返ってきた。しかし声とはうらはらに片桐の表情は硬い。

「手紙を書いてるなら、こちら宛の返信があっても不思議じゃないと思うんです」

真由は「ちょっと待ってください」と言ってもう一度、机周りを丹念に浚《さら》った。しかし室内に、滝川老人宛の私信は一通もなかった。手紙を書く習慣があるとすれば、返信あるいは宛先のメモもどこかにあるはずだ。住所録、あるいは書きかけの便せん。部屋をぐるりと見回してみる。読みかけの本も放っていない室内に、朱色の鮫小紋《さめこもん》柄の座布団が二枚。そこだけ鮮やかな色を放っていた。

つとテレビ台の上にある菓子箱に目を留めた。録画番組ばかりに気を取られ、台と同化しそうな薄い木目の菓子箱を見落としていた。そっと箱の蓋を開けてみる。鳩居堂《きゅうきょどう》の便せんが二冊入っていた。そこにも、滝川老人宛の手紙はなかった。

「警部補は、手紙を書く習慣ってありますか」

「報告書だって面倒なのに、手紙なんか書くわけないだろう。そんな相手もいないし、電話一本で足りない用なら会ったほうが早い」

「そうですよね」

片桐の言葉はもっともだった。会わねばならぬ人間がいたのなら、その人物を探せばよいのだ。箱には便せん二冊のほかに、それぞれに揃いの封筒が入っていた。祈るような気持ちで水色の表紙をめくる。紙質と罫線《けいせん》の幅は違うが同じ鳩居堂のもの。どちらにも書き損じの便せんはなく、半分ほど使われている。裏表紙も確認するが、メモのひとつもない。ペン立てにある万年筆を一本手に取った。

「パーカーの、けっこういいものですよ、これ」

「万年筆か」

「手紙を書くときは鳩居堂の製品で、筆記用具はパーカーの万年筆です」

言葉にはしたものの、自分はそれが滝川老人のなにを教えてくれるのかを知りたいのだ。折り重なるものの存在は感じ取れるのに、その先が遠い。もどかしい思いを抱きながら、ジグザグに曲がった厚紙を見る。

「手紙を書く習慣はあるのに、返信が一通もないって、どういうことでしょうか」

片桐は数秒黙ったあと、首をぐるりと回した。

「手紙の返事ってのは、自分の思うようにはいかんだろうよ。儀礼でも、期待していなくても、相手のあることだからな」

「出した手紙に期待するのが嫌だったたってことですか」

「八十だぞ、お嬢」

真由は裡に積もりゆく老人の孤独と肌寒さに耐えきれず、腕時計を見た。もういいかげん、被害者についての情報が出張先にも届いていい頃だった。片桐の電話も自分の電話も鳴らない。警部補を差し置いて、同僚に電話をかけるわけにもいかなかった。それとなく、釧路の情報は入っているかどうか片桐に訊ねた。

「そうだな、松崎にでも訊いてみるか」

自分が戦力外かもしれぬと、思うのが嫌だった。片桐が携帯を腕の長さぶん離してボタンを押したあと、ひとつ咳払《せきばら》いをして耳にあてる。

「おい、こっちにもなんか情報寄こせ」

最初はふんふんと聞いていた片桐だったが、一分も経たぬうちに「お嬢に代わる」と言って電話を渡された。

「お疲れ様です、大門です」

「そっちこそお疲れ。いいかい、言うよ。滝川信夫の本籍は青森市堤町《つつみまち》。今回被害者が泊まったのは釧路駅前の『オリエントイン』で、遺体発見の前々日午後二時にチェックインしてる。同行者なし。手荷物は黒っぽいナイロン製旅行バッグひとつ。予約なしの宿泊で翌日午前九時にチェックアウトしてるから、一泊で帰るつもりだったか、別の場所に移動の予定だったか。あと、荷物と上着はまだ発見されてない。以上」

「ありがとうございました」

「キリさんのお守《も》り、よろしく」

「承知しました」

携帯電話を片桐に戻した。松崎は相変わらず必要なことしか言わない。一切の憶測のない報告はいっそ気持ちよく、自分もあそこまで開き直った態度で過ごせたらいいのにと思うことがある。柔道を選択している彼女とはほとんど交流らしい交流もなかった。刑事課でたったひとりしかいない同性だが、彼女の素《そ》っ気《け》なさは、なにかと世話を焼かれたり無視されるよりずっとありがたい。

「爺さんは帰る予定の日に死んだかね」

「釧路を振り出しに、あちこち観光するつもりだったとか」

呼吸ひとつぶんの間を空け、片桐が言った。

「もし気楽なひとり旅だったら、俺ならもっと楽なもん着て歩くんだけどな」

頭の奥でまた、ちりちりと細かく何かがはじける音がする。見つからない荷物、あってもおかしくないはずの上着、ラフとは言いがたい服装。一泊の滞在。滝川老人は、釧路で誰かに会ったのではないか。たったひとりのグルメ旅も、よく考えてみればおかしな絵だ。電話で聞いた情報を精一杯組み立てる。松崎比呂は変な隠し立てなどしないだろう。素っ気なさと狡辛《こすから》さは、こと彼女において両立しない。

「もうそろそろかな」

片桐が腕時計を見ながら汗を拭った。つられてこちらも時計を見る。同じアパートの一階に住むタクシー会社の元同僚がやってくる時間だった。滝川老人が働いていた時代と今を知る関係者だった。仕事を終えてから午後五時に会うことになっている。

窓を半分開けた。西陽でテレビの裏側が熱を持っていた。風はまだ吹かないようだ。こもった空気が少しずつ入れ替わるのを待ちながら、もう一度寝室へ行き棚に収められた本の背表紙を見た。どこからなぞっても、けっこうな読書家だった。自宅に置いているものだけで壁一面だ。地元の図書館にも通っていたかもしれない。近年は貸し出しのシステムもデジタル化されて、個人の情報は容易に手に入らなくなっていると聞いた。知りたければ令状を取れ、ということか——。

五時を三分ほど過ぎたところで、来客を告げるドアチャイムが鳴った。玄関先に現れたのは白い開襟シャツと紺地のズボン姿の老人だった。真っ白い髪を短く刈り上げ、片桐に頭を下げている。

「道央《どうおう》タクシーの鈴木《すずき》でございます。滝川さんが亡くなったというのは、本当なんでしょうか。何かの間違いってことは」

「いま、それを調べているところでして。指紋が一致したということしか、まだ」

鈴木は白髪頭を額から後頭部に向かって撫《な》で上げたあと「指紋」とつぶやき、三和土に視線を落とした。

「進入禁止のところに入ったときの、あれですか」

「自家用車での違反でした」

「滝さん、無事故無違反だったんですよ、それまで」

玄関側からひとつ夕時の風が入り込み、テレビの後ろへと流れていった。風をきっかけに、彼を部屋に招き入れた。テーブルを囲んで、座ってもらう。彼の部屋は「コーポオリンピア」の一〇一号室だという。妻を亡くしてからはひとり暮らしで、歩いて十分ほどのところに娘夫婦と孫がおり、若い頃からずっとタクシーの乗務員でやってきた男だった。滝川とはたまにここでふたりで話すこともあったと語るも、まだ事態をうまく飲み込めていないと眉間《みけん》の皺を深くする。

「天涯孤独ってのは、滝さんみたいなひとのことを言うんだろうと思ってました。一度も結婚しないで、青森を出てきてからは、親兄弟も死んでるか生きているかわからないうちに年を取ってしまったって言ってました」

「お互いの環境を、よくご存じのおつきあいだったんですね」

ここは片桐が音頭を取るようだ。真由は「千代ノ浦海岸・老人殺人死体遺棄事件」の老人に×を付けてちいさく「滝川信夫」と書き入れた表題のページを開く。鈴木には見えぬよう軽く片側の表紙を持ち上げながら「元同僚・鈴木・同アパート」とメモを取った。

「どちらかというと、わたしが話して滝さんがそれを聞いているという感じが多かったように思います。娘とか孫の話をしても、別段うらやましい素振りを見せるひとじゃなかったんで、なんでも気兼ねなく話せたんです」

「面倒見のいいかただったんですね」

「そうじゃないと、タクシー乗務員が進入禁止の道路で待ち構えていた警官に切符なんか切られませんよ」

言ってから鈴木がちいさく謝った。

「どういうことですか」

「道路の、何十メートルか先でちっちゃい女の子が転んだのが見えたんだそうです。起き上がれないで泣いてたらしくて。これはと思って逆走を気にしながら車を寄せたら、待ってたみたいに警官が来たっていうんですわ」

滝川老人は車を寄せた場所よりも転んだ女の子の怪我《けが》が気になった。そちらには目もくれようとせず切符を切りに来た警官の態度に、しばらくのあいだ腹を立てていた。鈴木はそのときの滝川の様子をよく覚えていると言った。

「普段ものすごく温厚なひとだったから、周りはみんな驚いたんです」

片桐が「なるほど、それは同業者として申しわけない」と数回頷いた。滝川老人はそれ以降、急にハンドルを握るのが億劫《おっくう》になった様子だった、と鈴木が言う。

「七十を過ぎると契約でシフトを調節しながら小遣い稼ぎを続ける人間も多いんですけど、そのことがあってから滝さんはすっぱりと辞めたんです」

録画機能付きテレビは、違反の前に無事故無違反の表彰として会社から贈られたものだった。

「車の修理も出来るひとだったから機械には強くて、説明書を一回読んだらすぐに覚えたみたいでした。わたしが旅番組を好きなことを知って、録画したから一緒に観ようと言ってくれたこともありましたよ」

ちょっと待ってください――。思わず声に出していた。鈴木と片桐の視線がこちらへ集中する。片桐がひとつ頷いた。すみません、と前置きして訊ねた。

「滝川さんが旅番組を集中して録画するようになったのは、ここ三年ほどです。そのきっかけは、鈴木さんということでしょうか」

きっかけ、とつぶやいた彼は数秒遠い目をしたがすぐに視線を戻した。

「あのころ、たまたまわたしが有志会のとりまとめをやっていたんですわ。現職や退職者を交えて、年に一度くらい騒ぐんです。その年によって参加者は違いますが、だいたい十人くらいで落ち着いてました。で、三年に一度の割合で一泊か二泊の旅行をするわけです。滝さんは最初からのメンバーでした。三年前も、どこがいいだろうってこの場所で話したんですよ」

鈴木は急に声を落とし「滝さん、ここに座ってたなあ」とつぶやいた。

今度の観楓会《かんぷうかい》は、定山渓《じょうざんけい》や洞爺湖《とうやこ》の一泊飲み会じゃなく、函館《はこだて》の大沼か馴染《なじ》みのないオホーツク方面にしようかと相談したとき、滝川が「釧路」を提案したのだという。

「滝さん、一度でいいから釧路という街に行ってみたいって言ったんです」

三年前の十月、一行は下戸《げこ》の運転手の旅費を無料にしてマイクロバスを貸し切り、釧路へ向かった。

「昔と違って高速も繋がって、日勝峠《にっしょうとうげ》を使わずに行けるようになりましたしね。十月に入るとタイヤ交換が必要ですが、それはうちの業界ではあたりまえのことなんで」

その年の参加者は十一名となった。

「ちょっと待ってください」鈴木が座布団から腰を浮かせた。「あのときの旅程表、まだ持っていますよ。写真も残ってます」

「見せていただいてもいいですかね」片桐が訊ねる。

「もちろんです」

鈴木が階段を下りてゆく足音で健脚ぶりがわかる。滝川の部屋で、鈴木の言う旅行のファイルは見あたらなかった。

「今回の前に、爺さん釧路に行ってたのか」

「本人が希望しての行き先だったんですね」

「一度でいいから行ってみたい、って言った場所にまたひとりで行くとは、よほど気に入ったようだな」

片桐がポケットから煙草を取り出しそうになり、自らその仕種をたしなめた。ここには灰皿もなければ酒瓶もない。あるのは禁欲的な老人の孤独と靄《もや》だらけの過去だ。過去、と胸の裡でつぶやいたあと真由は立ち上がった。片桐がどうした、と驚いた様子で見上げている。階段を上ってくる足音がもどかしく、玄関まで出た。ドアを開けた鈴木に向かって、できるだけ声を落とし、訊ねた。

「会社に、滝川さんの履歴書が残ってると思うんですが」

「ちょっと待ってください、事務に訊いてみます」

鈴木がその場で尻のポケットにあった携帯電話を取りだした。シニア用の機種だ。待ち受け画面は幼い女の子。孫なのだろう。

——ああ、そうなの。じゃあ、これから取りに行くから封筒に入れておいて。

通話を切ったあと彼は「釧路署に送ったものの、原本があるそうです」と言った。事務員がコピーを取っておいてくれるらしい。

「十分で戻りますから、とりあえずこれを」と手に持った旅行の簡易アルバムと旅程表を差し出した。丁寧に礼を言って送り出し、手に取った万年筆を眺めている片桐のところへと戻った。

「警部補、この旅程表、手書きですよ」

「今どき、手書きかい」

横書きのかっちりとした楷書《かいしょ》の文字が、出発時刻と集合場所から始まり、三日間の立ち寄り先と宿泊施設を記していた。

「初日の昼に和商《わしょう》市場到着、そのあとフィッシャーマンズワーフ、幣舞《ぬさまい》橋と啄木《たくぼく》歌碑めぐりか。夜は末広の海鮮炉端ねぇ。刺身と炭焼きってそんなに旨《うま》いかね」

「二日目は早朝に出発して神の子池と摩周湖《ましゅうこ》。川湯《かわゆ》温泉から阿寒《あかん》に抜けて、阿寒湖温泉に宿泊です」

三日目の昼に帯広で豚丼を食べて、高速道路を使って戻る旅程だった。

「健啖家《けんたんか》揃いってことか」

下戸の運転手がいればこその早朝移動だろう。釧路から川湯、阿寒という旅は、道東でくるりと円を描き、地図に風船のようなかたちを作る。昼までに釧路へ着くためとはいえ午前七時集合とは。行き先のほとんどは滝川が決めたというが、本棚にある道東特集の旅雑誌を見ればそれも頷けた。

片桐が滝川老人の書いた文字を、キャップをつけたままの万年筆でなぞり「上手《うま》いな」と唸っている。

「で、大門家のテレビはお嬢が買ったのかい」

「そうです」唐突な質問に戸惑いながら、頷く。

「退職祝いか」

はい、と返した。片桐が「いいねぇ娘ってのは」と歌うようにつぶやいた。

「母は本ばかり読んでますし、父は竹刀を振るしか時間のつぶしかたを知らないし、退職したらどんな家になるのか想像もつかなくて。有料テレビ放送に加入もしたし、映画もネイチャー番組も、それこそ旅番組も見放題だと思ったんですけど」

「希代さんは、相変わらず本が好きかい」

「父が退院したら、全部処分してバリアフリーにしなきゃなんて言ってます」

そんなに持っているのかと問うので「廊下の壁一面本だらけです」と答えた。

「それじゃあ、読んだ本の感想なんかも書いたりするのか」

「いや、そういう趣味はないようです。次々に読んで、好きな本はまた読み返しています。捨てたり売ったりということが出来ないらしくて。引っ越しのときは母の本がいちばん多かったんです」

「読んだ本について、大門さんやお嬢と話すってことはないのかい」

「中学とか高校くらいまではそういう時間もありましたけど、最近はほとんど」

片桐が「そうかあ」と言って、万年筆をペン立てに戻した。

鈴木は本当に十分で滝川宅に戻ってきた。

「お待たせしました、履歴書と写真の拡大コピーです」

「こりゃあ助かります。まだまだお話を聞かなきゃならん先がいっぱいありますんでね」

小刻みに頷き返す男の目尻が、次第に赤くなってゆく。

「調べてもらえばわかります。滝さんは恨みを買うようなひとじゃないんです」旅程表を指さし、彼が続けた。

「こんときも、とにかくみんなで道東へ行くってのが楽しみだったらしくて。張り切って予定を組んでくれましてね。本当はわたしが幹事なんだけど、ほとんどの世話を滝さんがしてくれたんですわ」

「そんなに道東旅行が楽しみだったとは、何か理由でもあったんでしょうかね」

「摩周湖や阿寒湖なんかも行きましたけど、特に初日の釧路が楽しみだったようで」

無意識のうちに膝が前へとずれた。片桐が滝川老人の履歴書を開く。

「釧路とは縁がなさそうな経歴ですが、誰か知り合いでもいたんでしょうか」

鈴木は「さあ」と首を傾げた。

滝川信夫の生まれは青森県青森市、本籍同じ。弘前《ひろさき》大学理工学部を中退後、八戸《はちのへ》市で飲食店に勤務しており、八戸から札幌へと移った。タクシーの乗務員になってからは、会社を三回替えている。

「雇用条件のいい会社に移るのは、けっこうあることなんですよ。バブルのあたりで会社を大きくしちゃってあれこれとほかの商売に手をつけたところは、あのあとたいがい駄目になりました」

なるほど二〇〇〇年に鈴木と同じ会社に移っている。彼は滝川老人が今回釧路へ行ったことを報されていなかった。夜も電気が点いていないことから、どこへ行ったのだろうと思いはしたが、孫の誕生日などもあり連絡をしそびれた。外泊するなら行き先のひとつもお互い心配ないよう伝え合おうと、思った矢先の報せだったと涙を浮かべた。

「いったい、釧路になんの用事があったのか見当もつきません。まさかカマボコひとつ買いに行ったわけでもあるまいに」

「カマボコですか」と片桐が訊ねた。

「滝さん、練りものが好きで、何度か電話で注文したりしてました。そのときはわたしもご相伴にあずかったもんです。正月は娘のところのぶんまでいただいたりしてね。それも、このときの旅行で見つけた店だったはずです」

「なんという店だったか覚えていませんか」

「いや、店の名前までは」と語尾が濁ったあと「市場の中にある店だったはずだけれども」と続けた。

真由は手帳に「和商市場、カマボコ店」と書き込んだ。

「道東旅行のときも、まず市場に行かれてますね。なにか思いだしたことがあれば、どんなちいさなことでもいいんで、教えていただけませんか」

鈴木は白髪頭の後頭部を数回叩《たた》きながら「いやあ、どうだったか」と繰り返す。

「すっかり腹が減っていて、みんな先を争うようにして丼用の飯を買いに走ったのはよく覚えているんです。気の早いやつは缶ビールを買ってました。わたしも、飯にのせればいいだけになった切り身があちこちに並んでいるのを見て、目移りしてしまって」

鈴木が恐縮しながら目頭を押さえたあと洟《はな》をかんだ。

滝川老人の経歴は、履歴書に書かれてある出身地と弘前大学中退、八戸の飲食店勤務以降は凪《なぎ》の海を見るようだった。

滝川老人は筆まめな人だったようだが、と水を向けると鈴木の目がわずかに光を取り戻した。

「酒もギャンブルも、娯楽らしいものとはとんと無縁に見えました。この旅程表の字をご覧いただければわかるとおり筆の達者なひとでしたけど、筆まめだったかどうかまではちょっと。わたしらの業界はいろんな人間が集まってきますのでね、あまり個人的なことを突っ込んだりしない、そのときそのときの話題でほどほどに楽しむ癖がついてしまいました」

彼はそれが案外長くつきあえるコツなのだと言った。片桐が深く頷く。

これから娘のところへ行って晩ご飯を食べてくるという鈴木を、玄関で見送った。

「どんなちいさなことでもいいですから、なにか気がついたことがありましたら連絡をください」

「なにもわからないままはつらいです。こちらこそどうかよろしく頼みます」

名刺の裏に携帯の番号を記して渡すと、うやうやしくそれを受け取りポケットに入れた。ぴしりと折った腰と、しっかりとした背筋。続けられる限りタクシー運転手を続けるのだという。それだけ、辞めるきっかけも多い仕事なのだろう。脳裏を擦るようにして、史郎の姿が過ぎってゆく。夜は母に電話を入れようと思った。

「貴風堂書店」は札幌駅の北側、北大の近くにあった。地域の交番が店主の現住所を把握しており、連絡がついた。午後七時には店の前にいるという連絡を受けている。

鍵を返しにゆきがてら、不動産会社にも話を聞いたが、滝川老人の部屋や鈴木から得た情報以上のものはなかった。ひとつところに十五年住んでいて、なにも自分のことを語らない男というのは周囲にいったいどのように見られていたのだろう。こと滝川に関しては、温厚で親切、真面目《まじめ》な仕事ぶりと物静かな人柄しか伝わってこなかった。それがいっそう老人の孤独を浮かび上がらせ、真由の気を滅《め》入《い》らせる。

住所が書かれたメモを確かめる。まだ山際《やまぎわ》が明るかった。この暮れきらない空が疎ましいのは、道東と道央の日の入りがずれているせいだろうか。数字の上では十二分とわずかだが、体に染みこんだ時間のバランスがこの街を遠い場所だと教えた。

こちらに向かって歩いてくる赤いTシャツにジーンズ姿の男と目が合った。男は所轄からある程度情報を得ているのか、片桐と真由にすぐに気づいた。会わねばならぬ、と言い出したのは自分だった。片桐にひとつ礼をしてから、男のほうへと歩み寄る。

「貴風堂さんですね、釧路署の大門です。お忙しいところ恐縮です」

「殺人事件と聞いてびっくりしてます。うちのお客さんって、本当でしょうか」

「被害者の部屋から、こちらの領収書が出てきたものですから」

「中へどうぞ。今はネット販売が主流になっているんです。自宅が歩いて五分のところにあるものですからこっちは見かけどおり、倉庫になっています。扱う商品も古本だけじゃ商売にならないので、若い市場も開拓しようと、思い切って店の名前も変えたんですよ。大学の近くにあっても、古本を探す大学生なんてほとんどいなくなりました。興味の先がゲームと漫画じゃ、この先どうなるんでしょうね」

古い情報も、気をつけて見なければまるで今日のことのように語られる世界がある。ネットの情報は、何年も前に振り下ろした竹刀がとらえた先をいま見るような、何とも言えない薄気味の悪さに溢《あふ》れている。情報は生ものだと教わってきた。やはり直接会うほうがいい。滝川老人は、誰に会うために特急列車に乗ったのだろう。鈴木にひとことも告げずに釧路行きを決めた理由が知りたかった。

蛍光灯の明かりの下で見る店主は店の風格からして、てっきり孫の代かと思ったら二代目だという。彼は笑いながらTシャツの裾をつまんで言った。

「会社勤めというのをしたことがないので、年がら年中こんな格好で。初代偏屈店主の上をいく偏屈二代目と呼ばれています。親父《おやじ》より少しだけ数字に強かったというだけで、なんとか食いつないでるというのが本当のところです」

店主の貴島《きじま》は、偏屈にもいろいろあるが喋る偏屈ならばなんとかなるのがこの業界なのだと笑った。

「五年前にうちで買った本と伺っていますが」

白茶けた背表紙の並ぶ本棚の前で、貴島が片桐の顔を覗き込むようにして訊ねた。片桐が真由を見上げ、それにつられてか貴島もこちらを見上げた。自分より年配で背の低い人間ふたりに同時に見られると、いつものことだがいたたまれない。

「本の件については、わたしがお話を伺います」

「いいですよ、どちらでも」

「この領収書なんです。日付と金額のみで書名が書かれていないものですから、ご確認いただきたかったんです」

貴島はジーンズのポケットから小ぶりな眼鏡ケースを取り出し、「すみませんね」と言いながら鼻先に上下の幅が狭い眼鏡をかけた。

「まだここに座ってたころのものですね。ちょうど今ごろの季節だ。いい値段ついてるなぁ。ちょっと待ってください、なんだったろう」

そう言うと二、三歩下がり、段ボール箱の下になっていた民芸家具の引き出しを開けた。眼鏡を額の生え際のあたりに上げてがさがさと中を探り、取り出したのは一冊の領収書控だった。老眼鏡を元に戻し、日付を確かめながら何枚かめくって数秒後、貴島は「あったあった、これですね」と言って領収書控をこちらに向けて見せた。

「思いだしました、けっこうご年配の男性じゃなかったかな。たしか八戸にいたことがあると言ってた。うちはこのとおりレジや電卓もないんで、書いた価格ぽっきりの商売です。あまり状態のいい本じゃなかったんで、これでも相場より安いんですよ」

「本のタイトル、覚えていらっしゃるんですか」声が少し高くなった。片桐が顔を上げた気配に、そちらを見ぬよう気をつける。

「『白金之獨樂《はつきんのこま》』ですよ、北原白秋の」

あっさりとその名が出てきて、うまい言葉が浮かばない。大きく二度頷いて呼吸を整えたあと、ショルダーバッグからその一冊を取り出した。

「これでしょうか」

貴島は「そうそう」と言って、久しぶりの友に会ったような懐かしげな表情を見せた。

「ちょっとイントネーションが函館か青森かなって思ったんです。うちの死んだ親父も向こうの出身なもんだから。表紙を見ると、売れたときのことをはっきり思い出せますね」

貴島の話す滝川老人の様子は、元同僚に見せた貌《かお》とは少し違った。

「八戸にいた若い頃、好きだった女に渡した一冊だって言うんですよ。半世紀以上も前だって言いながら、半分泣き笑いで。その日探してたのは中上健次《なかがみけんじ》の選集文庫全巻だったけどうちにはなくて。たまたま『超古書』の棚からこれを見つけて、本当に驚いている風でした」

滝川老人は棚から北原白秋の詩集を抜き出して、ぱらぱらとページをめくったあと貴島に訊ねた。

です。

──これはいったいどんなかたが持ち込んだ本なんでしょうか。

──函館の古書店が店じまいするというので、まとめて譲り受けたもののうちの一冊です。

──函館のかたが持っていたものだったんですか。

──青森と函館の両方で商売をしていた店でしたよ。

老人は深くため息を吐《つ》いたあと、これは昔自分の持ち物だったのだと言った。

「どんな本だろうと、巡り巡って半世紀後に別の土地で見つけるって、確率的には非常に低いと思いますよ。書かれてあるものすべて、今でも暗唱できるほど好きな一冊だったというんです」

「手放した経緯については、なにか聞いていませんか」

「さぁ、とにかく好きな女が気に入った様子だったのであげたとしか。そのひととどういう関係だったかまでは、あのくらいの年齢の方には冗談でもなかなか」語尾が曖昧になった。

「この本が棚にあった際、お値段の表示はどうなっていたんでしょうか」

「グラシン紙でカバーして付箋紙で二万円の値を付けてありました。でも涙をこぼしながら『なんでここで会うんだ』って、本に話しかけてる姿を見たら、一割くらい引いてあげたくもなりますよ。儲《もう》けはないですがね」

「相場よりもお安く出していたということでしたが、通常はどのくらいのお値段で取引されているものなんでしょうか」

「ヤケがひどくなければ、四万前後ってところでしょうか」

「ほぼ半額ですね」

「奥付に蔵書の書き込みがあったし、汚れも相当だったんで」

「八戸の女性について、なにかほかに聞いたことはありませんか」

貴島の瞳が蛍光灯のちらつきへと上がり、数秒で戻ってきた。

「自分は放蕩《ほうとう》者だったと言ってました。大学を中退したあとは、住み込みで働ける仕事ならなんでもやったって。若いうちに北海道に来て、それきり帰ってないというお話でした。久しぶりに、天涯孤独なんていう言葉を聞きました。これはよく覚えてます。いい言葉を身につけたひとだったな」

貴島はそこまで言うと、ふと頰《ほお》の力を抜いて「殺されたって、本当ですか」とため息を吐いた。

天涯孤独――。真由の胸奥に、言いようのない苦しさが押し寄せた。不意に消息を絶てる過去があるとして、その過去を旅する途中で絶たれる命もある。人がひとり、生まれて死ぬまでにしてきたことを、古本一冊から紐解《ひもと》いてゆかねばならない。

片桐が、頰を掻《か》きながら「やりきれませんね」とつぶやいた。空気が弛《ゆる》み、三人が同時に深呼吸する。この、古い紙と埃から漂うにおいはときどき自宅の廊下でも嗅いだ。希代もよく、幼い頃に欲しかった本を見つけるとつい買ってしまうと言っていた。どんな価格で流通していても、滝川老人には買い戻したい過去があった。今はただ無念という言葉を頼りに、出来るだけこの事実から逸《そ》れぬよう掘り進めるしかなかった。

その夜ビジネスホテルにチェックインしたあと、『白金之獨樂』を前にして母に電話をかけた。

お疲れさま、と言うとありがとうと返ってくる。浜の生まれだが、希代の言葉にはほとんど抑揚がなかった。そのせいでずいぶんと他人には冷たい印象を与えるらしいことに気づいたのは、宿舎時代も終盤にさしかかってからだ。

「体調はどうなの。そっちは暑いんでしょう」

「こっちは大丈夫。お母さんこそ、往復のバス、疲れない？」

「いい運動。心配ない」

真由はこの距離が心地いいことに気づいた。いま父になにがあったとしても、たどり着くまでに五時間はかかる。この時間がそっくりそのまま「諦め」に換えられることに、安堵《あんど》している。

「お父さん、変わりなかった？」

「うん、真由が捜査で札幌にいるって言ったら、機嫌良くなった」

「なんでかな」

「あんたが仕事してるのが、嬉しいんでしょうきっと」

「仕事の話ほとんどしないし訊ねられたこともないけどな」

「今度、なにか訊いてごらんよ。急に元気になっちゃうかもしれないよ」

父になにか訊ねたいと思ったことがなかった。大門史郎に職場の話を、と思ったところで気づく。そんなことを出来るのは母しかいない。

「病室に行くと不機嫌そうだけどね」

少し間を置いて、希代が言った。

「恥ずかしいんだよ、たぶん。見られたくない姿をさらして生きてることがすごく恥ずかしいんだと思う」

「誰もお父さんを笑ったりしないのに」

「いっそ笑われたほうがいいんじゃないかな。そういう人だよ」

面と向かっては出来ない会話をしていた。母もこの、すぐには駆けつけられない距離が心地いいのかもしれない。

もやもやとした感覚に、いつもぴたりとした言葉をくれるのは母だった。ねえ、と話題を昼間見た本棚に移した。

「小説は上のほうにあって、中段に評論とか対談集とかがあるんだよね」

「目の高さにあるものが、好きなジャンルだと思うけどね」

「一番下にあるものって、どうなんだろう」

「下にあっても大丈夫なもの。座ったときに開きたいとか、目が合わなくてもそうそう忘れないものじゃないのかな」

母が無意識に放ったひとことに、昼から脳裏にあった霧が晴れた。

忘れないもの——。

忘れられないもの——。

「ねえ、北原白秋の詩を暗唱するくらい好きな人ってどう思う？」

「どう思うか訊ねるには、情報が不足してる。年齢と性別を教えて」

「八十歳、男性、独居老人」

ややあって、希代は静かに「悔いるほうの、長い後悔、かな」とつぶやいた。廊下や壁伝いに響く夜の街の喧噪《けんそう》がいっとき消えた。

3

翌日、滝川老人が乗車したと思われる時間帯の列車で釧路に戻った。

一歩列車を出ると、季節が逆行したような錯覚が起こる。昼どきだというのに、道央に比べてこの街はまだ肌寒かった。すすけ気味の潮の香りと飲食店から漂うカレーのにおいが絡まりあっている。少し温かいものを食べたくなるくらいの気温だ。

滝川老人が宿泊したのは駅を出てすぐの老舗《しにせ》ホテルだ。彼が見た景色、経路を想像しながら歩いてみることになった。真由は片桐とふたり、すっかりシャッター街と化した目抜き通りを横目に見て和商市場に向かった。駅を起点にして左右と正面、放射状に大きな通りがあり、海側へ向かうと二分で和商市場の入り口にたどり着く。

扉を押すと、鼻先に魚介類のにおいがつよくなった。母も自分も普段は移り住んだ住宅街にあるスーパーで食材を買うので、近頃はほとんど和商市場までは来なくなった。懐かしいにおいにはほんの少しもの寂しさがつきまとう。

建物に入るとリュックを背負った観光客数人とすれ違った。喧嘩《けんか》でもしているのかと思うような語調だが、会話を聞けば日本語ではなかった。

魚屋の店先には砕いた氷が敷き詰められ、トキシラズの光る鱗《うろこ》に貼《は》られた竹皮には、赤いマジックで二万円の値が付けられている。『最安値』という札が立てられた店が並んでいた。近年各地の市場でも見られるようになった『勝手丼』の店先がとりわけ賑《にぎ》やかそうだ。

刺身を少しずつ小皿に並べた店先の、店員の呼び込みを聞きながら、真由はゆったりと市場の奥へと視線を移した。記憶より少し狭く感じるくらいで、店先や品揃《しなぞろ》えに大きな変化はないように思えた。

記憶を辿《たど》っていると魚屋の声が遠くなった。表玄関から入って突き当たりに、総菜屋、果物屋、蒲鉾《かまぼこ》屋の看板が並んでいた。総菜屋と蒲鉾屋が勝手丼のご飯の販売もしている。酢飯と白米、客は好きなほうを選べるようになっていた。

市場の中ほどの広場に、捜査会議を思いだすような長机が等間隔に並び、向かいあうように折りたたみのパイプ椅子が置かれていた。席は六割が埋まっている。みな、プラスチックの丼に思い思いの切り身を載せて味噌汁《みそしる》を隣に置いていた。

「旨《うま》そうだな」隣で片桐がつぶやいた。しきりに「腹が減らないか」と訊《たず》ねるので「よろしかったら、どうぞ」と『ご飯あります』の看板を指さす。

「お嬢は腹が減らないのか」

「列車に揺られたあとなので、もう少し時間を置いてからにします。警部補はお気になさらず、どうぞ」

「俺ひとりじゃ食いにくいだろうよ」

　そう言いながらも片桐はすたすたと湿った通路を進み『蒲鉾屋』の看板を見上げたあと、辺りに響き渡る声で陳列台の向こうに向かって「酢飯の大と小、ひとつずつ」と注文した。

「いらっしゃいませ、酢飯の大と小ですね」

　愛想よく返事をしたのは、店頭に立っていた若い男だった。『米澤《よねざわ》蒲鉾店』と染められた藍色のエプロンをかけて、ジーンズとトレーナー姿で仕事をしている。アルバイト学生のように見えるが、接客に港町のぶっきらぼうな気配はない。愛想よく使い捨ての丼に酢飯を盛り、花柄のトレイに載せて片桐に差し出した。

「五百円になります。箸袋を持って食堂に行くと、味噌汁のサービスがありますからどうぞ」

「ごちそうさん」片桐が差し出した五百円玉を受け取り、少年のような笑顔で、彼が深々と腰を折った。

「毎度ありがとうございます」

　トレイに置かれた箸袋にも『米澤蒲鉾店』と書かれていた。辺りを見回すが、蒲鉾店はここだけだ。片桐がパイプ椅子を避けてひょいひょいと魚屋の店先に近づいてゆく。前掛け姿の売り子に丼をトレイごと渡して、載せるネタを指示し始めた。

「鮪《まぐろ》の赤身とイカとしめ鯖《さば》、二枚ずつ頼む」

「お客さん、はしりの秋刀魚《さんま》が脂《あぶら》のって美味《おい》しいから、どうだい」

「秋刀魚にしては高すぎる」

「ひときれくらい食べてみたらいいっしょ」

「安月給で、七月の秋刀魚は高級魚なんだ」

「あれ、観光じゃないのかい」

地元だよ——片桐は売り子に千円札を一枚渡し、お釣りを受けとると真由の方に歩いてきた。丼の上には百円ネタがびっしり敷き詰められている。なんとも色気のない海鮮丼だ。

「酢飯なら入るだろう。食わないと思考も鈍るぞ」

言われるまま空いている席に腰を下ろした。片桐の座った場所から、真正面に『米澤蒲鉾店』が見える。耳を澄まして店先に神経を集中すれば話し声も聞こえてくる。

「なんだよこの赤身、スジ入ってるじゃねぇか。やってられんな」

「警部補、ありがとうございます。わたしもちょっとお腹《なか》が空《す》いてきました」

片桐と並んで、米澤蒲鉾店の店先を気にしながら赤身を口に入れた。

青年は、アルバイトにしては客捌《さば》きも手際もいい。年若く見えるが、市場の雰囲気に溶け込んでいる。

店先に女性客がやってくるのが見えた。常連らしい口ぶりで青年に話しかけている。

「太一《たいち》君、お久しぶり。元気そうね」

「兵藤《ひょうどう》さん、先日はありがとうございました」

「お母さんの具合、どうなの」

「おかげさまで、一日横になったら少し食欲も出てきたみたいです。今日明日は、大事を取って僕がこっちに。兵藤さんにはご心配をおかけしてしまって、いつもすみません」

「水くさいことを言わないで。調子の悪いときに電話するのもなんだしと思ってね。今日は近くまで来たから寄ってみただけなの。そうそう、バジルとジャガイモチーズを五個ずつ包んでもらっていいかな」

「かしこまりました」

青年の名は太一というのか。

「どうやら息子のようですね」

「使われてる人間にしちゃ客捌きが違う」と片桐が返す。

兵藤と呼ばれた女の客は、年齢は五十代後半か六十になるかならぬかというところに見えた。中肉中背、履き古した黒のパンプスに紺色のスカートスーツ。一見、事務員風だ。薄化粧に紺色のスーツといった地味な装いではあるが、白髪染めされた髪には栗色のすじが入っている。

彼女は代金を受けとらない素振りを見せた太一を「だめよ、商売なんだから」とたしなめている。

「お母さんに、たまには気晴らしにご飯でも食べましょうって伝えてね」

「ありがとうございます。喜ぶと思います」

彼女は満足そうに頷きながらレジ袋に入った商品を受けとり、真由の視界から消えた。そうしているうち、ふたり三人と客がやってくる。見れば今のところ観光客より、地元客のほうが多いようだ。店頭のショーケースに入っている「揚げかま」という商品は、十個二十個といった単位で売れていった。

最後のひとくちを腹に入れると、パンツスーツが少々きつい。もう三日以上道場に行っていなかった。

「けっこう流行《はや》ってるんだな。最近は練りものもハイカラな材料を使ってるんで驚きだ」

チーズ、コーン、ポテト、カボチャ、タマネギ、それぞれに各種ハーブを組み合わせた揚げかまがこんなに人気があることも驚きだった。売り場の札に「大人気・ハーブ揚げかま」とある。

「このお店のオリジナルですね。わたしも買ってみます」

「そういや、大門さんも練りものが好きだったっけな」

「うちの父がですか」

史郎の食の好みについて、そんな認識はなかった。希代が出すものを黙々と食べている様子しか思い浮かばない。空《から》になった容器とトレイを重ねていると、片桐が「お嬢」と言って蒲鉾店の方を顎《あご》で示した。米澤太一が耐熱プラスチックで仕切られた、身幅と少しのブースに入ってこちらに体を向けて揚げ物の用意を始めた。

左手にすり身を載せたパレットのような道具を持ち、右手には細長いへら。ひとまとめにしたすり身のかたまりを次々に油の中へと落としてゆく。十個ほど入れたあと、大型のすくい網を使って油をゆるりとかきまぜた。数分で揚げたての商品がステンレスのバットの上に山になる。

「あの手つき、立派な職人だ。見かけほど若くないな」

「わかりませんね、年齢は」

童顔の中年というのとは少し違った。彼の持つ素直な気配と揚げ物をする職人姿の隔たりに、否応《いやおう》なくこちらの偏見が透けてしまう。飲食スペースの顔ぶれがひと通り変わったところで、席を立った。

片桐と真由が肩を並べて米澤蒲鉾店の前に近づいてゆくと、米澤太一は携帯電話を耳にあてて深緑色の手持ち金庫の上で住所と電話番号を復唱しながらメモしていた。電話の応対も丁寧だ。

——はい、帯広市の高瀬《たかせ》様でございますね、いつもありがとうございます。今月の新作ですと、イカと生姜《しょうが》とパセリになります。新作といつもの三種類を十個ずつですね、承知いたしました。お届けのお時間はいかがいたしましょうか。十八時以降、では明日の十八時から二十時指定で発送いたします。毎度ありがとうございます。

電話を終えた米澤太一がこちらに向き直り、「お待たせいたしました」と真っ白い歯を見せる。

「こちらでは毎月新作を出しているんですか」

「ええ、評判が良ければ残しますし、季節のものを使った限定品などもございます」

「一番人気はどれなんでしょうか」

米澤太一は笑顔のままショーケースを示した。

「こちらにあります、タマネギとマカロニとチーズのミックスです」

「じゃあそれと、カボチャと、チーズコーンを五つずつお願いしてもいいですか」

「かしこまりました」

横で片桐が「俺はイカと生姜のやつを十個ずつくれ」と続ける。

支払いを済ませたあと、店の前に人がいないのを確認して訊ねた。隣の総菜屋は接客中だ。

「地方発送の注文は、けっこうあるんですか」

「旅行雑誌に載せていただいたおかげで、ずいぶんお電話でのご注文もいただくようになりました」

「地方発送の送り先も、多いんですよね。いま伺ったところでは、名前だけで注文が出来そうな感じでしたけど」

「二度三度とご注文いただいて、その都度お伺いするのも失礼ですし。お客様のお顔が見えるちいさな商売ですから」

質問ばかりの客に嫌な顔ひとつ見せずに応対する瞳は、変わらず澄んでいる。次第に身分を隠して訊ね続けるこちらの心もちが悪くなってきた。片桐を見ると、彼も真由の顔を見上げている。

「すみません、実はお伺いしたいことがございまして」

「はい、なんでしょうか」

警察手帳を見せた。こんなとき、すっと相手の気配が変わることには慣れている。こっちは相手の眉毛《まゆげ》の動きひとつで瞬間的な勘が働かなければいけない。彼は「はい」と声に出すと、ことさら真摯《しんし》な瞳をこちらに向けた。

「こちらの地方発送の顧客で、滝川信夫さんという方をご存じでしょうか」

「滝川さん、ですね。札幌のお客様じゃなかったでしょうか」

渋る様子もなく、彼は店の奥にある発送伝票の束をめくりながら、ショーケースの前に戻ってきた。

「間違いございません。滝川様、いつも札幌のご自宅に発送しております。いちばん近いものですと、今年の三月一日ですね」

「注文内容を伺ってもいいですか」

「そのときは季節の野菜天と、板付き蒲鉾、ひな祭り仕様の菱形《ひしがた》いろどりはんぺんをご注文されています」

脳裏にふと「コーポ　オリンピア」で見た鈴木の携帯待ち受け画像が浮かんだ。ひな祭りのはんぺんは、彼の孫のための注文ではなかったろうか。

「こちらのお店に直接買いに来られたこともあるんでしょうか」

彼は少し考え込む仕種をしたあと「母なら、たぶん覚えていると思うんですが」と申しわけなさそうに一度首をすくめた。母親は数日前に体調を崩し市場には出ておらず、今の時間は工場で発送作業をしているという。

「明日か明後日には、少しずつ店頭に立てると思います。滝川様の詳しい注文データは工場のパソコンにございますが」

工場の場所を訊ねると、市場からほど近い浪花町《なにわちょう》だった。歩いても十分かからぬ場所だ。次の客が店先で商品を物色し始めたのを機に、近日中にお邪魔しますと言って店先を後にする。太一の印象は良かった。商売人の家に育つと、知らず身につく仕種もあるのだろう。片桐は和商市場を出たところで、太陽のない空を見上げて言った。

「わかんねえ息子だな」

「そうですか。かなり勤勉な青年に見えましたけど」

「すれたところが見えないのも、善《よ》し悪《あ》しだろう。俺はああいうの、なんだか好かねえ」

「それは警部補が、すれた少年ばかり相手にしてきたからじゃないですか」

片桐は少し黙り、「そうかな」と返してすたすたと海側に向かって歩き出した。浪花町へ行くつもりらしい。体調がすぐれずに市場に出てこられない母親を訪ねるつもりなのか、釧路に戻ってきてから急に片桐の動きが読めなくなっている。海側も山側も、見渡す限り空は灰褐色だ。

「警部補、浪花町の工場へ行かれるんですか」

「あの辺は交番時代に担当地域だったんだ。ちょっと腹ごなしに行ってくる」

アスファルトのどこにも影のない街は、木陰や日陰が涼しく感じる土地から戻ると不思議な感じがする。上空は雲というより蓋だった。夏場に余所の土地から戻ると、空にシールドのある近未来とはこういうものかもしれないと思う。駅の観光ポスターには「釧路という異国」とあるが、なるほどこの街を言い得て面白い。

十分ほど歩いたところで、片桐が立ち止まった。辺りは民家も飲食店も途絶え倉庫と工場が立ち並ぶ地域だ。ときどき往来する車の車体にはたいがい社名が入っている。漁業がふるわなくなってから久しい街で、生き残っている水産会社のほとんどが業務を縮小するか新たな商品開発に手を出していた。もともとは廃棄していた鮭《さけ》の皮や内臓、鹿肉やアザラシを使った缶詰を出している会社もある。そうした状況のなかで毎月新商品を開発し、地方発送という道を拓《ひら》いた米澤蒲鉾店の商売はとても堅実だ。

「ここか」片桐が立ち止まった。視線の先を見ると「米澤水産」の看板がかかった工場があった。規模はそう大きくはなさそうだ。クリーム色の壁に緑色の屋根がかかり、すぐに個人商店の町工場とわかる造りだった。

その日午後五時の捜査会議で、滝川信夫の足取りが駅前ホテルのチェックアウトで止まっていることを知った。片桐・大門のコンビが持ち帰った情報は、とりあえずボードには書き込まれたが、荷物の不在と被害者の身なりによって事件は「物盗り」に傾きつつあった。駅前ホテルの従業員、タクシー運転手、駅前の防犯カメラに加え周辺の聞き込みは続いているが、はかばかしい情報は得られていない。この状況で勘頼りに北原白秋の詩集などを持ち出せば、余計な混乱を招く。会議で報告するか否かを片桐に問うたが「任せる」のひと言で尻込みし、結局言わず終《じま》いになった。

その夜遅く、寺に併設された武道館に入ると、九十過ぎにしてまだ誰より姿勢の良い和尚《おしょう》が竹刀を持って現れた。帰宅前に素振りで小一時間汗を流そうと思って立ち寄ったのだと告げる。

「史郎の様子はどうかな。あれがいないと、指導の者が足りなくて困る」

「二日前の時点で、相変わらずでした」

丸めているうちにいつの間にか一本も生えなくなったという頭を撫でながら、続けて「希代さんは」と訊ねてくる。

「変わりません」と返した。手合わせするかという言葉には、数日時間が空いてしまったのでとりあえず素振りからと答えた。

道場にやってくると、竹刀を持って今にも史郎が現れるような気がする。娘の姿など目の端にも入っていない様子で若い者に稽古を付ける姿を、もう見ることはない。実父だが戸籍上は養父という事実を知ってからも、その態度を少しも変えない三人家族だった。誰もが腹にひとつふたつと重たいものを落とし込んでの生活は、静かで危うく、そのくせ妙に居心地がいい。史郎がずっと、一人娘を突き放すような態度でいたことも、もしかすると妻への配慮だったのかもしれない。大門家は、母と娘の関係が良好であることが何にもおいて重要だったのだ。

真由がTシャツとスウェットパンツに裸足《はだし》という姿で竹刀を振ると、少し離れたところで和尚も同じ速度で振り始めた。二百回ほど振ったあたりで汗がにじみ始める。そろそろ時間の感覚もなくなってきている。横にあったはずの和尚の気配が消えたと思った瞬間、目の前から竹刀が振り下ろされた。危ういところでかわすと、寸止めの体勢で和尚がにやりと笑った。

「そのまま竹刀で受ければ良かったものを」

「もう少しで頭のてっぺんに一撃いただくところでした。ぼんやりと振っているつもりはなかったのですが。すみません」

「防具を着けてない弟子の頭を割るようなことはしないねえ」

真由の名付け親であるこの和尚は、汗もかかず作務衣《さむえ》の着崩れもないままだ。真由は動きを止めた途端に噴き出してきた汗をタオルで拭った。気温は上がらないが、道場内の湿度は霧の中かと思うほど高かった。床も、磨き上げているはずなのにしっとりと足の裏を湿らせる。

北浄土寺《きたじょうどじ》——北海道に渡ってきた初代から数えて史郎の両親まで、三代にわたり先祖が寺の裏にある墓に眠っている。その墓に、生まれたばかりの赤ん坊を置き去りにした女がいた。史郎と希代に赤ん坊を引き取るよう勧めたという和尚が三十年前に想定したところへ、自分たち家族は着地しているのかどうか。波風の立たない家では知りようもなかった。問題が起きないことが必ずしも良いこととは限らない。すべての負担を希代が背負っているのだとすれば、和尚の思惑は外れたことになる。

翌日午後も、女将《おかみ》は和商市場の売り場には出ていなかった。片桐と真由は、浪花町の事務所兼工場へと向かった。片桐の足取りはいかなるときも一定で、追い越さぬよう歩くのも歩幅の調節が面倒だ。三日も一緒に歩いていれば慣れそうなものなのに、と昨夜の素振りのせいで少々重く感じる腕の筋肉を伸ばす。不意にくるりと片桐が振り向いた。

「なんだお嬢、今日は余裕あるな」

「すみません。昨夜道場で久しぶりに竹刀を振ったもんですから」

「偏屈和尚は元気でいたか」

「おかわりない様子でした」

へぇ、と語尾を伸ばし、片桐が立ち止まった。火を点けないまま湿気《しけ》ってしまいそうなくわえ煙草が上下に揺れる。

「あの和尚、なにか考え事をしながら素振りをしていると、スカッと前に来て竹刀を振り下ろすんだ。面を着けてない頭に一本入れるなんざ、まったく根性の悪い坊主だよ」

「寸止めは、してもらえなかったんですか」

片桐はこれ以上ないという嫌な顔をしながら「がっつりぶん殴られた」と吐き捨てた。竹刀を振り下ろしたあとの和尚のいいわけが真由を笑わせる。

「止めたくても止まらんと抜かしたんだ、あのクソ坊主。それを俺の背が低いせいにしやがった。元気だけが取り柄の、とんだなまぐさ坊主だ」

和尚からクソ坊主へ、最後はなまぐさ坊主に変わっていても、片桐は和尚の年と健康を気にしている。つきあいが四十年近くになると聞けばその気心も納得だ。ここしばらくは湿原散策のほうが楽しくて竹刀も持っていないといいわけをする姿は、無沙汰を終える機会を窺っているようにも見えた。

「さて、行くか。米澤蒲鉾店。女将にはお嬢があたれよ」

「わかりました」

一歩工場に入ると、外から既に漂っている加工場のにおいに、油のそれが混じり合う。事務所とはいっても、工場の一角にある、アルミの戸と衝立《ついたて》のような壁で仕切られただけの事務室だ。取り囲むようにある窓も、油の膜で磨《す》りガラスのようになっている。生産ラインは午前中で作業を終えたのか工場には誰もいない。

事務室で女がひとり机に向かっていた。電話とノートパソコン、帳面が数冊載った事務机で、地方発送の伝票を書いているようだ。冷え始めた油のにおいが、湿気とからまりあってよりつよくなった。

「こんにちは、突然すみません。米澤さんにお目に掛かりたいのですが、こちらでよろしかったですか」

「米澤ですが、どちら様で」

息子の太一によく似た目元がこちらを窺っている。身長は希代と同じくらいだ。六十を超えたかどうかということだったが、米澤小百合《さゆり》の髪はみごとな銀髪だった。

「大門と申します」提示した身分証を見ても、大きく表情は動かなかった。

「あのひとが、なにかまた」言葉を切る。その気配に、真由も次の言葉が出てこない。

「違うんですか、誰なの」横から片桐が訊ねた。

「ご主人が、どうかされましたか」

訊ねると米澤小百合の視線が逸れた。机の上に視線を走らせると、書きかけの発送伝票があった。仕事中にもうしわけないと告げると、彼女も軽く頭を下げて椅子に座り直した。

「急がないと集荷の車が来てしまうので、少々お待ちください」

六畳あるかないかという事務室には手押し車が二台あり、発送用の段ボールがそれぞれ十箱ずつ積み重なっている。火の気のないポータブルの石油ストーブが事務机の横に置かれていた。

片桐と真由は五つある丸椅子のうち、上に物が載っていないふたつに腰を下ろした。工場の中は薄暗く、コンクリートの床は濡れている。

銀色の髪を一本に縛り、フリースの上にウインドブレーカー。早朝の暗いうちから働いている人間にとって、季節ごとに装いを変える習慣はないのだ。七月の夜明け前は気温が十度に届かない。彼女は段ボールに発送伝票を貼り付ける。仕種のひとつひとつに無駄がなかった。

片桐があたりをきょろきょろと見回し始めた。煙草の灰皿を探しているようだ。警部補、と声を掛けた。なんだ、と言いたげに顔を上げる片桐に「禁煙」と書かれた貼り紙を示した。不機嫌な表情をやりすごす。

外からトラックが停まる音が響いてくる。きしむブレーキ音のすぐあと、工場の入り口から宅配便のユニフォームを着た青年が「毎度さまです」と言いながら現れた。「毎度さまです」と女将が返す。外の音も響く代わりに工場の機械音も外に漏れる。住宅街では難しい建物だろう。

宅配便の運転手は、ひと箱から一枚ずつ伝票のオリジナルを剝がしては、腰に付けた端末からシールを出して伝票と荷物の両方に貼り付けてゆく。

「はい、二十箱たしかにクールでお預かりしました。ありがとうございます」

片隅で女将の手が空くのを待っているふたりに軽く頭を下げ、宅配運転手は荷物を台車ひとつにまとめて事務室を出ていった。

「すみません、お待たせいたしました」

「お忙しい時間帯に、こちらこそ申しわけありません」

片桐とふたりで改めて名乗ると、米澤小百合の気配がほんの少し柔らかくなった。

「実は、こちらの顧客について少しお話を伺いたいことがございまして」

「お客様のことだったんですか」まだ瞳から疑いの色が消えない。

「こちらでは毎日、あのくらいの量の地方発送をしていらっしゃるんでしょうか」

「おかげさまで、最近は地方のお客様が増えて。いろいろとご紹介いただいたお陰です」

「昨日、和商市場で揚げたてをいただいたんですが、とても美味しかったです。毎月新作を作っていると聞いて、驚いたんです」

やっと女将の頬が持ち上がった。

「市場におりましたのは、息子です。新作を出して行こうと言い出したのも、地方発送に力を入れようと言ったのもあの子で。毎日市場で対面販売しながら地元のスーパーや小売店、食堂なんかに卸すので手一杯だったのが、ここ三、四年でずいぶんと商売も変わりました」

「頼もしい息子さんだ」片桐が誰に向かってでもなくつぶやいた。女将もどこに向けてでもなくお辞儀をする。ちいさく咳払いをして、改めて顧客のなかに滝川信夫という男性はいなかったかと訊ねた。滝川の名を復唱して、少し視線を机の上に落としたあと

「札幌市真駒内の、滝川さんでしょうか」と返ってきた。

「そうです」思わず身を乗り出しそうになる。滝川さんでしたら——女将の言葉がいっとき途切れ、続いた。

「ついこの間、市場にいらっしゃいましたが」

米澤小百合は、滝川信夫が千代ノ浦マリンパークで遺体となって発見されたことを知らなかった。早朝から仕事を始め、売り場で揚げ物の実演販売と接客に追われる毎日には、新聞を読んだりテレビを観たりという時間がないのだった。告げたあとしばらく無言が続いたが、ひとつ深呼吸をしたあと「なんで」と短くつぶやいた。

「滝川さんの、午前九時にホテルのチェックアウトをしたあとの足取りが摑めなかったんです。すみませんが、それまでの滝川さんとのおつきあいや、当日の様子や同伴者や、服装、持ち物のことを、思い出せる限り教えていただけませんか」

米澤小百合は、感情が抜け落ちたような表情でぽつぽつと語り始めた。

「二、三年前に、職場のかたがたとご一緒に観光旅行に来られたのがきっかけだったと記憶しております。旅行雑誌や旅番組で取り上げていただいた頃だったので、そういうお客様が増えた時期でもありました」

「その後は電話注文だったんでしょうか」

「そうです。ご家族が大勢いらっしゃるのか、季節の行事にはいつもたくさんお買い上げいただいておりました」

滝川信夫の部屋が脳裏を通り過ぎて行き、真由は一瞬言葉に詰まった。

「手紙での注文、ということはなかったんでしょうか」

「お手紙というのは、記憶にありませんが」

視線を外して、彼女はひとつひとつ言葉を選ぶように言った。

「滝川さん、ついこのあいだお昼すぎくらいに市場にみえて。揚げたてが食べたくなったので、とおっしゃってました。立ち寄ってくださったときに、なにか言いかけたようなんですけど、あの時間帯は勝手丼のご飯販売が多くて。注文を受けているうちに、いつの間にか滝川さんの姿が見えなくなっていました。申しわけありません」

「なんの話だったんでしょうか」

彼女は首を傾げて「さぁ」と眉を寄せた。滝川老人は、「特急スーパーおおぞら」で釧路に到着してすぐに立ち寄ったものと思われた。見計らったように、片桐が彼女に訊ねた。

「ところで、ご主人はどちらに」

つと現実に引き戻されたふうの女将が、ハッとした表情で片桐を見た。こうしている間にも、コンクリートの床から冷気が這《は》い上がってくる。暦ばかりが夏で、水産加工場の床は常に水打ちをされた春の日陰のようだった。女将の髪が少ない光を集めて光った。

「ここ数日、家に戻っておりませんのです」

「どういうことでしょうか」

「市場の仕事を終えて家に帰ったら、居なくなっていたんです。よくあることなので、それ自体は驚かなかったんですけれど」

表情も見えないほど頭《こうべ》を垂れて、切れ切れの声もこもりがちだ。

「ほかに、なにか困ったことがあったのかい」気さくな調子で片桐が訊ねた。

「印鑑が、なかったものだから」

空気が更に重たく沈んだ。亭主の行き先はわからないと彼女は言う。

「それで、めまいを起こして市場を休んでいました。毎日、がんばろうと思って起き上がるんですけど、足が前に出ない日もあったりして」

女将はそう言うと、再びすがるような眼差しで片桐と真由を見た。

「探します、ご安心ください」

殺人事件と同時に、印鑑を持って消えた男がいるのだった。このことが、今夜の捜査会議の筆頭に挙がることは明らかだ。事件のほつれ糸に行きついた高揚感のなかでは、同情も薄かった。

米澤仁志《ひとし》　六十三歳　米澤蒲鉾店社長――

女将からの情報を、今回ばかりはメモを取らずに聞いた。

「立ち寄りそうな場所や行きつけ、行き来している人間を教えてください」

「社長といっても、工場と売り場はわたしと息子でやっておりますので、会社のことには口出ししないんです。ただ、金融機関や届け出なんかは社長の実印が必要なもんですから。夫の人間関係は、その時々でずいぶん変わるみたいなんだけど、こっちの仕事とはあまり関わりのない人ばかりだし、飲みに行く店は中学のときの同級生がやっているスナックくらいしか知らないんです。すみません、探してもらうっていうのにこんな情報しかなくて」

女将の内側では、滝川老人の殺害と夫の失踪はまったく繋がっていないようだった。いなくなったので探して欲しいという図式のなかで手に入れる身内からの情報に、ある種の後ろめたさを感じながら、しかしこれが捜査上間違っているとも思っていない。事件解決の前では、どんな非道も押してしまえそうな瞬間がある。突然現れた刑事ふたりが自分の夫を疑っていると気づかない米澤小百合の真っ直ぐな眼差しに、精いっぱい真摯な笑みを返した。

「そんじゃあ、なにかわかったらまた来ますんで。奥さんも、お大事になさってください」

片桐の言葉を合図に頭を下げた。つと、先ほどまで腰を下ろしていた丸椅子の下に、ポケットに入れてあったはずのハンカチが落ちているのが目に入った。真由は一瞬迷い、見なかったことにした。ハンカチは薄いタオル地で、紺色に水色の細かなドットが入っているものだ。五枚で千円。高いものではない。

訪問先をもう一度訪ねるために、営業マンがよく使う手だという。

——傘とか安いライターとか、見つけた人間が気の毒に思わないようなものをわざと置いて来るんです。初回でいい感触がなくても、忘れものをすることで次の訪問のきっかけが摑めるじゃないですか。相手に「こいつ間が抜けてるけど可愛《かわい》げあるな」と思わせたらこっちのものなんだ。頭を下げながら、相手がちょっと僕のことを仕事のできない馬鹿なヤツとほくそ笑んだところを、見逃さないのがコツなんですよ。

腕利きが長じて詐欺《さぎ》で捕まった男の供述だった。いやな方法だと思ったくせに、自分も同じことをしている。取り調べている男から得た「お近づき」の方法が、こんなところで役に立つとは思わなかった。米澤小百合の心細げな顔に礼を言って、工場を出た。

夕時が近づいて上空は灰色を深めるばかりだが、倉庫の隙間から見える水平線には今日も細い朱色の帯が走っている。陸から遠い沖の空が夕日に染まっていた。

人通りのない倉庫街を片桐の後ろをついて行くと、駅方面から一台の軽四輪が近づいて来るのが見えた。運転席に年配の女がひとり、白っぽい衿《えり》なしの上着を着ていた。背後からブレーキのきしむ音が聞こえてきた。何気なく振り返ると、運転席から出てきた女が急《せ》いた様子で米澤蒲鉾店の工場に入ってゆく。

「片桐警部補」

片桐が引き返してきた。今出てきたばかりの工場に、女が入って行ったと告げる。

「女って、従業員じゃないのか」

「工場の仕事は終わっています。それに、あそこで働いているという服装ではありません」

「どんな服、着てた」

「白っぽいスカートスーツです。足下はベージュのパンプス」

来た道を戻る。背後で片桐が「どうした」と問うた。

「ハンカチを忘れました」

「取りに行くってのか」

「はい。捜査会議まではもう少しありますし」

片桐は「仕方ねぇなぁ」と言って真由の後ろをついてくる。こちらが歩幅を気にしないで急ぐと、片桐との距離がどんどん離れてゆく。

閉め足りなかったのか、それとも力いっぱい閉めたはずみで戻ったものか。工場の引き戸は、十センチほど開いていた。そろそろと音をたてぬよう体の幅まで戸を開く。事務室の扉も開けっ放しだ。中から甲高《かんだか》い女の声が響いてきた。

「だからあれほど言ったじゃないの。小百合さん、人には道ってのがあるの。きれいにお掃除しないとまっとうには歩けないものなのよ。仁志の歩いてる道は蛇《じゃ》の道なんだから、妻のあなたが掃除しなけりゃ。悪いことは言わないから、道場にいらっしゃい。あなたの体調については、わたしがしっかり浄財供養してあります。そして、道場長さまにこれから先のことをお伺いしましょう。道場長さまがおっしゃるには、亡くなった父の魂が寂しい寂しいって訴えているせいだって。今度の日曜日には必ず来るのよ、わかった？」

「日曜日は、工場は休みですが太一と新作の準備が」

「仁志を救ってやらないと、工場も売り場もなくなるかもしれないでしょう。あの子は米澤の業を背負って生まれた子なの。高熱や怪我、事故よ。わたしも姉として出来る限りのことをするつもり。生まれてから三度も危ないところを救われての命だから、誰かが守っていかないと」

「お義姉《ねえ》さん」

米澤小百合が顔を上げたところで、真由は戸口を広く開けた。二人の視線がこちらに集まる。背後で片桐がちいさな咳払いをした。

「先ほどの、大門です。どうやらこちらにハンカチを落としてしまったらしくて、ご来客中に申しわけありません」

事務室に入り白いスーツの女に会釈してから、丸椅子のあたりを探すふりをした。女将も床に視線を落とす。

「あった、これですか」彼女の瞳に明るい光が差した。真由は礼を言いながらハンカチを受け取った。

「そうです、ありがとうございます。お取り込み中、申しわけありませんでした」

スーツの女が怪訝《けげん》な表情で片桐と真由を交互に見た。

「お義姉さん、こちら釧路署の刑事さんです」と女将が伝えると、詰め寄るように真由の前に立った。

「警察がどうしてここに、仁志になにかあったんですか」

出来るだけ米澤小百合のほうを見ないようにしながら告げた。

「ご近所から不審人物が出没するという通報があって立ち寄ったんです。女将さんに明け方の時間帯の様子を伺っておりました。こちらがどうのということではありません」

「そうですか、それはそれは」

張り詰めた表情が急に柔和になった。コンクリートの床が、さっきよりもずっと寒々しく感じられる。ふたりに礼を言って、事務室のドアを抜ける。振り向くと、女将は再び義姉のヒステリックな声を浴びていた。無表情の小百合に、言葉のひとつひとつが届いている気配はなかった。

外はもう街灯が目立つくらい暗くなっていた。片桐が「ひでぇな、ありゃ」とつぶやいた。

「身内に、ひとりはいるんだあの手合いは。困ったもんだよなぁ。なんでも自分以外のせいに出来りゃ、そりゃ楽に決まってるだろうよ」

ついでのように「なんの会なんだ」と訊ねるので、わからないと答えた。道場と呼ばれる建物が大小とりまぜ市内にいくつかあるのはおさえているが、いずれにしても新興宗教に違いはなかった。和尚が「いいとこどり」と言う、集団行事が中心のセミナーのようなものだ。お互いの状況を報告し合い、自分のことは棚に上げて意見を述べるというのが会の内容と聞いた。

片桐が苦々しい口調で言った。

「世の中にゃ亭主の浮気に悩んで入信した女房が、そこに来ていた信者の男といい仲になっちまって、そこからすったもんだが始まったっていう話もあるぞ」

「どこの話ですか、それ」

「行きつけの定食屋」

「一緒に和尚の見解を訊きに行きませんか」

「勘弁してくれ」片桐が吐き捨てた。

米澤小百合の証言から、米澤仁志探しが始まった。叩けばいくらでも埃の出そうな男だった。引っ張る名目は今のところ「賭博容疑」だ。

仁志は川上町《かわかみちょう》の赤ちょうちん横丁に囲っている女のねぐらで、近所にいる似たような与太者を集めてはちんけな賭場を開いていた。客をカモにして、最初は勝たせておいて夜が更けてくるころに身ぐるみを剝ぎ借用書まで書かせるという手口だ。被害者のひとりふたりはすぐに出てきた。どこからどう情報が回ったのか捜査員が乗り込んだときには、関与した与太者はひとりも小路《こうじ》に残っていなかった。

女房と息子の今後についてが、すっきりと抜け落ちていた。殺人事件の解決が目的なのに、生きている人間のことはないがしろだ。大きな矛盾が仕事の質を問うている。

翌朝、出がけに希代が火打ち石を打った。真由はそのまま母を史郎の入院先まで送り届けた。食事中と車内での会話はいつも淡々としている。

「若く見えたけど、年はわたしとそう違わない。どう考えても真っ直ぐ育ちそうもない環境だったように思えるんだけどね」

米澤太一のことが頭を離れなかった。いっとき黙り込んだ母を窺い始めたころ、フロントガラスを見つめたまま、ぽつりと希代が言ったのだった。

「真っ直ぐ育つか育たないかなんて、誰も予測はできないの。困ったことに、ひとは生まれ持った性分を死ぬまで背負って行くらしいのね」

「環境には、左右されないってことなの」語尾を上げたあと胸奥に重たい石が沈んだ。

「ひとの日常は、そういう思惑を超えたところにあると思う。平穏に見える日常は二者択一の連続で成り立っているって、誰かが書いてた。そういう意味では、誰にも平穏なんてないのかもしれないねえ」

朝の会話としては絶妙のタイミングだった。母の言葉をかみ砕いているうちに、次の展開がありそうな気がしてくる。半ば訓示としてそのひとことを受け取り、病院の前で母を車から降ろした。

「いってらっしゃい」お互いに交わし合う言葉は同じだった。

和商市場には別の捜査員が入り、防犯カメラの解析も始まった。面の割れている片桐と真由は再び滝川老人の周辺を洗い直すことになった。市場での滝川老人の目撃情報は敷鑑の班長があたった。

捜査が深みを持ちゆくなかで真由が気になっているのは、よく手入れされた万年筆と便せんのことだった。滝川老人はあの道具でどこの誰に手紙を綴《つづ》っていたのか。部屋になんの手がかりもないことが引っかかっていた。メールならばどこかに必ず痕跡が在るのだろうが、普通郵便物の送り先は配達記録が残らない。配達する機能と差出人と受取人がいるだけなのだ。住所録さえあれば片っ端から当たることが出来るものを、それを持ち歩いていたのだとすれば遺留品を探し出すしかない。利便に富んでいるはずの時代に、おそらくもっとも人目につく方法で痕跡を消す手段があることに改めて驚いていた。

駅前ホテルの従業員は同じことを何度も訊かれるせいか、訪ねたときはかなり不機嫌な顔をした。支配人が対応しないのも、自分たちには直接関係ないという主張の表れなのだろう。

「滝川様は、九時にチェックアウトされた際、黒い鞄をお持ちで、紺色の上着を着ていらっしゃいました」

「紺色の上着というのは、テーラードジャケットに間違いないですね」

「紺色のブレザーに白いシャツと記憶しております」

「チェックアウトの最中に脱いだ、ということはないでしょうか」

「上着を、ですか？」

「ええ」

「記憶にありませんねえ」

「部屋に、なにか忘れものなどはなかったでしょうか」

「あれば清掃係からフロントに届きますし、係はなにもなかったと申しております」

「チェックアウト時の様子はどうでしたか。そのあとどこへ行くという話はホテルの誰ともしなかったんでしょうか」

「現金で支払いを済ませて出て行かれました。お客様の行き先はこちらから訊ねるものではないと言われておりますので」

最後のほうはもう、木で鼻をくくったような対応だ。清掃係は今日は休みだという。おそらくこちらも、何度も同じことを訊ねられているはずだった。

「爺さんのバッグが出てこないことにはなあ」

駅前の空は今日もうっすらと煙っていた。灰色にわずかな青みを足した空を、オオセグロカモメの風切り羽が切ってゆく。そこからすっきりとファスナーを開けるように青空が広がればと思うのだが、ただ通り過ぎるだけの羽が変えてゆくものはなにもなかった。

パルプ工場と水産加工場が立ち並ぶ港湾のにおいは、この街特有のものだ。嗅ぎ続けていると、鼻が慣れてなにも感じなくなってしまう。「特急スーパーおおぞら」から降りた瞬間の違和感は、三十分ももたなかった。市場に入ればむせかえるような魚介類のにおいに慣れてしまう。七月でも朝晩は火の気がないと寒い土地にあって、石油ストーブのにおいはどこにでもある。慣れがなにかを見失わせるのだと言い聞かせてみるが、どうにも活路が開けない。

今朝、希代が言った言葉が風切り羽のように脳裏を過ぎって行った。

平穏に見える日常は、二者択一の連続で成り立っている――。

平穏に見える日常、と繰り返してみる。はかばかしい収穫のないホテルの次に訪ねるのは、米澤仁志の姉だった。

仁志にはふたりの姉がいるが、双子というのは新たな情報だ。同い年の姉妹の下、五歳離れて長男の仁志が生まれ、母親は仁志が高校を卒業した年に亡くなっていた。

米澤蒲鉾店の初代、米澤彦造《ひこぞう》は佐渡島《さどがしま》の生まれで丁稚《でっち》奉公に入った新潟の魚屋ですり身加工の技術を覚えた。ひと旗揚げようと北海道にやってきて、釧路の地で働き者の嫁を見つけ蒲鉾屋を始めた。朝作ったものをリヤカーで売り歩く商売から、工場を持ち従業員を十人抱える会社にしたのも彦造だった。情報をひととおり並べただけで、苦労人の像が浮かび上がる。しかしその彦造が息子夫婦に身代を譲った二十年前、工場火災が起きたのだった。

火災時に現場検証を担当した捜査員が、会議で当時の状況を説明した。

「火災の原因は漏電でした。重油から揚げ物の油まで、燃えるものには事欠かない現場でした。柱一本残さず燃えた火災現場から遺体が発見されたんですが、解剖時の歯型と状況から、米澤彦造氏と判断されました。火災が起きたのは未明で、その時間帯に工場に出ていたのは米澤彦造氏だけでした。従業員は彦造氏がその日の機械を動かす準備を終えたあとに出勤しておりました。当時工場は、自宅から歩いて五分の場所にありました」

米澤仁志の、上の姉が昨日見た「宏美《ひろみ》」で下の姉が「よし美《み》」。ふたりとも、街はずれの湿原に近い地域にある「徳創信教《とくそうしんきょう》」で、役職に就いているという。教団本部は東京で、各地に精神修行の場として道場施設を置いている。道場長は東京から数年交替で派遣されるので、その地から選出されるトップは地元で活動している熱心な信者の名誉職だった。道場長を支えるふたりの「お徳さま」と呼ばれる役員が、宏美とよし美だった。

「考えただけで身震いするような話だな。あれがふたりもいるのか。嫁さんはたまったもんじゃねぇな。お嬢のところは、そういう親戚いないのか」

「おかげさまで、うちは静かなもんです。だいたい、親戚づきあいをしている父と母を見たこともないんです。祖父母四人はすべて母が看取りましたし」

親戚関係を断ち切った理由のひとつに真由の存在があったことも、今ならば理解できる。

「なるほどねぇ。希代さんの賢さには頭が下がるよ。それでいて、おかしな問題も起きないんだろうからなぁ」

片桐は助手席でひとり感心していた。

「徳創信教」の敷地内に入ると、手入れの行き届いた松が建物を取り囲むように並んでいた。松の外側には高い塀がある。車がすれ違えるくらいの幅を残し、門柱には建物に不釣り合いなほどちいさな、団体名を記した表札が埋め込まれていた。

「お嬢、宗教法人だぜ」

「厄介この上なし、ですね」

ここは片桐があたるという。「わかりました」とそのちいさな背についてゆく。駐車場には紙くずひとつ落ちていない。鉄筋コンクリート三階建ての建物は、白いタイルの外壁に、一階部分は長いテラス窓が並んでいた。

「これ、ぜんぶ信者から集めた金で作ってんのか」

「税金かかりませんし」

「俺らの給料が上がらねぇわけだ」

表玄関の自動ドアは教団トップが来るとき以外は使わないものらしい。内側から「御道」と書かれた紙が封印のように貼られている。横にある手押しのガラス扉から下足室へと入った。履き古した靴のにおいが充満しており、いっとき息を止めた。来客用と記された棚に靴を置く。片桐の足のサイズを聞いたことはなかったが、真由のローファーより小さいようだ。自分たちの靴からも、下足室と大差ないにおいがする。原因を高い湿度のせいにして、早々に赤い矢印が示す受付へと向かった。

受付で名乗ると愛想のいい信者が「ご精進ありがとうございます」と両手を合わせ、続けて「お待ちください」と内線電話の受話器を取った。すぐに案内係がやってくる。彼らの挨拶は「ご精進ありがとうございます」らしい。いったいどこに向けてのご精進なのか感謝の言葉なのか、教団だけの挨拶は正直よくわからない。短いやりとりのあいだに、「お徳さま」という言葉を三度聞いた。

案内係に通された「道場」は、一面ピンク色の絨毯《じゅうたん》が敷かれた大広間だった。五十畳か六十畳か。祭壇にはすだれのように掛け軸が並び、その一幅には「信心あるところに身心あり」「人の道を開けば福あり」「掃除せよ人の道」と書かれている。はらいや留めがダイナミックなだけであまり巧《うま》いとも思えないが、大きな落款《らっかん》が入れてある。一幅くらい「商売繁盛」と書かれてあっても、なんの違和感もなさそうだ。不思議な空間だが、祭壇の両側に大きな和太鼓があった。ピンクの絨毯に染みこんだお香のおかげで、下足室のにおいを忘れられたのはありがたかった。

「ご精進ありがとうございます、釧路支部でお徳の職をいただいております米澤宏美でございます。今日はどういったご用件で」

昨日工場にやって来たふたりだということには、すぐに気づいたようだった。今日も白っぽいスカートスーツを着ている。片桐と一緒に深々と頭を下げた。

「どうも、お忙しいところすみません。今日は弟さんのことで少しお伺いしたいことがあったもんですから」

米澤宏美は慈悲深い微笑みを浮かべたあと、ひとつ息を吐いた。仕方ない、という気配が漂う。わかりやすい感情を表に出し、複雑なところは見せない術を身につけている。百人いれば百の悩みを毎日聞いていると、こんな顔になるのかもしれない。「お徳の職」がいかなるものかは不明だが、靴底がすり切れるほど勧誘に歩く信者を抱えた地域の幹部が、一筋縄でゆくとも思えなかった。

「ご姉妹でこちらの道場を束ねていると伺いました。大変なことですねぇ。信者さんは何名くらいいるんですか。下足室には靴がたくさんありましたけど、みなさんどちらに」

「束ねていらっしゃるのは、道場長さまです。あいにく本日は東京本部の全国会議に出席していて、こちらにはおりません。信者さんたちは朝の礼拝を終えて、それぞれグループ分けされた二階の分科会室におります。昼食までは修行の時間です」

片桐が大げさに頷いた。具体的に修行というのはどういうことをするのかと問うと、テーマごとに自己の反省を述べて全員がその反省点について意見を言う、というものらしい。

「テーマというのは、どういうものなんでしょうかね」

「家族とか、友人とか、夫婦、職場、その多くは人間関係です。人の道を掃除して、歩きやすくするのが本会の大きなつとめですから」

ひとつ息を吐いたあと、だから弟の嫁にも常に道を示しているんですが、とうつむいた。お座りください、と勧められて和太鼓のすぐそばに腰を下ろした。掃除が題目のひとつとあって、塵《ちり》ひとつ落ちていない。日曜日の礼拝にはこの道場がびっしりと人で埋まるのだとお徳さまの宏美が言った。薄気味悪いほど磨き上げられたテラス窓から、立派な松が何本も見えた。その後ろは高い塀だ。

「弟のことで、なにか」宏美がことさらゆっくりとした口調で訊ねた。

「ここ数日、お姉様ふたりのご自宅を訪ねてはいませんか」

宏美は首を横に振った。

「あの子がうちに来たなんてことは、あんまり記憶にありませんね。でも、本当に教えを必要としているのはああいったひとたちなんです。父はよくぞ小百合さんみたいなできた嫁を見つけてくれたと思いますよ。彼女がいなければ今ごろ、火事で父だけではなく、家も工場も失っていたでしょうね」

「火災は漏電が原因ということでしたが」

宏美の目が植え込みの松へと流れ、数秒沈黙した。そのあと、ぽつぽつと語られた言葉を、真由は聞き逃さぬよう努めた。

「わたしが、工場が燃えていると聞いて現場に向かっていたとき、ずいぶん遠くからでも黒煙が上がっているのが見えました。油が燃えるときというのはひどいものです。朝焼けの色と火と煙と、今でもはっきりと覚えています。父が中にいると聞かされたのは、現場に着いてからでした。わたしより早くに自宅から駆けつけた小百合さんがひどく取り乱していて、まだ小学生だった太一がずっと彼女を支えていました」

「火災が起きたとき、仁志さんもご自宅にいらしたんでしょうかね」片桐が和太鼓を見上げながら訊ねた。

「あの子は、雀荘《じゃんそう》にいたということでした。昼過ぎに戻ってきて、実家にわたしや妹がいるのを見て逃げだそうとしたんです」

父親や姉たちが総出で自分に説教をするつもりだと勘違いした仁志は、茶の間の顔ぶれを見てすぐさま玄関にとって返したのだという。そのときに誰より早く仁志を呼び止めたのは息子の太一だった。

「太一が玄関で泣きながら『祖父《じい》ちゃんと工場が燃えた』って叫んだんです。子供の声というのは、妙な響きかたをするもので。そのひとことで、ぼんやりとしていた空気が一変したんです。自分たちがなにをしなければいけないのか、我に返ったという感じでした」

「工場の再建は、どなたが」ふと空いた間に、訊ねてしまった。ふたりの視線が真由に向けられる。片桐に目で謝罪する。

「仁志の放蕩《ほうとう》が過ぎて、当時は買掛金も借金も多かったようですし、再建はもう無理だろうと思っていたんですけど。ぎりぎりのところで救われたのは、やっぱり父の堅実さと小百合さんのがんばりのお陰だったと思うんです」

どういうことかと訊ねると、それが宏美の癖なのか背筋を伸ばし居住まいを正して数回頷いた。

「火事に遭う一年半くらい前から、父は工場と自分に保険をかけていたようなんです」

「わたしが聞いたところでは、建物とその所有者という保険商品があったそうなんです。出火原因が漏電とはっきりするまでは、ずいぶん大変だったと聞いていますけど、小百合さんはしっかりそこを乗りきってくれて。今だから言えることでしょうが、結果的にあの火事が商売を救ったんだと思いますよ。父はあんなことになってしまったけれど、死んで掃除できる道もあったんでしょうきっと。だからこそ、ふたりはここに来なくてはいけないんです」

宏美の晴れ晴れとした表情に気味の悪いものを感じ、うまい言葉が浮かばなかった。

「死んで掃除とは、どういう意味で」あっさり訊ねたのは片桐だった。

「あのころ、仁志が阿寒にある土地を買う契約をしていたと聞きました。いざ蓋を開けたら、大きなレジャーランドどころか、掘っ立て小屋も建てられない湿地帯だったそうなんです。見せられた場所と実際の土地は別だったというんですね。売った業者は実体のないものでした」

「そりゃ立派な詐欺事件でしょう。どうして訴えなかったんですか」

「そこは、まぁ。あの子たちにもいろいろあったんでしょう」宏美は言葉を濁した。騙《だま》された仁志にも後ろ暗いところがあったということか。

「おっしゃるとおり、働き者のいいお嫁さんですよねえ。息子さんもたいそう立派な青年だ」

「そうですよ。あのふたりのお陰で、米澤の家がまっとうに商売を続けられています。小百合さんと太一には頭が上がりませんよ」

弟の行状を話したあとの宏美は過剰なほど小百合と太一を褒め立てた。昨日甲高い声で弟の嫁をやり込めていたことは、忘れたような口ぶりだった。

「妹さんも、こちらのお徳さまと伺っておりますが」

「よし美は実家のことについてはあんまり。彼女にとってあの家の掃除はもう終わったんでしょう」

「掃除、ですか」

「お徳さまとして家族よりも信者を、というのは見上げた心がけですけれども」

妹のことを口にするときの宏美は、慈悲深い瞳を更に細めた。姉妹が同じ教団で同じ役職という状況のなかには、傍《はた》にはわからぬ確執もあるのだろう。

その夜遅く米澤仁志は自宅付近をうろついていたところを職務質問され、あっさりと身柄を拘束された。その現場にいた捜査員が捜査会議のあとぽつりと漏らした言葉が耳に残った。

――コロシができる器にゃ、見えなかった。

4

埃くさい資料室で二十年前の火災における焼死体の記録を探しあてたとき、既に午前二時を回っていた。「コロシができる器」という言葉や火災の一年半前にかけ始めたという保険のことが頭を離れない。二十年前の火災と米澤家の先代について、情報が欲しかった。性別不明の遺体は変死体扱いで、解剖の結果と関係者の話から米澤蒲鉾店の創業者米澤彦造と判断されていた。

あくびをひとつして、記録を読み続けた。自宅にも現場にもいなかったことで、米澤仁志は当時もずいぶんと事情聴取されている。米澤小百合、姉ふたり、従業員それぞれの記録より数倍厚かった。かなりしつこく訊かれているのだが、仁志の行動には覆しがたいアリバイがあった。道場で宏美から聞いたとおりのことを、立場の違う人間が同じように証言している。雀荘で一緒に麻雀《マージャン》を打っていた男にまで捜査の手が伸びていた。明け方に仁志が点棒をごまかしたことで大喧嘩《おおげんか》になっている。お互いの胸を拳で突き合うふたりの間に、店の主人と雀友たちが割って入った。それぞれが口裏を合わせているというようには読めない。記録では火事が起きた時刻、仁志は間違いなく川縁の雀荘にいた。

真由はひとつ大きくため息を吐いた。全身からここ数日の疲れが染み出てくる。勾留《こうりゅう》されている米澤仁志と殺害された滝川信夫が、頭の中でうまく重ならないのだ。最もそれらしい人間が思ったとおりの罪を犯す、という図式が腑《ふ》に落ちない。なにかを見落としているのではないか、という苛立《いらだ》ちが夜更けの資料室に積み上がってゆく。

不意のノックに、思わず立ち上がった。返事をして歩き出したところでドアが開いた。

「あんたまだこんなとこにいたの」

松崎比呂だった。口と素行の悪さで陰口を叩《たた》かれることも多いし、ぶっきらぼうなもの言いはほかの部署からも文句が出るほどだが、真由はこの先輩を嫌いではない。

「すみません、ちょっと気になることがあったもんですから」

「なに、今日のあれ？」

「米澤仁志は、二十年前の火災のときもかなり疑われているようでした」

松崎の視線が真由の傍《かたわ》らに積んである資料に移る。ゆっくりと真由に戻ってきた眼差しから、気《け》だるい表情が消えた。

「けど、シロだったんだよね」

「はい。周囲にしっかりと彼のアリバイを証言する人間がいるんです。記録からでは庇《かば》っている気配は感じ取れません」

松崎が資料室の棚や天井をぐるりと見て「埃くさい」と文句を言ったあと続けた。

「蒲鉾屋の情報は、キリさんとあんたが引っ張ってきたんでしょう。引っかかってることにはちゃんと理由があると思うんだけど」

「自分も、そう思います。ただ――」

「最初から輪郭がはっきりしすぎてて、気持ち悪いんだ」

上手く表現できぬところをきっぱりと言い切られて、思わず頷いた。そのとおりだった。仁志を絞っていく場所にある落とし穴に、二段目の深い穴があるような気がして仕方ない。

「けど、さっさと帰らないと明日からのほうが長いかもしれないよ。あんたの勘が当たってるとすれば、もうちょっと先は長いかも」

松崎は誰に向かってでもなく、蛍光灯が貧乏くさいとつぶやいた。

彼女がおおきなあくびをしたのに、つられた。笑顔の少ない先輩刑事がいったいこの時間まで何をしていたのかと思えば、片桐の晩酌《ばんしゃく》につき合っていたのだという。

「おっさん、大門のおかげで事件解決なんて抜かして、前祝いだと」

「すみません、ご迷惑をおかけしました」

「ご迷惑は毎度のことだから。まぁ、よろしく頼むわ」

松崎はそう言ってノブに手をかけ、つと立ち止まった。

「行動が穴だらけの男の口って、案外軽いもんよ。米澤仁志から何か出てくれば、充分な収穫じゃないかな。そう煮詰まるんじゃないよ」

じゃ、と手を振って資料室を出て行った。親切なのか不親切なのか、真由の経験では計りきれない気配を持った女だ。松崎比呂の親切は、どこか希代に通じるものがあった。

さて、と抜いた調書を棚に返した。腕の時計は午前二時半を指している。署内の洗面所で歯を磨き顔を洗って帰宅すれば、なにも考えず三時間は眠ることが出来そうだ。明日、振り出しに戻ることにならなければいいが。松崎の言う収穫がなんなのか、胸中に軽くなるものと重みを増すものを抱えながら資料室を出た。

翌朝九時から昼までのあいだに行われた米澤仁志の取り調べで漏れてきた情報は、双子の姉たちに対する罵《のの》りが大半だった。妻の小百合と息子の太一のことになると途端に口が重くなるという。捜査会議で、仁志が家に居着かないのはこのふたりに対する負い目もあるのではという意見が出たところで、片桐が「けっ」と鼻を鳴らした。会議室にため息ともひと息ともつかぬ気配が充満するなか、報告者が二十年前の火災について話し始めた。

「米澤仁志は、先代の父親が連れてきた小百合と結婚した理由について、親戚縁者がいなかったせいだと言っております。半ば使用人のようにして連れてきた身よりのない彼女を、火災で亡くなった先代は大変信頼していたということです。工場と息子を頼むと、自ら頭を下げて嫁に迎え入れています」

米澤小百合から受ける冷ややかな印象は、戻る家を持たぬゆえだろうか。どこに対しても誰に対しても強い押し出しのない気の毒さを持つ彼女には、金の絡む話はやってこない。しかし仁志の姉たちにとっては、自分たちの教えを説く絶好の存在なのだ。

「火災後、蒲鉾工場を建て直し、和商市場の売り場を軌道に乗せたのは嫁の小百合で、近年の業績は息子の太一の存在が大きいです。結果的に先代が加入していた保険が商売を救ったわけですが、それも小百合がいなければすべて仁志に持ち込まれる儲け話で失われていたと、これは本人も認めております。保険金の受け取りは、仁志ではなく会社でした」

取り調べに当たった捜査官の報告により、仁志が当時の保険外交員についてもひどい罵りかたをしていることがわかった。

「保険金の受け取りに関しては、当時姉たちも相当に口を出したそうです。米澤家の姉弟仲が決裂する一因となっていると思われます。整理しますと、米澤の家が保険金の分配でもめるなか、嫁がひとりで会社を守った、という図が見えてきます。保険会社は、現在は外資系に吸収合併されているかがやき生命でした」

　報告には含みも澱《よど》みもなかった。聞けば聞くほど「コロシができる器」という言葉が重くなり、仁志の人物像が軽くなっていった。滝川老人と仁志の接点は見つからない。午後からの取り調べでも、つまらない余罪が増えるばかりといった諦めが現場に流れ始めている。再び「物盗り」に傾きそうになるところを、松崎のひとことが引き留めた。

「米澤仁志が現れてから本部は殺す動機に意識が傾いてますけど、地道に被害者の殺される理由を考えている捜査員もおりますので、そこはバランスよく指示を出してくれませんか」

　松崎は、現場はここで指示がなくてもやりますよ、という宣言をしたのだった。昨夜「米澤仁志から何か出てくれれば、充分な収穫」と言った時点で、松崎には米澤仁志の事件における役割の軽さが見えていたのかもしれない。

　メモを取りながら頭の隅で、なにか見落としていないかと問い続けた。会議室の窓へと視線を移す。今日の空はとりわけ重たそうな雲の蓋に覆われており、太陽は輪郭も見えないままだ。視線を手帳へと戻す際、不意に「殺される理由」という言葉が真由の胸に落ちてきた。

　殺す動機があるのなら、そこには殺される理由がある。静かに慎《つ》ましく生きてきた老人がなぜ釧路へと再び足を運んだのか。ひとり住まいのアパートでテレビと本を友にして、鳩居堂《きゅうきょどう》の便せんに万年筆を走らせていた滝川老人の背中が浮かんだ。

まだ会っていない人間がいる――。

捜査会議の終了を告げる声に反射的に立ち上がるも、わき上がった人物が頭からこぼれてしまわぬよう気をつけながら椅子を机の下へと戻す。大丈夫だ、今日行かねばならぬところはひとつしかない。仁志の二番目の姉、よし美が見てきたものを聞く必要があった。「徳創信教」の道場で同じ役職についた双子の片割れは、姉の宏美とはまた違った角度から米澤家を見ていると信じたい。宏美の放り出すような口ぶりからしても、道場内において、ふたりは決して一枚岩ではない。

そこまで考えたところで、片桐がゆるゆるとした仕種で真由を見上げた。

「お嬢、なんか面白くねえことになってきたな」

「昨夜はたくさん飲まれたんですか」

「飲まれたなんて言いかたすんなよ、縁起でもねえ。俺が飲んだんだよ」

昼が文句ありげに突き出た片桐に、今日の行き先を組み立てたメモを見せた。

「もう一度、徳創信教の道場へ行きたいんです。姉の宏美からしかまだ話を聞いていません。妹のよし美からこぼれて来る話は、またちょっと質が違うような気がしているんですけど。いいでしょうか」

「いいもなんも、お嬢が掘ってる場所は間違いじゃあないんだろう」片桐の目元が弛み、「なんだかお前、昔の大門さんに似てきたな」と続いた。

自分が父に似ていては、希代に申しわけないような気がする。かといって似ていなければもっと負い目を感じるのだ。絶えず繰り返している心の中の問答を鎮《しず》めるのは、いつも希代が作るにぎりめしであったり煮物であったりした。

「徳創信教の、米澤よし美をあたらせてください」

「行こうか」

真由は一階ロビーの自動販売機で水とお茶のペットボトルを買い求め、水のほうを片桐に渡した。

「とりあえず、昨夜のアルコールを薄めてください」

「わかった」片桐がペットボトルの水を一気に半分あけて、首をぐるりと回した。

建物から一歩出た。今日も気づくと上着を着ている。湿気で髪の毛も膨らみがちだ。このまま夏を待っているうちに秋風が吹くのだが、ここから半月のあいだには半袖で外出できる日もいくらかあるはずだった。この街は、どこか肌寒いと思いながら季節が通り過ぎてゆき、はっきりとした秋風が吹く八月末に必ず「夏」を思い出す。毎年、過去形でしか語られない夏があった。

片桐とともに「徳創信教」の門を入ると、建物からぞろぞろと信者が出てきた。紺、グレー、茶色といった色合いの服装の女性が多い。男性信者もいるのだが、どこか印象の薄い勤め人のような気配を漂わせていた。女性信者八割、男性が二割、というところか。駐車場に車を停め、人波に逆らうように建物へと向かう。すれ違う人間がみな「ご精進ありがとうございます」といって両手を合わせるので、会釈で首が凝ってきた。

正面玄関には今日も「御道」と書かれた紙が貼《は》ってある。下足室から出てくる人間が途切れたところで中へと入った。すれ違った人間のなかに、米澤よし美がいるような気はしなかった。一卵性だとすれば、確実にいない。二卵性だったら、少し自信がなかった。けれど、街へ布教活動のために出かけてゆく人波のなかに、少なくとも「お徳さま」といった特別な気配を漂わせている人間は見つけられなかった。昨日会った米澤宏美には、布教活動によって自身が浄化されてゆくといった、盲信的な気配が薄かった。妹のよし美が姉にわずかでもため息を吐かれるような言動があるのなら、そこが姉妹の綻《ほころ》びだ。

受付の女性信者は昨日とは違っていた。手帳を見せると、両手を合わせる。

「ご精進ありがとうございます」

「米澤よし美さんにお目にかかりたいんですが」

「失礼ですが、ご用件を伺ってもよろしいですか」

「ご実家のことで」

少々お待ちください、と言って彼女は内線電話のボタンを押した。

――はい、ご実家のこととおっしゃってます。いえ、おふたり見えてます。宏美さまは、本日はご帰宅されております。お風邪を召したとのことですが。はい、承知いたしました。

受話器を置いた彼女は、二階へ続く階段を示した。

「二階の廊下の突き当たりから手前ふたつ目が『お徳さま』のお部屋となっております。名札が掛かっておりますので、まっすぐそちらへとのことでした」

一礼して、二階への階段を上った。幅のある階段にも、やはり道場と同じピンク色の絨毯が敷かれていた。踊り場には二百号はありそうな絵画が掛けられている。二階に上がって振り向いてみた。古い建物の間を縫って続く石畳の道が描かれていた。絵全体はベージュ色で右下のサインは赤々と太い筆が入っている。文字がアルファベットなのか日本語なのか、わからなかった。

「どうした、お嬢」

「なんだか不思議な絵だなと思って」

「俺はこの絵を見てると吐き気がしてくるぞ」

「二日酔いではないですか」

片桐はふん、と鼻を鳴らし長い廊下を歩いてゆく。学校の教室のように、等間隔に並ぶ小部屋の戸口には名札がぶら下がっていた。

「きく、すみれ、あじさい、ききょう、たんぽぽ、つつじ、ってなんだこりゃ」

「警部補、声が大きいです」

「みんな外に出てるよ。しかしこんな幼稚園みたいな部屋にたむろして他人に意見を求めなけりゃならん悩みってのは、いったい何なんだ。旨いもん食えばすぐに解決するようなことじゃねえだろうな」

「そういう単純なことでは解決できないのが、悩みだと思いますが」

「世の中なんでも、真面目に考えてりゃいいってもんじゃないぞ。それがただの免罪符だったらどうするんだ。真面目さにふりまわされると、自分が何なのかわからなくなるだろう」

なににつけ他人の意見で自分を肯定したいのが彼らの言う「道」なのだとすれば、群れなくてはなにも解決できない。

相変わらず上空は厚い霧の層に覆われており、二階の廊下にも影はなかった。だんだん、街全体が自然光から見放された場所のように思えてくる。振り向けば、めまいを起こしそうな絵があり、信者はみな毎日その絵を見ながら布教活動へ向かうのだった。総毛立つような想像をしたあと、真由は急いでそれを振り払った。

そろそろ突き当たり、というところで目の前にさっと白い影が現れた。片桐も真由も足を止めた。一メートル先に、見下ろすほどちいさな女性が立っていた。片桐が喉の奥から「うぅ」とうなり声を出す。真由はかろうじて悲鳴を上げるのを堪《こら》えた。

「あなたたちが、警察のひとですか」

女性はずんぐりとした体型にオフホワイトのワンピースを着ていた。幅と丈のバランスが悪く、裾は太い脚のふくらはぎのあたりで断ち切られて不格好だ。羽織ったニットも白なので、余計に顔や手の甲のシミが浮き上がって見える。警察のひと、と問われて「はい」と答えた。

「お徳の、米澤よし美です。廊下はおしゃべりをするところではありませんので、今後は静かにお願いします」

言ってすぐに、米澤よし美は部屋の中へと戻ってしまった。肩で息をしている片桐の横をすり抜けて、開け放たれた戸口から室内へと入った。十畳ほどの広さの部屋にも、ピンク色の絨毯が敷いてある。ここに来るまで、ほとんど椅子というものを見ていなかった。廊下も道場も二階の部屋もすべて絨毯だ。膝や腰の悪い信者はどうするのか、勧められた場所に腰をおろし、室内を見回して訊ねてみた。

「みなさんここに来るまではあちこち痛い体を引きずるようにされてますが、部屋と自身をきれいにすることで、痛みも悩みも薄くなるんです」

姉の宏美とはあきらかに違う風貌に加え、過剰につよいもの言いをする女だった。ふたりが双子の姉妹だということが、にわかには信じられない。双子という事実を知った者もみな同じ反応を示すだろうと思われた。二卵性双生児——ふたりはまったく似ていなかった。米澤よし美はそのことを誰よりもよく理解しているゆえに、自身から一切の装飾や化粧を取り払っているように見えた。

床から一メートルほどの高さまで、窓を挟んでずらりと両側に本棚があった。本棚のある部屋へ入ったときの癖で、つい視界に入る限りの背表紙を眺めてしまう。正座が基本の建物らしく、背の高い家具は見あたらない。窓辺にひとつ、文机《ふづくえ》があるほかはがらんとした部屋だった。本棚には表紙に会則や教義といった金文字が目立つ布張りの本が並んでいる。濃紺、えんじ、灰色といった本は、どれも三センチから五センチの幅があり、出版社がみな同じだった。教理本を主に取り扱う会社なのか、それとも教団の出版部門なのかはわからない。

「このお部屋は、我々がお邪魔してもいいところなのでしょうか」

「わたくしがお通ししたのですからつまらない質問はおよしなさい」

思わず頭を下げた。名前を訊ねられて、慌てて答えた。続いて自己紹介をする片桐はいつもの調子に戻っており、それが唯一の救いだった。

「昨日は姉のほうに、今日はわたくしに、実家のことでとはどんなご用件でしょう」

「米澤仁志さんご一家のことについて、お伺いしたいことがございます」

「弟がそちらにお世話になっていることは、知っています。宏美の具合が悪いのは、おそらく昨夜寝ていないからでしょう」

「昨夜のうちに、連絡があったんでしょうか」

「小百合さんから電話がありました。気丈なひとですから、わたくしのほうはあまり心配もしておりません」

「小百合さんからは、なんとご報告があったんでしょうか」

「仁志が警察に捕まった、と。理由は博打《ばくち》と聞きましたが本当ですか」

「賭博容疑で現在取調中です」

「小百合さんから、会社の印鑑を持ち出しているとも聞いていますけれど。そちらの件ではないんですね」

太い声が低くなった。気の弱い信者なら、よし美に一喝された途端に萎縮《いしゆく》してしまうかもしれない。何から何まで、姉の宏美とは違って見える。それだけに、小百合が昨夜電話を掛けた先がよし美だったことが意外だ。

「その点については今のところ捜査の圏外です。小百合さんは昨夜のうちに、お義姉《ねえ》さまおふたりに連絡をされたんでしょうか」

「宏美はわたくしが電話をして初めて知ったようでした」

ほとんど感情の漏れてこない表情だ。問答を続けているうちに、よし美のペースになっていた。

「よし美さんのお宅だけに小百合さんご本人から電話があったということですね」

そうだと短く返ってきた。熱心に入信を勧めている宏美ではなく、なぜよし美に電話したのか、そこが気になる。片桐が横でぐるりと首を回したあと、胴を左右に揺すりながら足を崩していいかと訊ねた。

「信者ではありませんから、そこはお気になさらずどうぞ」

勧める手のひらが思いのほかふくよかで、言葉もそこだけ柔らかだった。訊ねた片桐は「すみません」といちど体を横に崩し、あぐらをかいた。真由の両脚は北浄土寺での剣道修行のお陰でさほど痺《しび》れずに済んでいる。米澤よし美は、正座したままほとんど体を動かさなかった。片桐が靴下のつま先を揉《も》みながら「あぶねぇ」と三度言った。そのとき初めて、彼女が笑った。堪えるように口元を隠し、片桐から視線を逸らしている。弛んだ時間の中で、真由も笑った。

「あなた、面白い刑事さんね」

「真面目一本で通ってるんですがね」飄々と答える片桐だ。

よし美がひとつ息を吐いたのを見逃さず、真由は小百合との関係を訊ねた。

「米澤小百合さんを熱心に道場に誘っていらっしゃるのは、お姉様の宏美さんとお見受けいたしましたが」

「ここの活動と実家のあれこれは別のものと考えています。宏美が小百合さんを誘うことに口を出したことはありませんが、わたくしは一度も彼女に入信を勧めたことはございません。仁志のことではずいぶんとあの子に苦労させてますから、ここで偉そうにふんぞり返っていること自体、実は恥ずかしいことなんです。正直申せばわたくしは、小百合さんに顔向けできない立場です」

それぞれが血縁と信仰に持っている考え方は違うらしい。

「小百合さんの負った苦労とは、どういうことでしょうか」

「姉娘ふたりと自分の息子に失望した父の、最後の心頼みが小百合さんだったんです。わたくしは母が死んでからすぐに信仰の道に入りました。宏美は嫁に出て子供が死産。で、離縁後に入信しました。そして仁志は、本人が甘いのか周りが甘やかしたのか、あんな風で。父が小百合さんを連れてきたときは、なんて地味な子だろうと思いました。でも父が工場を任せられるのは、あの子しかいなかったんです」

連れてきた、という言葉が耳に残った。

「最初は工場で働いていた、ということでしょうか」

よし美は首を横に振った。そして、小百合は最初から仁志の嫁としてやって来たのだと言った。

「それでも父は生前、養子にしようか嫁にしようかしばらく悩んだというような話をしたことがありました。結局、嫁にして良かったと、太一が生まれたときに聞きましたけれど」

「養子縁組まで考えていらしたんですか」

よし美の視線が絨毯に落ちた。亡父のことを語るとき、彼女はお徳さまの職からすこし離れるようだった。先代が、養子縁組まで選択肢に入れていた米澤小百合の、それまでの境遇を考えてみる。

「小百合さんは、米澤家に嫁ぐ前はどこにいらしたんでしょうか」

「小樽《おたる》だったと記憶しております。日本海側の名前をいくつか聞いたような気もしますけれど。今どき、本当に身よりのない人間なんているんだろうかと不思議に思いました」

よし美は、小百合のことを語るとき少し言葉が重たくなった。

「父が我が子に対してがっかりしていることは、ずいぶん早くから気づいていましたのでね。わたくしはそれでも道場通いをやめなかったし、宏美をここに誘ったときは、もう親でも子でもないなんてことを言われました」

最初の子を亡くしたことをきっかけに離婚した姉を、彼女は道場へと誘った。かなしみのとらえ方は人それぞれだけれど、時間と居場所が癒やすこともあるだろうと思ってのことだったという。姉の宏美はその頃から急激に「徳創信教」へと傾いてゆくことになった。誘ったのは自分だけれど、と前置きしてよし美は数秒黙りこみ、続けた。

「お徳さまと呼ばれることが最終的な目標になってはいけませんでしたね。道はそんなものではないはずです。掃除せよ、と同じお題目を唱えておりましても、掃除の意味をはき違えると掃き清められる道もずいぶんと違ってくるようです」

「徳創信教」の教えを信じるかどうかを別にして、なにやら宏美よりよし美のほうがひとつ筋が通っているような気がしてくる。

「小百合さんは、こちらにいらっしゃることはないんでしょうか」

「宏美はずいぶんと誘っているようだし、小百合さんの名前でお布施も出しています。浄財は尊いですが、ああいった性分の人を無理やりこちらに向かせるのは、いかがなものでしょうね」

よし美はぽつりと「自分も似たようなことを人助けと信じてやってきましたけども」と言った。

「ああいった性分、とおっしゃると」片桐がするりと会話に滑り込んできた。

よし美は最初なにを問われているのかわからぬ風だったが、すぐに「ああ」と合点のいった表情を見せた。

「工場火災のとき、ずいぶんと親身になってお世話してくださった人がいたようなんです。申し上げたいのは、人さまを信じることのできる特質、といえば伝わりますかね。向こうはお仕事でしていることでも、あのときの小百合さんには一条の光だったでしょうし、他人を信じられるのなら我々の教えは不要でしょう」

お仕事で、とはどういうことかと訊ねた。表情も口調も変えずによし美が答えた。

「保険屋さん——、代理店だったかしら。そこのご夫婦がずいぶんと親身になってくれて、大変よくしてくださったようです。仁志や宏美はいろいろと申しておりましたが、父が命と引き替えにして遺《のこ》したものを失わずに済んだのはそのかたがたのお陰もあったと思います」

太陽が厚い霧や雲の層を隔てて移動しているのか、西の空の灰色がうっすらと朱を含み始めた。

もう一度小百合に会う必要を感じながら、暇《いとま》を告げた。米澤よし美はふっと息を抜いて首を傾げた。

「仁志がそちらにお世話になっていることで、いらっしゃったのでしたよね」

刑事ふたりの意識が、現在取調中の人物に向けられていなかったことをやんわりと指摘されて、片桐が「いやいや」と頭に手を置いて困った表情をして見せる。

「こういう、周辺の聞き込みが大事なんですわ。ドラマとは違って、いつも街のなかを走って凶悪犯人を追いかけてるわけでもないんですよ」

片桐の冗談が通じたのかどうか、よし美はそのいかつい体をかかとから持ち上げ、一拍置いてすっくとその場に立ち上がった。真由が膝から下の感覚を取り戻すのにおそるおそる脚をずらしている際のことだった。素直に驚く片桐を見下ろし、よし美はわずかに首を傾け微笑んだ。

「これをやると初めてお目にかかる大抵のみなさんが驚いてくださいます。見てくれはこうですが、ありがたいことに丈夫な骨と健康な体に恵まれました」

幼いころからずっと、姉の宏美と比較され続けた彼女の、物心ついてからの半生がはらりとこぼれ落ちた。先に入信していた妹に、心が弱っていたとはいえ負けられなかった姉の捻《ねじ》れた責任感と、無意識にその姉の弱った心を突き刺す妹がいる。「お徳さま」とは、彼女たちにとって心身の美醜をかけた闘いの場なのだった。

建物を出てから最初の信号待ちで停止するまで、ひとことも話さなかった。下校途中の小学生が横断歩道を走って渡る。渡りきったのを見て、真由の口から滑り出てきたひとことは、踊り場で見た絵のことだった。

「ひどくデッサンの狂った絵でしたね」

「絵って、なんのことだ」

「階段の踊り場に掛かっていた絵です。一見ヨーロッパの石造りっぽい建物と道が描かれてたように思うんですが」

「上手いんだか下手《へた》なんだか、よくわからない絵だったな」

「あの絵、ずっと見ていると三半規管がおかしくなりますよ」

「建物の遠近に狂いがあるんです。見ているだけで具合が悪くなるはずです」

片桐は「へぇ」と言ったあと、車が動き出してから「二日酔いじゃなかったのか」とつぶやいた。道の絵のデッサンに大きな狂いがあるとして、そこから目をそむけていられるものだろうか。「徳創信教」に限らず、かたくなになにかを信じることで気づかず済む事実があるのかもしれない。

「もう一度、米澤小百合に会いに行きます。警部補、よろしいでしょうか」

「だからお嬢、警部補はやめろ」

片桐はそう吐き捨てたあと、数秒後に「会わなきゃどうにも進まんだろう」と言った。ダッシュボードのデジタル時計が「15：00」になった。彼女は今日、和商市場の売り場に出ているだろうか。夫のことがあって、また体調を崩してはいまいか。

気づけばいつも米澤小百合のことを考えていた。世の中には助ける人間と助けられる人間の二種類があるとなにかで読んだことがあった。助け合いは等価交換ではないという内容だった気がするが、真由にはいまひとつ理解できないままだ。希代の書棚を探せばどこかにあるはずだが、書名とジャンルを思い出せない。

「徳創信教」における人間関係と権力の縮図に触れて、現実の遠さ近さがよくわからなくなっていた。二、三度両肩を上下させて、助手席の片桐に言った。

「どういうことだ」

「先に、和商市場のほうを覗いてみます」

「お嬢が行きたいところに行ってくれ。冴《さ》えているときは、その勘を信じて動け」

和商市場の近くに車を停めて、コンビニ横の入り口から市場内に入った。たちまち鼻をつく魚介のにおいに包まれた。珍味屋と魚屋数店の前を通り過ぎると、突き当たりに『米澤蒲鉾店』の看板が見えた。

閉店時間が迫っており、どこの店先にも商品が少ない。今日売れ残った高値の銀鱗《ぎんりん》は明日以降どうなるのか。そんなことを考えながら建物の奥へと進んでゆくと、突き当たりの店舗に米澤親子の姿が見えた。米澤小百合は油鍋の周りを片付け、太一は商品をいくつかポリ袋に詰めて赤マジックで値段を書き込んでいた。

「タラコはどこのがいいんだい」片桐が背後で珍味屋と話し始めた。仁志が勾留されたあとも、小百合と太一は朝からずっと一定の速さで動いているのではないか。ふたりの様子を見ていると、変わらぬ動きに意味を探している。心もち大股《おおまた》で店先へ近づいた。

「こんにちは」先に視線を向けたのは小百合のほうだった。続いて太一がマジックを持つ手を止めた。ふたりとも探るような眼差しを残したまま、ぼんやりと真由を見ている。

次の瞬間、小百合が頭を下げた。続いて太一も腰を折った。店頭にいるときの小百合は、声がすこし高かった。

「このたびは――、ご面倒をおかけしております」

頭を下げ続ける小百合と、腰の高さの商品台を挟んで向かいあう。背後から片桐の声がした。「どうもどうも」愛想よく近づいてくる。

「片桐さん」小百合の頭が更に下がった。太一は、二歩離れた場所から、母親と刑事たちのやりとりを見ていた。夫が警察に厄介になっていても、商売の手を止めるわけにはいかない。そのことを考えてみても、今の小百合の落ち着きと白い頭髪は市場を背景にしてわずかに浮き上がって見える。

「申しわけございません。せっかく見つけていただいたってのに、こんな始末で」

「そのことで、もう少しお話を伺いたいんですが、よろしいでしょうか」

「わたしに、でしょうか」小百合の瞳が陰った。

「ご不安に思われるようでしたら息子さんにも同席していただいて。先代社長のことなどもお伺いしたいんです」

先代社長、という言葉に彼女の瞳が揺れた。数秒あと、彼女が軽く頭を下げた。

「わかりました。ここではなんですから、工場のほうでお願いしてもよろしいでしょうか。息子に売り場を任せてすぐに参ります」

「ありがとうございます。では、工場の前でお待ちしております」

コンクリートの床は、今日もひんやりと足の裏から全身を冷やしてゆくようだった。工場の事務室で、米澤小百合と机を挟んで向かいあう。

「寒くないですか」と小百合が訊ねてくる。

「すり身加工ってのは、やっぱりあまり暖かいところじゃできないんでしょうねえ」片桐が太ももに両手を挟んで言った。

「油を使ってるときや蒸し物の機械が動いているときは、工場の中も蒸気で暖かいんです。ここの機械は、年末以外は午前のうちに作業を終えますので」

小百合は結わえた髪の先を揺らして、机の横にある筒形の石油ストーブに火を入れた。たちまち事務室に灯油のにおいが充満した。鼻先に、懐かしさが漂ってくる。

「先代社長のことって、どういったお話でしょうか」小百合が不安げに問うてきた。

「火災で亡くなるずっと前、小百合さんを仁志さんのお嫁さんに迎えられたころのことを伺いたいんです」

よし美が言ったことが本当ならば、と思った。実子に失望した先代が、小百合を養子にしようか息子の嫁に迎えようか悩むくらいの出会いには、なにか目に見えぬ心の動きがあったような気がするのだ。滝川老人殺しからどんどん離れてゆくように見えるこの捜査に意味はあるのだろうか。このもやもやとした心の霧が晴れてくれれば、と祈るような気持ちで続けた。

「奥様はご結婚前から釧路にいらっしゃったんでしょうか」

「いいえ、米澤の家に入るまでは小樽におりました」

「では、先代とは小樽にいたころに」語尾を上げて、どういった出会いだったのかを訊ねた。

「当時、小樽の蒲鉾工場におりました。先代はその工場に、釧路で使う新しい機械を見学に来ていて。業者が、同じ機械が入っているうちの工場に案内したんです」

どんな機械かと訊ねると、すり身を攪拌《かくはん》するものだという。

「当時は最新の機械だったんです。鹿児島や仙台でも使われていたものと聞いていました。それまで手作業でしていたことを機械に任せられて、そのあいだほかの仕事が出来ると言って、たいそう気に入った様子でした」

米澤小百合は小樽の蒲鉾工場でその機械の担当をしており、先代が見学にやってきた際に詳しい使い方を説明したのだという。すぐに購入を決めて、米澤蒲鉾店の初代社長は三日間その機械の操作方法を小百合に習うことになった。

「何をおいても、とにかく熱心な方でした。一週間の予定で、業者と各地の工場を回ったと聞きましたが、小樽の設備をいちばん気に入ったようです」

先代を語るときの小百合の様子を見ていると、不思議なことに「徳創信教」の双子姉妹が思い出された。彼女の眼差しは、恐ろしいほど澄んでいる。よし美が言っていた

「ああいった性分」という言葉が蘇《よみがえ》る。なるほど、実は小百合が信じてやまないのは、先代社長だったのかもしれない。義姉たちは、実家を守ってくれた人間や、小百合の立場を認めているのだった。

小百合は「樽蒲《たるかま》　北翔《ほくしよう》」に勤めて三年目に先代社長と出会い、機械の買い付けにやってきた彼にその腕を買われた。二十五歳のときだ。釧路の工場に来てもらえないかと頭を下げられたのは最終日のことだった、と彼女は言った。

「それまでもずいぶんいろんな街へ行ったけれど、道東というのは初めてで。突然東の外れに行って暮らせるかどうか、少し考えたんですけれども。先代の熱意に打たれたというのが正直なところでした」

小樽で暮らす前も各地を転々としていたという彼女は、真由の想像を超えてあっさりとした言葉と決意を持っていた。

「ちょうど養父が樽蒲さんにしていた借金の返済が終わった時期だったというのも、釧路に行ってみようと思った理由のひとつでした。わたしに身よりがないのを知って、先代社長はひどく驚いていました。でも、それはもうどうでもいいことだと申しましたら、余計に不憫《ふびん》に思われたようです」

聞けば養父とは、小百合を育てた男のことだった。男は小百合が先代と出会う一年前に死亡している。名は加藤千吉《かとうせんきち》といい、酒場のゴミ捨て場で凍死していたのを、通りがかりの人間が見つけたという。役所で死亡届を出すまでのあいだずっと、小百合はその男が自分の父親だと信じていた。

「手続きがもう、大変でした。ろくに小学校も通わずにあちこちの港町で暮らしておりましたので、自分がいったいどこから来たのかも知らずにいたんです。本籍がわからないので、生きているのにその証明ができないし、死んでも届けさえ出せない状態だったんです」

「どういうことでしょうか」思わず身を乗り出した。

「樽蒲さんの前にお世話になっていた網元の親方が、養父が青森の出身だと漏らしていたのを覚えていてくださいまして。あのときずいぶんと戸籍課のひとに面倒をかけて、調べてもらってやっと死亡届を出したんです。自分が加藤の娘ではなかったとわかったとき、なんだかほっとしました」

小百合が加藤千吉の養女になる前の名字は「行方《なめかた》」といった。

「ナメカタっていう読み方もわからなかったんですよ。自分はずっとこっちの生まれだと思ってたんですけど」

「違ったんですか」

「どうやらわたしも青森の生まれだったみたいで。でも、書類の上のことなんてさっぱりわからないし。本当の親の名前もピンとこないままでした」

父親の死亡届と除籍の手続きをする際、自分が実の娘ではなかったことを知ったときに「ほっ」とするものかどうか、真由にはそこがぼやけて見える。ただ、ほかに親がいると書類に告げられても、特別会いたいという気持ちにならないことは理解できた。

それより——片桐もおそらく同じことを考えているだろう。米澤小百合の口から「青森」の地名が出てきた。滝川老人の砂だらけの死に顔が脳裏を過ぎる。

「失礼ですが、青森のどこでしょうか」

小百合はなぜそんなことを訊ねられるのかわからないといった表情で「八戸だったようですが」とつぶやいた。

頭の奥でカチリと音がした。青森県八戸は、若いころの滝川老人がいた土地だ。なかなか次の言葉が出てこなかった。

八戸、釧路——。

長い時を経て、ふたつの土地が重なった。

「そこのところをもう少し詳しく教えて欲しいんですが」

米澤小百合は、表情を揺らさず話し始めた。

「本当の親子ではないことを、どうやら周りのひとは気づいていたらしいんです。日本海側の港町を上がったり下がったりして暮らしていたんですけど、なかにはずいぶんと心配してくれるひともいて。小学校にも通っていないわたしに、字やそろばんを教えてくれる雇い主さんもいました」

十代のずいぶんと早くから水商売をして養父を養い、彼女は自分が生きていく術を知る。風に吹かれながら町から町、人から人へ、まるでたんぽぽの綿毛のようだった。

「あのころ不思議だと思ったのは、人間どんなに貧乏をしても酒だけはどこからともなく手に入るということでした。養父に殴られたり蹴られたりするより、寝ないで働いていたほうがなんぼかましだと思ってました」

住み込みのお手伝い、浜の飯炊き、魚の網外し、飲食店——小百合の職歴は彼女がやんわりと言葉を濁した夜の仕事も含めて、ため息が漏れるほどの数だ。化粧をして働くのがいちばん嫌だった、と小百合は言った。

「どういうわけか、お化粧のにおいっていうのが駄目だったんですよ。養父は、流れた先で自分の仕事は見つけられなくてもわたしの働き口だけは真っ先に決めてくる人でした」

来し方を話すときの彼女は、内容にそぐわず店先に立っていたときより楽しげに見えた。

「十九のときに、いちど養父から逃げたんです。逃げるといっても、町をふたつ離れただけでしたけど。それが自分にとっていちばん養父から遠い場所だったんですね」

加藤千吉は何ヵ月もしないうちに小百合の居所を突き止める。そして父親だからと言ってはは勤め先に借金をして歩いた。街を流れる際の理由も、ほとんどが金がらみだった。

「そういう星の下に生まれたんだからって、半ば諦めていたというか。あんまり虫のいいことは考えませんでしたね。働ける体があればなんとかなると思ってました」

彼女は小樽の街ではすっぱりと夜の商売を辞めて蒲鉾工場で働くことにしたと言った。そう思うまでのあいだに何があったのかは語られなかった。

加藤千吉は小樽でも、小百合の勤め先から前借りと借金を繰り返した。定職がなく、財布の金は博打で増えたと思うとすぐに空になるような男だった。大酒を飲みサイコロ賭博で一文無しになった冬の夜、酒場のゴミ捨て場で凍死するまで、ろくでもない男であり続けた。

「樽蒲の大将は養父が死んだとき、良かったと言ってくれました。死んで喜ばれるのも、人間の生き方だって。ただ悲しまれるだけの死人より、徳があるんだそうです。養父の借金は、そこから一年かけて、月々少しずつ返しました」

釧路に来て米澤小百合になっても、彼女を包む環境はそれほど変化しているとは思えなかった。養父の代わりに米澤仁志が現れただけのように思えるのだが、当の本人はそんな風には考えておらず、先代社長と出会えたことで自分の人生が大きく変化して明るくなったと言うのだった。

「新しい工場で働かせてもらうのはいいお話だと思ったんですけれど、嫁にと言われて少し迷いました。こんな暮らしをしてきた女が、まっとうな嫁になれるわけもないと思ってましたので。先代社長にはそこを正直に言ったんです。こういう人間だから、ご期待には沿えないかもしれないって」

その正直さが余計に先代の心を打ったことは容易に想像できた。あっけらかんと語られる小百合の苦労話の前では、人はみな優しくなれる。「善き人」として存在することのありがたさを手に入れられるのだった。

小百合の顔がすっと持ち上がった。

「夫は、今度は刑務所に入ることになるんでしょうか」静かな問いだった。

「そりゃわかりません」片桐が答えた。

「正直なところ一度、入ったほうがいいと思うんです。商売人としても身内としても大変な痛手ですが、もうそれしか立ち直ってもらう方法はないような気がしています」

お気持ちは——と片桐が言いかけたが、小百合はそれを遮った。

「しっかり調べて、ちゃんと罪を償わせてください。刑期があったほうが、いいんですあの人には。実の父親が据えられなかったお灸《きゅう》なのかもしれません」

真由はもちろん、片桐も最後のひとことに言葉を失った。ため息ひとつぶん置いて、片桐が問うた。

「蒲鉾の新作を研究したり販路を広げたりというのは、息子さんの発案だったと伺いました。三、四年前からということだったけれども、失礼ですが太一さんはその前はなにをされてたんでしょうか」

「実業団で、アイスホッケーをやっていました」

地元の製紙会社の名を挙げると、小百合は嬉しそうに頷いた。片桐は歴代監督の名をいくつか並べ、どの監督だったのかと訊ねた。

会話はアイスホッケーに移行して、太一がゴールキーパーだったことを知った。

「引退は、なぜ」

「肩を駄目にしたものですから」

苦労人の母親と夢半ばでホッケー選手を諦めた息子は、そこからふたりで工場を大きくするという目標に向かって歩き出したのだった。

「あの子が工場を継ぐと言ってくれたお陰で、わたしもなんだかもう十年がんばれそうだと思ったんです。幸い、選手時代にお世話になった方々のお陰で、新作蒲鉾を紹介してもらえることになって。それで旅行雑誌やテレビの取材などもいただけるようになりました」

「テレビとおっしゃいましたか」真由は思わず口を挟んだ。

「ええ。旅番組で売り場を撮影していただいて。おかげさまでそこからずいぶんと地方発送の注文が増えたんです」

その日真由の眼裏《まなうら》に、夫の服役を望む妻の冷たい微笑みが残った。


午後四時から始まった捜査会議では、はかばかしい報告がなかった。仁志は悪態をつくばかりで、肝心の滝川信夫との接点は見えないままだという。ひな壇の表情も暗い。ひな壇に向かって座っている捜査員の肩も、一気に下がったように見えた。

片桐が挙手して、その場の空気を混ぜ返した。

「課長、ちょっと八戸へ行かせてくださいや」

「八戸ですか、片桐警部補」相変わらず課長の言葉は軽やかで嫌味がなかった。

「仁志の女房、米澤小百合の生まれは青森の八戸でした。いま確認取ってもらってます。ついさっきやっと滝川の爺さんと重なりまして」

捜査員が何人か首を曲げてこちらを振り向き見た。真由は思わず下を向いた。

「どうも気になるんです。爺さんが単純に釧路まで旨い蒲鉾を食いに来てたわけじゃないような気がしてきました」

片桐の発言は会議室に波紋のように広がり、ざわつきはひな壇へと到達する。

「八戸に、なにがありますか」

「なにかしら、持って帰りますんで」片桐が答える。

米澤小百合の来し方は、真由が説明する羽目になった。先に片桐がサビを歌ったせいで、いやな注目を集めているなか、自分の心もちがだんだん八戸へと向かっているのがわかる。嫌でも行かねばならぬ、と思い始めたところで小百合についての報告が終わった。

わかりました、と課長が言った。

捜査会議のあと、片桐と真由は課長室に呼ばれた。机と応接セットひと組というちいさな部屋だ。部屋の隅にはパイプ椅子の銀色がドミノのように並んでいた。

「八戸に行っていただくことを前提にして、ひとつだけお願いがあります」

課長のお願いは「捜査費用を出来るだけ抑えてくれ」というものだった。

「抑えてない捜査なんて、したことも頼まれたこともないですがね」片桐が返す。

「今日、これから発《た》っていただいて、明日の朝から捜査を始めて、多くて二泊、という日程でお願いできますか」課長の穏やかな口調は変わらない。

「今からですか」真由が思わず聞き返した。課長は深く頷いた。

ちょっと待ってください、と言って急いでタブレットの検索をかけた。明日の朝から八戸で聞き込みが出来る方法はひとつしかなかった。

「課長、苫小牧《とまこまい》からフェリーで行けってことですか」と訊ねた。

「今からなら、最終便に間に合いませんかね」とことさら涼しい顔をする。

「フェリーか。若いとき以来だな」と片桐が追い打ちをかけた。

真由はこのふたりにもの申すのを諦めた。苫小牧までは自分が運転しなくてはいけない。JRを使ったのでは間に合わないかもしれないのだ。

十一時五十九分苫小牧発八戸行きフェリー、翌日午前七時三十分着。

高速道路で行けばなんとかなる。もしも遅れたら、明日の朝五時発の便になり、到着は午後一時半になる。半日のロスだった。

「すぐに出ます」

ただでさえ長い一日が、更に長くなろうとしていた。腕の時計は午後五時を指している。とりあえずバッグを持って車を出さねばならない。乗船手続きにかかる時間を考えると、一分でも早く着いたほうがいい。八戸での移動は車を乗り入れるのとレンタカーを借りるのではどちらが安いだろう。乗船可能な時間まで、いったい何時間あるのか。もし駄目だったら、と言いかけてぐっと言葉をのみ込んだ。言霊《ことだま》に追い詰められてはいけない。ここは、やってみるしかないのだ。

要求される平均時速は五十キロか——。休憩も食事も手洗いも、燃料補給もせず、道に迷わず雨も降らない、渋滞もない状態で走った場合の数字は、甘いのか辛いのか。

フェリーの予約を済ませ、とるものもとりあえず、片桐を助手席に乗せて街を出た。

希代には電話で短く八戸に向かうことを告げた。わかった——、母の返事も短いものだった。

国道の裏道を抜けて、高規格道路に入る。ひとつでも信号の少ない道を選んだつもりだが、市内を出るまでが思ったよりも長かった。要求される平均時速がどんどん数字を増すような気がして焦っているときに、片桐が火を点けない煙草を口にはさんで言った。

「もうちょっとなめらかに運転しろ。輪っぱ持たせたら署内一の噂が泣くぞ」

「キリさんは黙っていてください」言ってしまってから、初めてこの呼び名を使ったことに気づいた。

今日会った女たちの顔や、聞いた話、さまざまなことが五感を刺激し続けていた。前方をゆく腰高のテールランプの赤を見ていると、春先の雪のような速度で胸奥にひとつふたつ、知りたいことが積もっていった。

5

高速の出入りでは片桐のぼやきを三度無視し、そのうち一度は舌打ちまでされながら真由は走り続けた。苫小牧のフェリーターミナルに着いたのは、十時四十分だった。車はフェリーに乗せるよりも現地でナビ付きのレンタカーを借りたほうが安いとわかり、港の専用駐車場に置いてきた。

チケットを手に「俺はまず風呂だ」と言った片桐を見送りもせず、真由は二等室の女性フロアにたどり着いた途端倒れ込むようにして目を閉じた。全身に濡れた綿を巻いたような疲れが襲ってくる。肩が固まりふくらはぎがぱんぱんに張っていた。

床下から響くエンジン音と波に持ち上げられた船体のせいか、体が一瞬浮いたところで目覚めた。腕の時計は午前四時を指している。あと三時間半で八戸に到着する。早朝からレンタカーで移動となれば、もう少し眠っておいたほうがいいかもしれない。

寝そべった背中を波が持ち上げ、ゆっくりと落下する。波に浮くたびに腰の痛みが増すようで、ゆるゆると起き上がった。女性フロアには、真由のほかにひとりしか乗客がいなかった。

バッグを抱え、船室を出る。ひどく喉が渇いていた。自動販売機でアルカリイオン水を買い、五百ミリリットル入りのペットボトルの三分の二を一気に体へと流しこんだ。内臓が急激に動き出した感じがする。明かりが近い通路の椅子に腰掛けた。バッグの中から、滝川信夫の履歴書と北原白秋の『白金之獨樂《はっきんのこま》』を挟んだクリアファイルを取り出す。

残りのイオン水を飲みほして、力の入らぬ手でペンを持った。手帳に書き込んだ箇条書きのいちばん最後に「行方《なめかた》（米澤）小百合」と書き入れた。

船の窓は潮のせいで曇りガラスのようだ。明けきらない空と黒い海の境目がよく見えない。一日の流れを頭の中で組み立ててみる。青森県警に頼んだ滝川信夫の戸籍から親類をあたり、青森にいるあいだの滝川の生活、縁者、就労先――、果たして二日間でどこまで掘り進めることができるのか。窓に層をつくる潮がいっそう濃くなったような気がして、指先でこめかみを強く圧《お》した。

椅子の背もたれに体を預け、目を瞑《つむ》った。船室に戻って横になったほうがいいだろうか。考えているうちに眠ってしまったらしい。気づくと窓の外がほの明るくなっていた。通路に人が出始めて、飲食スペースのほうへと流れてゆくのが見えた。腕の時計が六時を指している。船はあと一時間ほどで港に入る。うねる揺れはなくなり、足の下からエンジンの振動が伝わってくる。

立ち上がり、首をぐるりと回した。同時におおきな欠伸《あくび》がでた。船酔いはしなかったが、頭痛がひどい。体の痛みは運転で全身が緊張していたせいだろう。

飲食スペースで見つけた菓子パンの自販機から、焼きそばパンとピーナッツクリームサンドを買い、少し迷ってデザートにチーズ蒸しパンを足した。これらとロイヤルミルクティーのペットボトル一本で、とりあえず昼まで保《も》たせよう。半分ほど埋まった席には、それぞれ長距離トラックの運転手らしき人々が座っている。ぐるりと空いた席を探していると、見慣れたちいさな背中を見つけた。

そろそろと背後から近づいてみる。片桐も似たような朝食だ。

「おはようございます」

「しっかり眠れたか」

「大丈夫です」

向かい側の席に腰掛け、朝食に用意したものをどさりとテーブルに置いた。片桐は「やせの大食い」と驚いている。焼きそばパンを端から口に入れ三口で平らげると、感心したように「やるな」とつぶやいた。真由は低めの声で「キリさん」と話しかけた。なるほど、辺りに聞こえぬよう気にしながら「警部補」と呼ぶよりはいいようだ。

「天気はいいようですね」

「松崎からメールが入った。滝川信夫の弟が、浅虫《あさむし》温泉にいる。昨夜のうちに話は通してあるそうだ。八戸からは真っ直ぐ県警に向かうぞ」

片桐は真剣な表情で返事をし、頭半分テーブルの上に突き出して「青森では」と言って言葉を切った。背骨に沿ってぴしりと竹刀が入ったような緊張が走る。ピーナックリームサンドを口に運ぶ手を止めて、片桐の言葉を待った。

「お嬢、青森ではやっぱり、せんべい汁かな」

表情を変えぬよう気をつけて「たぶん」と答えた。

「キリさん、県警ではどうかよろしくお願いします」

「まかせとけ、肩書きってのはそういうときのためにあるんだ」

窓の外に陸が現れ、ゆっくりと近づいてくる。内海は凪《な》いで静かだった。接岸する頃にはロビーに下船を待つ人が並び始めた。職業ドライバーたちはもう車輛《しゃりょう》デッキへ行ってしまったのか、並んだ面々はリュックを背負った若者が多い。二十歳《はたち》前後の人間を「若い」と思ってしまう三十歳が、この十年でいったいなにを身に付けたのかはよくわからなかった。同じように、六十には六十の、八十には八十の屈託があるのではと思った。頭の芯につよい締め付けを感じて、新たに買ったペットボトルの水で頭痛薬を二錠喉の奥へと流しこんだ。

レンタカーを借りてカーナビに青森県警を入力すると、午前八時を過ぎていた。朝の港は海風のなかに日中の日差しを含んでいる。今日は相当暑くなりそうだ。上着を脱いでTシャツ一枚になると、急に髪や胸元から立ち上る汗のにおいが気になってきた。寝る前に汗を流しておくのだった、と思ったものの昨夜はそんな気力も残っていなかった。

途中でコンビニに寄り、制汗スプレーとTシャツ、ドリンク剤と汗拭きシートを買い求めた。

建物は市内の官庁街に位置しており「挨拶が面倒でなぁ」と言った片桐の言葉どおり、県警に到着してから捜査の筋を通して係に会うまでに約一時間かかった。

県警の担当者は津軽美人の女性捜査官だったが、なんの流儀なのか同時通訳が欲しくなるほど訛《なま》っていた。聞き取れないというよりは単語の意味がわからない。対応をすべて片桐に頼んだのは正解だった。片桐は外国語とも思えるような抑揚を持つ彼女の言葉を、ほとんど理解していた。

彼女は、事件発生後に自分が滝川信夫の実弟和郎《かずろう》に連絡を取ったことを明かした。忙しいことを理由に、とても北海道までは行けない、と返ってきたという。

滝川信夫の履歴書から彼の生い立ちを想像するのは難しい。推測できるのは、北海道に渡ってからはほとんど親戚縁者とのつきあいを断っていることくらいだ。それだけに、六百キロ以上も離れた土地で遺体で発見されたという報告は、それまでの親族関係が前に出る場面だった。泣き崩れられるのも厳しいが、あまりに無関心だと告げた側の内面がすり減るような気がするのだ。そんなものだと思いながらも他人にそこそこの感情表現を求めてしまうのは、こちらの心が弱いのと、やはりどこかで理解しやすいものに触れて安心したい心根ゆえだろう。

滝川信夫には下に四人の妹と弟がひとりいた。妹たちのうちふたりは既に死亡しており、残りふたりは連絡先がわからなかった。浅虫温泉で、たったひとり滝川姓を守っているのは六十五歳の弟だった。

県警から三十分ほど車を走らせると、浅虫温泉の看板が現れた。両手を広げたらすっぽりと収まってしまいそうな湾の縁にある温泉郷だ。湾内に朱《あか》い鳥居が口紅に似た彩りを添える「湯の島」が見える。ナビの表示はゆるやかな曲線を描いていた。湯の島は、手を伸ばせば届きそうな小島だが、艀《はしけ》も橋もない。

道の駅に立ち寄り、手洗いを済ませたあと案内窓口で「滝川治療院」の場所を訊ねた。

「それなら、ここのすぐ裏手にあります」と、女子高生にしか見えない係が戸口を指さして言った。

すぐ裏手、と油断したのがいけなかった。道幅が狭く、対向車とすれ違うのは難しい。道の駅に戻って車を置いて来ようかと思った矢先、古びた看板を見つけた。温泉旅館から一本入ると、そこは住宅街だった。

「滝川治療院」の建物は引き戸玄関の木造モルタル造りだ。壁はモルタルの色そのままで、割れた側面の壁は白いコーキング剤の筋が走りナスカの地上絵を思い出させた。辻《つじ》向かいの家が白壁の新築なので、余計に古さが際立っている。一軒隣の空き家と思われる建物の前に車を停めた。錆《さ》びついた看板が地域からの信頼の厚さを思わせる。

エアコンの効いた車内から出ると、その場で汗が噴き出した。コンビニで買ったTシャツは明日まで取っておきたい。汗拭きシートだけではとてもカバーしきれない気がして、そっと上着の内側のにおいを嗅いでみる。リハビリ中の史郎を思い出した。

毎日希代に着替えをさせてもらっていても、父の洗濯物からはがっかりするようなにおいがする。加齢臭と気づいて、希代に「年を取るって、残念かも」と言ったことがある。希代は笑いながら「それでも取るのが年なのよ」と言った。史郎の、胴着や袴《はかま》は気にならなかったのになぜリハビリ中の洗濯物に反応するのか、真由はそうした都合のよい自分の鼻を疑った。

「十五歳年下の弟か。いまじゃ珍しいだろうが、昔は親子ほど年の離れた兄弟ってのも多かったな」

ここは自分が、と申し出ると片桐が汗を拭きながら頷いた。午前中に外気温が三十度を超えると、もう同じ国とは思えなくなる。湿気で蒸し暑いのとはわけが違った。照りつける太陽の熱量が道東とはあきらかに違う。内陸の気温が高いのは北海道も例外ではないのだが、本州では海沿いの温泉街が必ずしも涼しいわけではなさそうだ。首筋を汗拭きシートで拭った。

治療院の引き戸が内側から開けられ、老婆がひとり出てきた。こちらを見るにも首をねじ曲げなければいけないくらい腰が曲がり、浴衣《ゆかた》地のワンピースに足下は下駄《げた》だった。老婆を送りに出てきた白衣姿の男が曲がった背中に声を掛けた。

「たじまのばんばぁ、あしもとにきぃつけていかながぁ」

老婆は治療院に背中を向けたまま、片手を挙げて温泉旅館のほうへと歩いて行った。片桐と並んで老婆を見送り、白衣の男に向き直った。すっきりとはげ上がった頭に手をのせて、人なつこい笑みを浮かべた。

「ばんばも、ケアセンターに入ってから、ずいぶんと口数少なくなったがぁ」

誰に向かってでもなくそう言い、目を細くして老婆の後ろ姿を見守っている。真由は近くに老人施設があるのかと訊ねた。

「あぁ、なんだかハイカラな食堂ついててなあ。そこさ集まる仲間の中さうまいこと入れないもんもおるがぁ」

真由は熱のこもった酸素を肺に入れ、老人に訊ねた。

「お忙しいところすみません、滝川和郎さんでしょうか」

男は「んだ」と言った。暑いとか汗くさいとは言っていられなくなった。

「北海道から参りました、釧路署の大門といいます」

滝川和郎は警察手帳を見て再び「あぁ」と言って頭の上に手をのせた。

「北海道の、どさ」と和郎が言った。

「釧路です。地図に向かって右側の端っこ近くにある、太平洋側の街です」

軽やかに片桐が答えた。真由は一歩退《ひ》いて、先輩刑事に場所を譲った。

「お兄さんの滝川信夫さんのことについて、ちょっとお話を伺いたいんですわ」

「せば、なかに」

ひかえめに吹いた海風に圧され治療院の中へ入った。滝川和郎は初診の患者を案内するようにふたりを院内に招き入れた。施術に使う細長いベッド一台の、こぢんまりとした治療院だった。待合いに使っている三人掛けの椅子には、余り毛糸で編み繋いだカバーの座布団が二枚置かれていた。勧められるまま片桐とふたり腰をおろすと、予想の倍ほども腰が沈んだ。ほとんど体育座り状態で、膝が天井を向いた。横の片桐も椅子にめりこんでいる。足の裏が床から浮いて、気を抜くと真由のほうに倒れ込んでしまいそうだ。片桐が咄嗟《とっさ》に木製の肘掛《ひじか》けに摑まったのを見た。真由はバッグからメモ用の手帳を取り出した。

「お兄さんのことは、残念でした」片桐が静かな口調で言った。

和郎のそこだけ黒々と豊かな眉毛がわずかに寄った。「うん」と言ったきり黙り込んでしまった彼に、片桐が続けた。

「本籍は青森市から動いていませんでした。書類からわかることは、ご結婚をされた様子がないことと、二十代で北海道に渡ったことくらいです。ご兄弟でいまお目にかかれるのは和郎さんおひとりなんです」

「姉たちは、葬式ふたつ行ったきりだ。残りは生きてるもんか死んでるもんか、わからね」

院内には、壁に取り付けた三枚羽根の扇風機が放つ羽音が響いている。ぽつりと和郎が「すんまねぇ」と言った。

「兄貴の骨ばかし受け取りに北海道さ行く金も暇も、うちには」

和郎の声はそこでふつりと切れた。片桐は、その事情は理解していると言った。遺骨引き取りを拒否したことを責めに来たわけではないことを告げると、わずかに和郎の顔が持ち上がった。

「お兄さんの信夫さんが、弘前大学を中退してからのことを教えていただきたいんですわ。北海道に渡るまでのあいだに働いていたところとか、こちらで親しくしていた人とか、お兄さんのことをご存じの方がいらしたら、そのひとのことも」

和郎は、今度はふっくらとした両手を頭の上に重ねた。白衣の脇にうっすらと汗染みがある。治療院のなかは、多くの体臭が混じり合ったのち風に紛れることを繰り返してきた気配だ。開けた窓から入り込む潮のにおいに攪拌《かくはん》される体臭が、幼いころの記憶に混じり合う。弟が語る「滝川信夫」には、体温も体臭も輪郭もなかった。末の弟が、幼少期から少しずつ溜めた一家離散についての情報のほとんどが「親切なおとな」たちの口から漏れ、流れ出したものばかりだった。

青森県青森市、当時の滝川家は地域でも有数の資産家だった。多くの使用人を抱えて、田畑、林檎《りんご》園を持っていた。長男信夫を弘前大学に進学させた両親は、ゆくゆくはしかるべきところから嫁をもらい、家督を譲る夢を描いていた。しかし、信夫が大学に進むころから、一家を取り巻く状況が変化し始めた。

昭和三十一年、全国的な映画館新築ブームが起こっていた時期のことだったという。滝川家に映画館経営を勧めるため、東京から何人もの男たちが入れ替わり立ち替わり家に出入りするようになった。

「こんまかったもんで、よく覚えてないけども」と和郎は言った。

街に大きな映画館を――。

長男信夫が映画好きだったことも、ゆくゆくは街の名士に育てようとする両親の心を動かした。しかし山林をひとつ、田畑をふたつ、と金に換えてゆくものの予定の場所には建物が建つどころか一向に業者もやってこない日が続いた。経営のノウハウを教えてくれるはずの映画会社の幹部もぱたりとやってこなくなった。

準備にかかる金は出て行く一方で、さすがにこれはおかしいと家長が気づいたときには既に遅く、一年置かずほとんどの資産が他人のものになった。

「映画館ですか」と片桐がつぶやいた。

「たんだの夢みてたんだって、傍《はた》は言うけどもさ」と和郎の語調もしんみりとする。

長男は大学を中退せざるを得ず、最初は市内で昼間の勤め人にもなったのだが、一家の没落を知るひとのいる場所で働くのは難儀なことだった。屋敷も追われた両親は、ふたり揃って台風の日に波にさらわれたという。

「なしてそんな日に海さ行ったか、知らん」

長姉は嫁に出た先でずいぶんと苦労をして二十代で子供をひとり産んで死に、その下の姉は肺を患って命を落とした。下のふたりの姉たちは、いずれも人買いが親類にいくばくかの金を渡して連れて行ったのだという。

滝川和郎は幼い男の子ということで、子供のいない使用人夫婦に引き取られた。浅虫の地でのんびりと育ててもらった、と和郎は言った。末の弟が長兄に最後に会ったのは、北海道に渡る直前と思われた。

「わの頭ごりごり撫でて、男だらけっぱれやって言って、それきりさ」

和郎はそのときにあんまり撫でられすぎてこんな頭になってしまったのだと笑った。そこだけぽっかりと浮いたような笑い声が、どうしても滝川老人の死に顔と重ならなかった。

ふかふかとおかしな具合に沈む椅子から半分腰を浮かせるようにして、訊ねてみた。

「その後、お兄様からは連絡が途絶えてしまったんでしょうか」

「ここさ居ることは知ってたはずだが、連絡はなかったなぁ」遠い目をして和郎が答えた。

「手紙は、送られては来ませんでしたか」

「手紙」と和郎は語尾を上げたが、すぐに首を横に振って「ね」と短く切った。怒りもかなしみも含まれていないふうだった。血を分けた兄弟という言葉もこの場合、親の血を分け合った兄弟ではなく、結果的に分かつことになった血のことかもしれない。ふと、「徳創信教」の宏美とよし美の双子姉妹を思い出した。同じ日に同じ母から生まれた姉妹ゆえの確執だ。幼いころに生き別れた兄というのはもっと遠い、感情の届かないところに在るのではないか。血縁に過剰な期待と渇望を持たせたいのは、他人の勝手な願望だろう。なかなか言語化できなかったことが、史郎や希代から遠い場所に在れば在るほど胸に降ってくる。視界の端では、扇風機の羽根がときどきゆっくりとなっては慌てたようにまた回り出した。

片桐が肘掛けにしがみついたまま、問うた。

「ナメカタ、という名字に聞き覚えはないでしょうか」

和郎が怪訝な表情で「ナメカタ」と繰り返す。

「知らんわ」

「おひとりも、ですか」

あぁ、と返ってくる。聞いたことがないと言われれば、それ以上のことは訊ねられない。振り出しはいつものことではないかと、捜査への意欲を意識的に引き上げる。

「お兄様が八戸で勤めていたのはどこか、ご存じではありませんか」

和郎の太い眉毛がぎゅっと寄った。息をひとつ吐き「噂だけども」と前置きして、ぽつぽつと語り出した。

父親の知人の多い青森市内での勤めが苦痛になったのか、滝川信夫は知人も友人もいない八戸へ越した。そのころはもう、服装もなにやら派手なものに変化していたという。和郎が言うには「日活のスターみたいにして」片手に持った上着を肩にかけていた。お盆の前にやって来た信夫は、弟を滝川の姓のまま育ててくれている夫婦に頭を下げ、いくばくかの金を渡した。信夫は弟に小遣いを渡してすぐに八戸へ戻った。養父母がこそこそと「なかなか住んでるところを言わなかった」「あの様子では、まともな職には就いていなかろう」と言い合っているのを聞いたが、まだ十歳にも届かぬ者にはそれがどんな仕事なのかわからなかった。養父母が言う小中野《こなかの》という地域が八戸の大きな歓楽街と知ったのは、ずいぶんと大人になってからだ。おおかた女にでも食わせてもらっているのだろう、という言葉が耳に残っているという。大人たちが眉をひそめるところに住まいを移した長兄を、弟もあまりよく思わぬようになっていった。しかし年に一度の来訪も三回で途絶えることになる。最後に会って頭を撫でられたときは子供心にも少し寂しげに見え——おそらくそのときはもう北海道に渡ることを決めていたのだと思う、と和郎が言った。

滝川老人の部屋にあった光景が再び脳裏に舞い戻る。二十代前半の彼が、いっときでも荒《すさ》んだ生活をしていたことが想像できなかった。

やはり八戸か——。

ここで大きな収穫がないことを嘆いてはいられなかった。扇風機が再びゆっくり回り始めた。真由がそちらに視線を移すと、和郎が立ち上がった。そして三度、手のひらで扇風機のスイッチのあたりを叩いた。羽根はまた勢いを取り戻した。和郎がそこだけ早口で、買い換えようと思ってから八年になると笑った。

和郎は、兄の履歴書を見せてほしいと言った。差し出したカラーコピーの履歴書写真を見て、左手で頭をくるくると撫でながら「髪があったのか」とつぶやいた。そして老眼鏡をかけて、長兄の来し方を一行一行目でなぞると、丁寧な仕種でそれを真由に戻し両手を合わせた。

暇を告げて建物から出た。車の中は、熱中症にでもなりそうなほど熱がこもっていた。二、三分ドアを開けて風を通し、片桐はそのあいだに煙草を一本吸った。吐いた煙は山側に鬱蒼《うっそう》と茂った木々の緑に揺れてすぐに消える。煙を見ていると、心が逸《はや》った。

「滝川治療院」を後にして、ナビを八戸に向けた。もと来た道を戻るにはまた山や田畑、街を抜けてゆくが、少し走ると表情の違う海にいくつも出会う。ブラキストン線を挟んだ土地に育ったせいか県境という言葉に馴染みはないが、ここがぐるりと豊かな海岸を持つ海景色の多い土地ということはよくわかる。

和郎の「もう誰も彼も、死んだ」というひとことが、耳から離れなかった。滝川信夫を知る人間はもう、地元には残っていないのだ。弟の自分でさえ、と彼は言った。

エアコンが効いてくると少し体が冷えてきた。片桐が首をぐるぐると回しながら大きく息を吐いた。車内の空気がいっとき弛んだ。

「爺さん、津軽に居づらくなって南部に行ったってのもなんだかな」

「津軽と南部って、なんですか」

「同じ青森でもこのあたりは津軽地方で、八戸あたりは南部地方なんだ。昔っから仲が悪いって話だ」

なぜかと問うと、廃藩置県のその前の話になるという。わかりませんね、と返すと「俺《お》らぁ、開拓地の戦後生まれだからな」と返ってきた。

「俺の親父もこっちの生まれだけど、とうとう死ぬまで墓参りも兄弟とのつきあいもしなかった。面倒なしがらみがなくて、息子は楽だがな。内地には、俺たちが一生かかっても理解できないような、血を流した歴史ってのがある。お嬢も、城をかけた地続きの闘いなんて、教科書くらいでしか知らないだろう」

「確かに。日本史は苦手科目でした」

「てめぇのルーツに興味ないんだから、仕方ないわな」と片桐が笑った。

途中、青森県警の津軽美人に連絡を入れた片桐は、事情を説明しながらも冗談をひとつふたつ挟み込みながら礼を言った。隣で聞いていると、旧知の仲ではないかと疑いたくなるような気安さだ。電話の相手も行ったことのない土地からやってきた刑事を面白がっている様子だ。

「なるほど、その情報はありがたいですよ。いや、助かる助かる」

最後のひとことは「できるだけ早めに挨拶済ませますんで、それじゃよろしく」だった。

滝川信夫の履歴書にあった「飲食店勤務」というぼやけた一行。その勤務地と思われる八戸市の小中野地域へ入った。ナビゲーションの音声に感情がこもらぬ理由がわかるような、不思議な静けさだった。まだ日暮れまでは間があるのに加えて、明かりが灯《とも》されたあともさほど人の出入りはなさそうな静かな地帯だ。

もとの遊郭《ゆうかく》か――片桐が低く唸った。この地名が出たからには、確かに勤め人として暮らしているとは想像できなかったかもしれない。着るものも派手になり幼い弟にも疎ましがられるようになったことについて、信夫本人がなにも思わなかった気はしない。真由は希代の言った「長い後悔」がこの街にあるのではないか。真由は『白金之獨樂』が五十数年前にこの街の女に手渡されたもののような気がして仕方ない。

「半世紀も前のことを覚えていてくれる親切なひとは、いるかねぇ」片桐がため息混じりに言う。

「いてもらわないと困ります」

片桐が電話で県警の色白美人に問い合わせたところでは、小中野について話を聞くならば「月見楼《つきみろう》」の女将《おかみ》がいいだろうということだった。ただ、所轄が八戸なので早めに挨拶だけはして欲しいという。当然だわな、と言ったあと片桐が続ける。

「七十五歳、工藤富江《くどうとみえ》、元検番の娘だそうだ。このあたり一帯の生き字引らしい。県警の姉ちゃん、八戸生まれだそうだ」

片桐が数秒間をあけて「女将はかなり気むずかしいようだ」と言った。

「気むずかしいって、どんな感じでしょうね」

「姉ちゃんが、八戸署の知り合いに応援を頼むのもためらう感じ、って言ったらわかるか」

「どういうことでしょうか」

「そのくらい気むずかしいってことだろうさ」

滝川信夫が八十で、その弟が六十五、米澤小百合は五十八、米澤家の双子姉妹も七十近い。事件発生からこのかた、会う人会う人みな年齢が高い。方向性は違えど、生命力を感じる人間ばかりだった。

遊郭通りの突き当たりには、既に民家が太い庭木を茂らせていた。容易に足抜けできないようにしたものか、地形は昔の面影を残して行き止まりだ。旅館のかたちで残っているのは、界隈《かいわい》で「月見楼」一軒だけだった。

旅館の横に車を停めて「月見楼」の引き戸を開けた。磨き込まれたガラスの戸は、思ったよりもするすると開いた。木枠の重たさが手首に伝わり来る。内側から、ひんやりとした湿った空気が押し寄せた。人工的ではない涼しさ、建物が長年連れ添い積もらせてきた冷気のようなものを感じとる。ごめんくださいと声をかけ、黒々と光る板の間を見た。板の間からすぐに急な階段が螺旋《らせん》を描き、玄関は吹き抜けになっていた。輪違いの欄間や細工のきいた階段の上り口、金魚の水槽と、置物と間違えそうになる白い猫が一気に視界に入ってくる。くすんだ壁の蔦《つた》模様と水槽のあいだにぽっかりと、取って付けたような廊下が繋がっていた。明らかに増築された部分とわかる。真由はその廊下に向かって、ごめんくださいい、と声を張り上げた。

「はぁい」と出てきたのは、水色がかったしじら織りの作務衣《さむえ》を着た老女だった。玄関に立っているふたりを見て、四、五歩でつつと上がりかまちにやってきて膝をついた。

「月見楼旅館へようこそ、女将の工藤でございます」

薄い化粧に目立たぬ紅をさしていた。七十代半ばと聞いたが、不思議な愛嬌《あいきょう》を残した女だった。どこがどう気むずかしいのかを、その姿から想像することができない。名乗ったあとに空いた間で、愛想の良さは拒絶の意味を含んでいるのかもしれぬと気づいた。この数秒のあいだに、自分たちの値踏みはおおかた終わっているのだろう。少なくとも本日の客ではないと判断した笑みには、余裕がある。

「まあ、北海道の刑事さんですか」言葉に地域のにごりはなかった。それが一条の光のように思えてくる。ゆったりとした話し言葉だが、目が笑っていない。

「刑事さんが、うちになにか」語尾がこちらの言葉をためらわせるほど下がった。

なるほど――気むずかしさの方向がうっすらと見えた気がする。女将の笑みは、納得ゆかぬ人間には靴も脱がせぬという威圧だった。

「この地域のことを知りたいときは『月見楼』の工藤さんを訪ねるのがいちばんと、県警から聞きまして」

「どんなことをお知りになりたいんでしょう。県警も無責任なことを。わたくしなんぞに、ご協力できることがあればいいんですけれども」

真由は覚悟を決めて「釧路で起きた殺人事件の捜査で参りました」と告げた。

「殺人事件に関するどんなことをわたしに」女将の声にはまったく動揺がない。

真由は「差し支えなければ」という言葉に観念した。ここは捜査情報を正直に話す場面だと判断した。片桐も真由を止める気配はない。

「被害者は若い頃に八戸から北海道に渡った、八十歳の男性です。所持品も見つからず目撃情報も薄く、事件当日に立ち寄ったと思われる場所と人物から、やっと八戸の地名が浮かんできたという状態です」

手のひらには暑さとは関係のない、ぬるついた汗がにじんでいた。ここを突破しなくては、どこにも行けない。崖の縁に立っているような怖さが漂った。真由は女将の、納得にはまだ足りなさそうな、そこだけ冷たく光る瞳を真っ直ぐに見た。

「二十代で、八戸を出て行った男性です。八十歳になって、旅先で殺されてしまうどんな理由があったのか、どんな無念を遺したのか——知りたいんです」頭を下げた。

一拍遅れて、横で片桐も腰を折った。「お願いします」という言葉を言いそびれるほど、緊張していた。下げた頭の向こうで、女将がどんな表情をしているのかわからなかった。けれどいま頭を上げてはいけないのだと言い聞かせ、彼女の言葉を待った。

「無念、ですか」ぽつりと女将がつぶやいた。はっとして腰を戻す。さびしげに見えたのは一瞬で、女将の目元が優しく弧を描いた。

「今日はお泊まりのお客様もいらっしゃいませんので、わたくしでお役に立てることがございましたら、なんなりと」

二階に見学客用の部屋があるのでそちらへと促され、靴を脱いでスリッパに履き替えた。靴脱ぎのすのこ、上がりかまち、板の間と、やたら段差の多い造りだ。そして数歩で狭い螺旋の階段がある。どれもこれも黒光りするほど磨き込まれていた。悠々と水槽の中を往復する和金の腹が、ガラスに近づいては光った。

二階には和室が四室、角を挟んで並んでいた。障子戸はすべて開け放たれており、廊下をぐるりと囲む手すりの向こうは、一階から薄暗い吹き抜けになっている。二階和室の窓から、夕暮れ時のぬるい空気が滑り込んできた。

「お茶を淹《い》れてまいります。ここは昔の『月見楼』を懐かしむ方々や見学のお客様に開放しているお部屋ですので、当時の写真や芳名帳、ご興味のあるものをどうぞご覧になってお待ちくださいませ」

そう言うと、女将は音もたてずに階下へと戻っていった。

二階に上がってしまうともう、先ほどの緊張が遠くなっていた。

ぐるりと、二十畳はありそうな室内を眺めた。奥には床の間や床脇、違い棚がある。妙な存在感を放つ青磁の壺《つぼ》があり、仮名書きの掛け軸は線はしなやかだが何が書かれてあるのか読めなかった。和を残し洋を取り入れた造りだ。建築当時は贅《ぜい》を尽くしたモダンな建物だったのだろう。

　床の間の真向かいの壁に、白黒の集合写真が飾られていた。額縁に金の筆文字で「昭和五年　月見楼」とある。ざっと数えて十五人いた。最前の中央には洋装の男、隣で膝を男側に寄せているのが当時の女将か。使う者、使われている者のはっきりとわかる写真だ。楼主を囲むようにして両脇や背後に八人の女たちが写っている。大胆な柄の着物を着て日本髪を結い上げていた。

「昭和五年か」と片桐がつぶやいた。

　遊女と下働きの、服装や表情があまりにも違った。化粧をして着飾った遊女の表情は、どこか険しいながらも目元だけはしっかりとレンズを見ている。対して一歩下がるように写っている使用人たちは、口角が下がり精彩もない。楼主と女将は悠然と構え、栄華の時を残せることが誇らしいのか顎が上がり気味だ。

「お待たせいたしました」女将が階段から姿を現した。漆の盆にのせた茶碗を座卓に置いて一礼する。

「ご丁寧にありがとうございます。突然でしたのに、すみません」

「北海道の釧路とおっしゃいましたね」

「はい、道東の端にあります太平洋側の街です」

「ずいぶんと、遠いところだこと」

女将は慣れた口調で「月見楼」の創業百年の歴史を短く説明したあと、自分はもともとこのあたり一帯を取り仕切っていた検番《けんばん》の、次女なのだと言った。二十代半ばに東京に嫁に出たが寡婦となってから八戸に戻った。実家はもう取り壊しており、両親亡きあと長女夫妻が飲食ビルを建てた。後年に工藤家の持ち物となった「月見楼」が保存状態が良く貴重な建物ということで、管理人として住むことになった。最初はのんびりと、コーヒーやお茶を出せる喫茶店でも始めようと思っていたのだが、それにはずいぶんと改修工事が必要ということで、既存の「旅館」のまま、気ままにぽつぽつと宿泊客を取っている。

「ですから、わたくしはこの建物で生まれ育ったわけでもなんでもなくて。遊郭を研究されているかたにはがっかりされるんです。でもまぁ、このあたりは火事のせいで残っている旅館や資料が少ないこともあって、多少でもお手伝いできるかしらと思いながら勉強しいしいやっております」

大門さん、とおっしゃいましたか、と問われ「はい」と答えた。

「殺された男性は、若い時分にこのあたりにいらっしゃった方なんですね」

「ええ、二十代前半の三、四年ほどこちらに。履歴書からは八戸の飲食店勤務、ということしかわからないでおります。捜査途中で小中野の地名が出たものですから」

滝川和郎の言う「派手な服装」から当時の繁華街を想像したことを、うまく説明できなかった。

「男性となると、どういうお仕事だったんでしょうね。遊郭は圧倒的に女が多い地帯ですし、男性はお客様としてやってくるのがあたりまえの場所ですから。仕出しの板さんですとか、髪結いさんや車屋さん。あとは写真屋さんとか下男とか。ちいさい頃を思い出してみると、そういうひとたちが思い浮かぶんですけれども。飲食店勤務といえば、なんとなくこのあたりはみんな飲食店でひとくくりみたいなところもございますね」

「働いていた女の人たちの本名などはわからないものでしょうか」

「大火事でたいがいのものは焼けてしまったと聞いていますけれど、お客様の名簿ならば、ほんの少しですけれどこちらに」

女将はそう言うと、文机《ふづくえ》の小引き出しから和綴《わと》じの帳面を一冊取り出した。「遊客名簿」とある。明治時代のものだった。客の住所氏名年齢、身体的特徴や服装が癖のある墨文字で記されている。ようやく半分判読出来るかどうかだ。提出義務があるものについて女将は「そこがしっかりしていないと、営業できなくなったんでしょう」と言った。

「工藤さんは、昭和三十年代の半ばの様子を覚えていらっしゃいますか」

「わたくしがいちど東京に住まいを移したのは昭和三十七年でした。売春防止法もあって、あまり表立っての商売は難しくなっていたのですけど、やはり港町ですし必要はあったわけでしてね。残っている建物は旅館という名目で営業を続けましたけど、貸間としての生き残りも充分需要があったように思います」

女将は言葉を濁すということをしなかった。

「芸妓《げいぎ》さんはその後ずいぶんと数を減らしましたけれど、そうそう急に居なくなるものでもありません。腕一本で親兄弟や男性を養っている方もいっぱいいらっしゃいました」

脳裏に「ヒモ」という言葉が浮かんだが、言葉にするのはためらわれた。

「借金のない芸妓さんの身の回りのお世話をする男性というのも、いらっしゃいました。送り迎えや食事の支度、芸一本で暮らせる女性は、今も昔もつよいものですよ。男女の関係も、夫婦以外の結びつきがありましたし、当時はしっかりとそういう関係も市民権を持っていたように思うのですけれど。覚えている限りでは不思議と、芸のある女性にお仕えしている男性はみんなおとなしい方ばかりだったような気もいたします。飲食店勤務というのも、職業として成り立たせてあげないと、という女性側の心遣いだったかもしれませんね。尽くして尽くして、呼び名が下男や小間使いじゃあまりに気の毒」

目元を陰らせた女将の、次の言葉を待った。真由はといえば、突き当たりのある地域で感じた、範囲が狭まってきたときの高揚感はすっかりなりを潜めていた。狭い地域に出入りする人間の数は莫大で、これでは砂漠で砂を探すようなものではないか。不安は片桐にも伝わったようだ。

「甲斐性《かいしょう》なしには務まらん仕事ですなぁ」

「そのとおりです」女将が笑った。

わずかに解《ほど》けた空気に、真夏の湿った夜気が滑り込んでくる。女将が窓を閉めに立ち上がると解けた空気が揺れて床柱から床、畳や壁から香のにおいが染み出てきた。真由は目を瞑った。身を置いたことのない場所にいるという物珍しさと知識不足で、訊ねるべきことを忘れているような心細さに襲われる。

女将が宿はどこを取っているのかと訊ねた。

「まだ、決めておりません。朝からずっと走り回っておりましたので」

「事件の捜査となれば、いろいろと面倒な制約もございましょうね」

課長の「捜査費を抑えてほしい」のひとことがこめかみから生え際を一周して、無意識に眉が寄っていた。正直に宿を取る時間も金銭的な余裕もなかったことを告げた。わかりました、と女将が静かに返した。

「朝食つきで、おひとり様税込み四千円で承りましょう。夕食は近所にまああの定食屋がございます。よろしければそちらで。わたくしはそのあいだに資料になりそうなものを探して、お風呂をご用意しておきます」

その後すぐ、歩いて五分の場所にある定食屋でとんかつ定食をはさみ片桐と向かいあった。こぢんまりとした店だった。カウンターが五席、四人用のテーブル席がふたつある。カウンターが三席埋まっており、いずれも店主との会話が絶えない。天気の話題、祭りの話、耳をすますと常連客だとわかる。

「『月見楼』に、なんかあればいいな」

「古い資料のなかに、滝川信夫の名前がありませんかね」

そんな偶然がそうそうないこともわかっている。旅館と現在の女将が大切にしているのは百年ものあいだ梁《はり》にも柱にも狂いのない遊郭の建物と、その歴史だ。明治の遊客名簿はあっても、昭和半ばとなれば却《かえ》って難しいかもしれない。関係者が生存していなければこその資料公開という側面を考えると、難しい年代だろう。

カウンターの客が支払いを済ませて店を出て行った。店内には片桐と真由だけになった。水を足しに席までやってきた店主が、片桐に旅行なのかと訊ねた。

「わかりますか、言葉が違うからねえ」

店主は片桐より少し若い。頭に黒いタオルを巻いて、人のよさそうな笑顔を浮かべる。

「お客さん、『月見楼』に泊まってるの？」

「今日、たまたま泊まるところを探してたら、親切にしてもらってね」片桐が答える。

店主は「へぇ」となにやら嬉しそうだ。真由は『月見楼』がどうかしましたか」と訊ねてみた。彼はわずかに口ごもったあと「よく泊めてもらえたなと思って」と言ったのだった。

「ずいぶん親切な女将さんだけどもねえ。ここも彼女の紹介で来たんです」片桐が、すっと相手の懐へ入り込んでゆく。店主は少し驚いた風だ。

「客の選《よ》り好みもひどいって聞くよ」

「そんな風には見えませんでしたがねぇ」

支払いを済ませ「月見楼」に向かう。歩いてゆける距離だったのも、真由を解放的な気分にした。正直今日はもう運転をしたくなかった。早朝に八戸港から出発し、青森市を経て、浅虫温泉から再び八戸に戻ってきた。北海道の道路とはわけが違い、ナビに指図されることにも慣れていない。

昼間のうだるような暑さから一転、とっぷりと暮れた街角に吹く海風が髪を梳《す》いてゆく。今日こそ風呂に入りたい。片桐が横でひとつ息を吐いた。

「客の選り好みが激しい女将か。姉ちゃんも八戸署に通しづらいわなあ」

「テーブル席の声って、けっこう聞こえているもんなんですね」

「大将、あんまり訛ってなかったたな」

「今日中に、明日の行き先が決まればいいんですけど」

噛《か》み合わぬ会話をしているうちに、元遊郭の通りに入った。民家の軒先へと姿を変えた通りの奥まった場所に、時代を超えてきた建物がある。月見楼の戸口から外に漏れている明かりは、オレンジ色とも茶色ともつかない不思議な色をしていた。街灯の下をひとつくぐり抜けるごとに、時間を溯《さかのぼ》っているような錯覚が起きた。

「お帰りなさいませ」女将がすぐに玄関に出てきた。定食屋の店主と話しているうちに女将さんのお話が出まして、と言うと少し悪戯《いたずら》っぽい表情になった。

「わたくしの悪口でも言ってましたか」

「いや、そんなことはまったく」しらじらしい顔で片桐が言う。

「客を選ぶし、偉そうな人間には楯突《たてつ》くし、なにかと面倒な人間だとでも言ってませんでしたか」

女将がふたりの履き物を玄関の棚に並べた。スリッパに足を入れながら、無言でいると彼女が笑いながら言った。

「息子はあんまり母親を良くは言わないもんです」

真由が通された部屋は三番の札が掛かっており、片桐は六番の部屋だった。湯殿へもそれぞれの部屋の前を通らずに済むよう配慮されている。お湯はもう張ってあるという。片桐の前に入るのも後に入るのも嫌なのだが、そんなことを言っていては明日も汗臭さと髪のにおいに悩まされそうだ。

ありったけの資料を掘り起こして、先ほどの部屋に置いてあると女将が言った。

「では、わたしが先にお湯を頂戴《ちょうだい》します。面倒なお願いをして、すみませんでした」

「片桐さんに、そのようにお伝えしておきますね」

渡された浴衣、バスタオルと湯タオルを持って女将の後をついてゆく。曲がりくねった廊下の途中で、不意に色鮮やかな夕日色の長暖簾《ながのれん》が現れた。

「こちらです。なにかあったらお声がけください、ふたつ隣の戸がわたくしの住まいです」

戸惑いを含んだ返事をして、脱衣室に入り戸を閉めた。タイル造りの風呂は、三人くらいは余裕で入れそうな広さだ。このあと片桐が入ることを考え、湯船に浸《つ》かるかどうか迷ったが、入らないことに決めた。体を洗い、髪を洗い、さっぱりしたところで風呂を出る。バスタオルを重ねて縫い合わせたマットに滴《しずく》が落ちないよう、風呂場で体を拭いた。我ながら神経質なことだ。

なんとか客室への階段を見つけ、上がったところで片桐に声をかけた。中から「おう」と声がする。先に資料をあたっておくと告げると、短く「わかった」と返ってきた。

「先にお湯をいただいてすみません」

「当然だろうよ」軽やかに返ってくる。

真由に与えられた部屋には、既に布団が敷かれており、タオルケットと夏掛け一枚がぴしりと折り紙のように角を折り曲げられていた。浴衣もシーツも、枕カバーも、糊《のり》がきいており清潔だ。

少し迷って、浴衣のまま資料のある部屋へ行くことにした。汗の染みた私服に戻るのが嫌だったのと、片桐相手に異性としての気遣いなど我ながら薄気味悪い。

薄手のバスタオルを肩に掛けて、アルバムや古い大学ノートが積まれた座卓の前に座った。開け放したふすまの向こうに、百年の時間を支え続けた廊下の手すりと、それを照らす明かりが見える。ここにたどり着いた意味を探す時間より、なにか摑みたい一心で眠気を遠ざけていた。座卓の半分を占める資料を前にすると、湯を浴びた後の怠《だる》さのなかでも仕事をしようという意欲が湧いてくる。

「遊客名簿」も見学客には明治の複製を公開しているが、記録として残っている束には昭和のものもあった。墨文字から万年筆へ、和綴じの和紙から大学ノートへと変化しても、この場所が長く男たちの社交場として愛されていたということは変わりないようだ。

記録によると昭和二十年代後半からは、急に戦後色がつよくなった。商人と思《おぼ》しき日本人が外人客を接待している模様が、記録係の感情を伴わぬ箇条書きで残されている。大学ノートに線を引いて設けられた「備考」欄に、「出張　座敷演芸」の文字を見つけた。

座敷演芸の四文字から芸妓とは少し違った趣を想像する。ページをめくれば二日に一度、あるいは三日に一度の頻度でお座敷がかかっている。扇風機で涼み始めた頬とは逆に、背中に再び汗が滲《にじ》んだ。

視界の端に動くものを感じ、ふと階段を見る。女将が盆を持って現れた。

「おつかれさまです。なにかお役に立てそうなものはございますか。こちらに番茶と氷をお持ちしましたが、ビールのほうが良かったかしら」

「ありがとうございます。いまビールを飲んだら倒れてしまいそうです。この資料からなにか摑まないと、北海道に戻れません」

女将はにっこりと微笑み、切り子細工の青いグラスに番茶を注いだ。礼を言いながら、資料にこぼさぬよう、座卓から体を離して一気に飲みほす。ひと息ついて、女将に「座敷演芸」について訊ねてみた。彼女は作務衣のポケットから取り出した老眼鏡をかけて備考欄を覗き込んだ。

「これはお座敷に芸妓さんを呼んだ、という記録でしょうか」

「お座敷にはたいがい、芸妓さんがいた時代ですねえ。お座敷の後は貸間という風習が、違法でもまだ残っていた頃だし。特別な演《だ》し物をするひとを呼んだ可能性もあります」

「特別な演し物って、芸人さんということでしょうか」

女将は「芸人さんねぇ」と言いながら番茶を注ぎ足した。真由は次の言葉を待ちながら、もう一杯番茶を飲んだ。不意に女将が「役者さん」とつぶやいた。

「記憶では、役者さんをお座敷に上げていたというのもあるのだけど」

「役者って、どんな感じの」と今度はこちらの語尾が濁る。

「舞台衣装で国定忠治《くにさだちゅうじ》やらなんやら。今の若いひとに国定忠治なんて言ってもわからないかもしれませんね」

「すみません、舞台知識はほとんど。でも、お座敷に芸妓さん以外のひとも上げていたというのはなんとなく理解できます。娯楽と接待という点で、なるほどと思いました」

女将の記憶によると、役者たちを呼ぶ側は当時羽振りの良い商人が多かったという。港町に加えて、昭和三十一年までは米軍が進駐していた地域だった。

「まだ闇市なんかもあった時代ですよ。青函《せいかん》連絡船もずいぶんといろんなものを運んだでしょうが、八戸も空や海からいろんなひとが出入りした街なんです」

空の出入りは三沢が近いことからも想像がついた。

「よく言う、旅芸人さんみたいな感じでしょうか」

「そういう人もいらっしゃったし、地元の一座もありました。雪深い時期などは、温泉場を拠点にひと冬という一座も。映画と歌が庶民の娯楽という時代のことですよ」

「地元で旗揚げしている一座もあったんですか」

女将が「ええ」と言ったきり言葉を切った。その、言いよどむところが聞きたくて、つい無意識に座卓に両手をついて頼み込むような姿勢になっていた。

数秒後、女将が少し声を落とし気味にして「ヌードショウってご存じ」と語尾を上げた。「ヌードショウ」こちらの語尾も上がる。女将はひとつ深く頷いた。

「お座敷を取るお客様によっては、裸の演し物を好むかたもいらっしゃいました。時代が生んだ風俗というものもありましたし」

女将は「出張　座敷演芸」のうちのいくつかは、当時ヌードダンサーと呼ばれた彼女たちではないか、と言った。

「それは、地元の人だったんでしょうか」

「地元のひともおりましたし、県外から流れてきたひともいたと思います」女将の眼差しがわずかに陰りを帯びた。

「検番の家に生まれていなかったら、そんなことも知らずに生きてきたと思いますね。ご夫婦で座敷に上がるひとたちもいましたし、男と女のことはよくわからないものだと思った記憶があります。女には、裸ん坊になってもまだ売るものがあるんですよ」

女将は、若い時分にいろいろなものを見聞きしたけれどそれが今の自分を形づくっていると思えばありがたいことだと言った。

「ちょっと待ってくださいね」と女将が大学ノートをよけて、古いアルバムの束を手に取った。二冊目を開いてすぐに「このひとたちじゃなかったかしら」と言って、アルバムの向きを変えた。

「昭和三十三年三社祭り」と題されたページには、祭りの山車《だし》を引く浴衣姿や花魁《おいらん》の衣装を着た娘の白黒写真が貼られている。女将が指し示した写真は、時代劇などでよく見る旅の一座を思わせた。先頭に日本髪の髷《まげ》を隠すように市松模様の布をのせた女が写っている。短く端折《はしょ》った着物姿も旅装束だ。杖と菅笠《すげがさ》を手にした女の横に、のぼり旗を持った男がいる。男もまた、水戸黄門に出てくる助さん格さんのような格好をしていた。

「このあたりに芝居小屋を持っていた一座だったと思います。東北各地から芸人さんを呼んだり、歌い手さんを呼んだり。それでも女性興行主っていうのは、珍しい時代だったと思いますよ」

季節によっては地方へも出たり温泉に出張したりということもあったらしい。女将はまた、少し声を落とした。

「一座といっても、お芝居だけでは暮らせないものだったんでしょう。山車を出して写真にも残っているからには、いっときはけっこうな大所帯だったと思いますよ。お呼びがかかればお座敷に上がって、三味線にあわせて着物を脱いだりといった演し物もしていたようです」

女将の言葉が胸の底に落ちてゆく前に、真由の目を釘付《くぎづ》けにしたのは指さされた写真の隣にあった一枚だった。一枚目に見たスナップの男が持っていたのぼり旗が写り込んだその写真に、はっきりと「行方さち子一座」と書かれてあったのだ。

行方さち子一座――、思わず声に出した。耳から入る自分のひとことに驚いている。

女将がわずかに間を置いて「あら」と言った。

「大門さん、その名字がナメカタってよくご存じですね。普通はユクエと読んでしまうでしょうに。どなたかお知り合いでもいらっしゃいましたか」

「今回の被害者と絡んでくる名字だったものですから。こちらには行方という姓は多いんでしょうか」

「どちらかというと、青森よりは南のほうの名字だったと思います。こちらより宮城あたりに多いんじゃないかしら」

「この座長さんのお住まいも、近くだったんでしょうか」

「最初は粗末なトタンの小屋でしたけれど、一座のひとはみんなそこに寝泊まりしていたんじゃないかしら。出入りの激しいお仕事でしょうし」

女将の視線が壁に掛かった「月見楼」の写真に注がれたあと、ゆっくりと真由へと降りてきた。

「里帰りでたまたま目にして、まだあったのと思ったことがありました」

写真に写った女座長からは婀娜《あだ》っぽい色香が漂い、年の頃なら三十そこそこに見えた。昭和三十三年に地方劇団を率いる女座長の名前がナメカタと知って、番茶で落ち着いたはずの汗が再び背中を濡らすのがわかる。ひとつ、息を吸って吐いた。建物のなかの空気がいきなり対流を止めたような息苦しさだった。

「ナメカタ、という名字は少ない土地でしたよね」

「まったくいないということはないでしょうけれど、記憶ではこの座長さんが」

「劇場の建物はまだあるんでしょうか。出来ましたら、あった場所や当時をよくご存じの方を教えていただけませんか」

女将は「ちょっと待ってね」と言って、作務衣のポケットからホッチキスで留めた手のひら大のメモ用紙とボールペンを取り出し、略図にしては丁寧な線で道と目印となりそうな建物を描き込んだ。メモ用紙の端に「月見楼」があった。

「車なら十分かからないと思います。本八戸の駅を出てすぐの場所にあったはずです」

用がなければ何年も通らぬ道なのだと笑う。地元の人間は、それほど古きよき時代を愛さないものかもしれないという言葉が耳に残った。郷愁は一歩も二歩もその場から心が離れている者の、余裕と他人事《ひとごと》の側面を持っている。生活で手一杯の人間にノスタルジーなどいかほどの価値もない。

「八戸劇場」までの道が描き込まれたメモを受け取り、丁寧に礼を言った。

「お役に立てそうですか」と優しい目元に戻った女将が訊ねる。

「おそらく。勘ですけど」と答えた。

「亡くなられた方の無念には、刑事さんの勘がすべての頼みでしょうから」

女座長の横で白い歯を見せている青年が滝川信夫である保証などどこにもないが、ともかく八戸で「ナメカタ」にたどり着いたことが今は大きい。

階段を鼻歌まじりで上ってきた片桐が、浴衣姿で廊下に立った。お湯とタイルの造りの見事さを讃《たた》え、女将に礼を言われている。近くにビールの自販機はないかと訊ねて、女将の「瓶ならば冷えてございますよ」のひとことに踊り出しそうな気配だ。女将が「お待ちを」と言って立ち上がった。座卓の向かい側に、片桐が胡座《あぐら》をかいた。

「どうだお嬢、資料は役に立ちそうか」汗の浮く額で晴れ晴れと笑っている。

「明日行く場所が決まりました。生きていれば九十近いと思われますが、ナメカタ姓の女性がここに写っていました」

片桐が三社祭の写真を覗き込んだ。

「米澤小百合が厚化粧をしたらこんな感じかもしれねぇな」

ぽつりと放たれた言葉は、流れゆく場所を持たぬまま資料の上に積み重なった。

6

翌日午前八時半、片桐とともに八戸署に向かった。県警と違い、こちらはあっさりとしたものだった。

「途中でなにかありましたら、この山田《やまだ》に言ってください。生まれも育ちも本八戸の、土地勘のある者ですから」

紹介された山田は真由よりも少し年上に見えた。クールビズでも汗が噴き出しそうな時期だというのにスーツとネクタイ姿だ。静かな物腰だが、それしか印象に残らないという不思議な気配の男だった。「八戸劇場」へ行きたいと告げると、表情も変えずに「まだ営業をやめたという連絡は入ってなかったはずです」と返ってきた。

「ご存じなんですか」

「以前、生活安全課におりましたので」

午後十時のフェリーで北海道に戻る予定だと言うと、笑顔に遠慮のない同情が混じった。

「先でなにかお困りのことがありましたら、いつでもご連絡ください」

頼らねばならない事態が起こらないことを祈りながら、携帯番号が記された名刺をポケットに入れた。

「いずれにしましても、こちらを離れる際には連絡いたしますんで、どうかよろしく」

片桐とふたり頭を下げると、彼を紹介した上司も「お気をつけて」と並んで腰を折った。

「月見楼」の女将が描いてくれた地図とカーナビを頼りに本八戸駅の駐車場に車を停めた。一方通行の狭い車道を先に歩く真由の後ろで、片桐が「今日も暑いな」とつぶやいた。幅が二メートルはあるかという側溝に長い水草をなびかせて水が流れている。涼を取れそうなものはその水くらいだ。ときおりふたりをかすめてゆく車のナンバーがみな「八戸」なことと、釧路では感じることのできない暑さが旅先を実感させる。嫌な汗が流れないことを祈りながら、「月見楼」の女将が言うとおり、駅の南口を出て右に向かって歩いた。地図が指し示す建物の前に着いて、うっすらと桃色がかったモルタルの壁を見上げると「八戸劇場」の赤い文字が薄く浮かんだ。

「場末のヌード劇場かぁ。こりゃあすげぇな」片桐が右手で額に庇《ひさし》をつくり言った。

「考えてみたら、朝から営業しているほうが変ですね」

線路からほど近い場所に建つ「八戸劇場」の掲示板には、ダンサーを紹介する画質の低いチラシが貼ってある。退色して角が丸まっており、本当にこれらのダンサーがいるのかどうか疑わしい。ナマコ鉄板で囲われているが、塀というよりは目隠しだ。角地の南側と北側に隙間のような入り口がある。何度も貼り直しをくり返したふうの料金表示には、大きく「五千円」と書かれていた。

「お嬢とこんなところに来るとは思わなかったな」

「捜査ですから」

鉄板の内側に貼られた赤い矢印の示すほうへと曲がった。出てくる人間とすれ違うのも難しい狭い通路にドア一枚幅の引き込みがある。曲がってすぐの肘のあたりに、手の幅ぶんの料金窓口があった。窓ガラスの内側には、裏側に「じゅんび中」と書いた箸袋が貼ってある。セロハンテープの角が埃のせいで剝がれていた。

「お嬢、こういうのがテケツっていうんだ」

「テケツって何ですか」

「料金所だ。チケットが訛ったらしい」

「チケッツ、ですか」

「いやティケッツ、テケッツ、テケツだな」

土地を異にすると、自分たちの言葉も訛って聞こえるのだろうか。そういえば、希代が浜言葉を話さない理由を訊いたことがなかった。捜査の最中にふと思い出す母の声は、とても柔らかだ。いつの間にか、希代の言葉が今日一日を乗りきる励みになっている。

——捜査で今度は青森に行ってると話したら、リハビリ張り切ってるの。

史郎の無念の切っ先に自分がいるといった自責から、ほんの少し救われながら、それでもまだ心のどこかで父が遠い。大きく開いた溝を、母に埋めさせている罪悪感は、どこか他人めいていないか、と責める気持ちがあった。心の裡《うち》でどれだけ考えても、直接の解決は得られない。無理やり腑に落とすか、諦めるか——。考え続けることを選んだぶん、自分の葛藤に希代を巻き込んでいる。

真由は腰を折り、閉められたテケツの窓から中を覗き込んだ。「じゅんび中」の紙と窓枠のあいだから見える範囲は座布団一枚分しかなく、まるで昭和の映画で観た風呂屋の番台のようだ。劇場側にはすすけた引き出し付きの茶簞笥《ちゃだんす》が置いてあり、引き出しの取っ手に店屋物のメニューがぶら下がっている。壁には、電話番号を書き込んだ紙やカレンダーが画鋲《がびょう》で留められていた。真由はカレンダーがいつのものか確かめるため、懸命に箸袋と窓枠の隙間を探した。

「お嬢、何かいいものが見えるか」

「カレンダーがいつで終わってるか確かめたいんですけど、中が暗くて」

「まだ営業をやめたという連絡は入ってなかったはず」が本当であることを祈りたい。営業中であることを期待しつつ、午前のうちは近隣の聞き込みが先と判断した。

「聞き込み、どこから行きましょうか」

「お嬢の勘はどこだと言ってるんだ」

隣に建つ一杯飲み屋風の店は、内側に赤い提灯《ちょうちん》の影があるものの窓ガラスが割れており、厨房《ちゅうぼう》の中が見える。薄暗い店内で業務用の冷蔵庫が鈍く光っている。人が住んでいる気配はなかった。八戸劇場の周囲をぐるりと歩いてみるが、劇場二階の窓はカーテンが掛かっているふうもなく、ただ黒い。洗濯物の影もなければ内側の様子がわかるものもなかった。空き地なのか駐車場なのか、ひと区画空いた土地を見下ろす三方の壁はみな古びており、ぽっかりと浮いた土地は、建物の窓から見たくなるような景色でもなさそうだ。空き地を挟んで隣の建物に、紫色のドア一枚きりのスナックがあった。「慕情」の文字が入っている。

いずれも朝の時間帯に訪ねて歓迎される場所ではないと知りつつも、劇場の人間に会ってみたかった。会わねばならない理由が五十年以上前の写真とナメカタ姓のみという心細さには蓋をする。

「誰も住んでないんでしょうかね」

バッグからタブレットを取りだし、八戸劇場を検索する。出て来た番号に電話をかけてみた。不通音がなにを意味するのかわからなかった。耳を澄ましてみるが、建物の中から電話の音は聞こえてこなかった。線路近くにコンビニが一軒、あとは民家、居酒屋、民家、民家だ。

「出ません。時間を置いて何回か掛けてみます」

それでも駄目だったら——八戸署の山田に頼もう。五十メートル先にあるコンビニで、今夜の船で寝間着代わりにするTシャツを買おうと決めた。

コンビニの店内にはもう出勤前の客はおらず、遅刻確定の女子高生がひとり雑誌コーナーをうろついていた。年配の男性店員が台車で運んできた弁当を並べ始めた。レジカウンターの向こうでは若い女性店員がドリップマシーンのカップをセットしていた。

「月見楼」の女将が用意してくれた朝食は、おひたし、焼き魚、せんべい汁と雑穀米のおにぎりだった。充分な腹ごしらえだったが、コーヒーが不足していた。真由はイートインの席が三つあるのを確認して、マシーンの前にいる店員にカプチーノを頼んだ。片桐に何がいいかと問うと、アメリカンと返ってきた。

「砂糖とミルクはどうしますか」

「入るだけ入れてくれ」

ふたりのやりとりを見ている店員は、頬を上下させながら笑いを堪えている。真由はカップを受けとり、椅子から脚をぶらつかせている片桐の前に置いた。隣の椅子では近すぎる。閑散とした店内に甘えて、ひとつ席を空けた。不服そうな顔をするでもなく、片桐の視線は八戸劇場の建物へと注がれていた。

ふと店内を振り返るとレジのそばから店員が消えており、雑誌コーナーから回り込んだ女子高生がグミや小袋菓子のあたりでゆるゆると立ち止まるのが見えた。右肩にかけた鞄の向こうから右手がすっと伸びる。グミの袋が、そのまま鞄の陰に消えた。

真由は立ち上がり、小袋菓子の一角から店の出入り口へ向かおうとした彼女の前に立った。一瞬怯《おび》えた目をした少女はすぐに不機嫌な表情になる。真由は彼女の鞄を摑んで小袋菓子のコーナーへと誘導し、レジに背を向けた。

「戻しなさい」

女子高生は不機嫌な表情のまま鞄の表側についたポケットに手をいれ、レモングミの小袋を陳列棚に戻した。

「ほかには？」

首を横に振った際、怯えた目に戻った。真由はあたりを見回したあと一歩退いて、少女をコンビニの外まで連れだした。

「学校はこれから行くの？」

不安そうな眼差しで浅く頷いた。警官だと名乗ると夏の日差しの下で彼女の顔がさっと色を失った。

「窃盗犯なの。わかってるよね」

今度は少し深めに頷いた。万引きは初めてかと問うと、消え入りそうな声で二度目と言う。見つかったのは今日が初めてだった。

「窃盗犯だよ。そうそうまいことはいかない。金額もエスカレートするし、ただのスリルが前科になる瞬間が必ずくるから。そこだけ覚えておいて」

学校へ行きなさい、と告げると「行きたくない」と言う。

不登校予備軍——自分も集団の中の己に「ひとり上等」といった立ち位置を与えるまでこんな風だったかもしれない。表面的に穏やかさを保ちながら、史郎とのあいだにぎくしゃくしたものを抱えた時期だ。学校も友人も、あまり楽しいとは思わなくなった。もともとそれほど楽しいものではないことに、竹刀を振りながら気づいていたのだ。大人ではないが子供でもいられなかった。

「行きなさい。行けばなにかあるから。窃盗犯になるよりましなことがちゃんとある」

数秒、真由を見上げていた瞳に、ふっと色が戻った。彼女はくるりと回れ右をして歩きだし、五メートルほどのところで振り向き叫んだ。

——ばか。駅のほうへと駆けだす。夏の太陽がどんどん高さを増して、額に照りつけた。

席に戻ると、カプチーノはぬるくなっていた。片桐が「これか」と言って右手の人差し指を曲げる。頷いた。片桐の「へへぇ」の語尾が長かった。カプチーノを一気に飲みほし、生活用品の棚から白いTシャツを取ってレジの前に立った。弁当棚の前にいた年配の男性店員がレジカウンターに入る。

「千八十円ちょうど頂戴します」ネームプレートの「菅原《すがわら》」の上に店長とあった。

「すみません、あそこの劇場の二階は誰か住んでいるんでしょうか」

八戸劇場のことかと問われ、頷いた。手帳を見せると店長の表情がわずかに渋くなり、今はどうかなぁと曖昧だ。

「一階の劇場は一ヵ月のうち半月くらいは明かりが点いてるのを見ますけどね。二階まで気にしたことはなかったなぁ」

「電話をかけたんですが、繋がらないんです」

「もう、携帯電話に切り替えてるんじゃないのかな。まぁその携帯も連絡つかないと、不便ですよねぇ」店長は最近そんなトラブルで店員がひとり辞めてしまったと嘆いている。

「劇場は何時くらいから人がいますかね。ホームページでは午後三時からって書いてあったけど、経営者も来ますかね」

「いやあ、あそこのママはちょっとわからんねえ」

「女性の経営者なんですか」

「そうだよ、あそこは代々、女のひとがやってる」

真由はためらいなく、代々ということに食いついた。初代が行方さち子として、二代目三代目がその名を知らないことがあるだろうか。

何日か前に煙草買いに来たけど――。首を傾げる店主の、次の言葉が待ち遠しい。

「慕情のマスターなら、なにか知っているかもしれない。劇場のママさんからスロット仲間だって聞いたことがある」

「慕情って、ここの向かい側のスナックですか」

店主が「そうそう」と人柄のにじむ笑顔を見せた。自分は賭け事は一切やらないのだが、ご近所としては割と仲良くやっているのだという。

「みんないろいろあるけども、同じとこで生まれたもん同士だしね。このあたりの人間はいっぺんどこかに出ても、だいたい戻ってくるね」

「慕情のマスターなら、劇場のこと詳しくご存じでしょうかね」

「そりゃ、生まれたときからここにいる人だから」

「お店の裏側がお住まいなんでしょうか」

「そうだよ」

Tシャツを受けとり礼を言い、コンビニの外で煙草をふかしている片桐のところへと急ぐ。ドアの外は、アスファルトからじりじりと熱が這い上がってくる暑さだ。ここは、山の斜面に見る緑の色が道東とはまったく違った。風にそよいだり、背景の色となるには生命力がつよい気がする。

「慕情のマスターが、劇場の歴代ママさんを知っているかもしれません」

「歴代ってことは、今は違うんだな」

「そのようです。現在のママはスロット仲間らしいんです」

「スロットマシーンか。ありゃ少しは儲かるのかねぇ。つぎ込むほうが儲かったら、パチンコ屋が破産するだろうによ」

泣いても笑っても、今日の午後十時には船の上だ。それまでにどれだけの情報を得られるか、考えるより先に足が急く。気づくと背後で片桐が「お嬢」と繰り返している。足は「慕情」に向かっていた。

「慕情」の入り口にある目立たない呼び鈴を押してみた。インターフォンも付いていないブザー式だ。二度押してやっと出てきたマスターは、手帳を見せるとあっさりふたりを店内へと招き入れた。

店のカウンターで朝のコーヒーを淹れながら真由の話を聞き始める。朝からスナックのカウンター席に座っている違和感が、なにかにたどり着いたかもしれないという期待に変わる。

「初代ママさんのこと、ですか」

彼が覚えている八戸劇場初代経営者の名前は「行方佐知子《さちこ》」だった。

「記憶にあるころはすでにヌード劇場になってましたねえ。僕はこの店、母親が死んだと同時に引き継いだんです。まだ脱サラなんて言葉が流行っていたころですよ。うちの母親は、騒音やら風紀の苦情なんかで、問題があるとすぐ行方さんに相談に行っていたみたいです。座長さんはかなり面倒見のいい人だったと思うんですよ」

朝、自分のために一杯のコーヒーを淹れて、スポーツ新聞を読むのが日課なのだとマスターが言う。顎には、真っ白い鬚《ひげ》が二センチほどの長さでしっかりと揃えられていた。そげた頬に似合わぬ日焼けだ。

「初代ママさんと今のママさんとのご関係や、初代が現在どうしていらっしゃるか、ご存じですか」

「僕は、北海道の刑事さんが、わざわざここまで来る理由を知りたいんだけど」

マスターの頬に、好奇心が浮き始めた。殺人事件の捜査だと告げると、ますますその目が生き生きしてくる。捜査のあいだ始終目にする表情なのだが、おそらくは本人も無意識の残酷さだ。知りたい欲求、興味の有無を隠すのはどれだけ大変なのかと、こんな場面に遭うたび思う。

「初代ママが関わってるんですか」とマスターが訊ねてくる。

「いえ、そういうお話ではないんです。初代のママさん時代にこちらにいたかもしれない男性が関係している、というだけです」

核心をずらすと、じきにコーヒーのいいにおいが漂ってきた。ドリップケトルからお湯を回し入れるたびに、香りが濃くなる。

「初代がそこの土地を買って、ストリップ興行を始めたのが昭和三十年あたりだって聞いてるけど」

「それまではどこを拠点にして活動していたんでしょうか」

「隣の空き地。今は更地になってるけども、昔は旅館があったんです。温泉興行やら祭りの添え物や出張仕事もあったけど、そういうのがないときは隣の旅館に住み込みで下働きしたり、団員に仕事を回してやったりしてたらしいです。もしかしたら当時出入りしていた人かな」

必要な人数は五、六人だったというが、常にその倍の数の人間がいたのだという。

「ほら、とりあえず食べ物があるからね。タニマチなんかもそこそこいたはずだし。だけど、心付けをもらうのだって、タダってわけにもいかないし、一座の人数増えると座長が痩せていくって、よくうちの母親がこぼしてたな」

それに——言いかけて、マスターはコーヒーをカップに注ぎ入れる。次の言葉までがひどく長い。運ばれてきたマグカップ入りのコーヒーをひとくち飲んで、片桐がその味を褒めちぎったあとついでのように訊ねた。

「さっきなにか言いかけましたね」

マスターは顎の鬚を決まり悪そうに引っ張ったりなでたりしながら、口元を動かすだけで言葉が聞き取れない。

「なんでしたかね、ちょっと忘れました」

「いや、ほら、座長が痩せてくってお母さんがこぼしてた話」

片桐が言うと、相手を責めているように聞こえない。真由だと途端に空気が堅くなる場面で、片桐は決して場を緊張させない。それだけに、相手も意固地にならずに済む。ただその技を、本人が意識しているのかどうか正直今まで疑っていた。もしかしたら、と思ったところで片桐が続けた。

「まぁ別に、いいんですけどね」

かいかぶりだったか、という悔しさと片桐の引っ込みかたに半ば怒りを感じ、思わず声が大きくなった。

「ちょっと待ってください」ふたりの目がぱっと真由に移った。

「初代座長の面倒見の良さが、八戸劇場立ち上げへと向かわせたということなんですよね」

「ええ、まあ、そういうふうに聞いています」

「それに、の次を聞かせてください」

頼みます、と続けた。マスターが目を伏せる。伏せた目蓋が、言いかけたひとことを

忘れているわけではないことを伝えた。短く息を吐いて、マスターが言った。

「座長は自分の子供を売り飛ばしたっていう噂もある。そこまでして一座を守ったって。ひどい女だというひともいるし、本当かどうかもわからないことだけどね」

「失礼ですが、行方佐知子さんがいまどちらにいらっしゃるかご存じですか」

「彼女に、なにを訊きたいんですか」語尾が揺れる。

行方佐知子は生きていた――。

心臓がひとつぶん前に飛び出したような気がする。目を逸らしたら負けなのだった。

真由は「なぜですか」とたたみかける。マスターは「親が世話になってたひとだし」と短く答えた。

「この家もずいぶん古くなりましたけど、ここいらで客商売をしている人間はなにかしら行方さんにお世話になってるんです。祭りの寄付や町内会や、狭い場所なりにいろいろあるんですよ」

今の主は、八戸劇場で長くトップを務めた踊り子だという。

「子供を売り飛ばした、ってどういうことでしょうか」

「もう、大人たちのあいだの噂話というくらいしか。うちの親は世話になっていたこともあって、そのあたりのことはあまり口にはしませんでしたけど」

「同じように、殺害された男性も行方佐知子さんにお世話になっていたと思われます」

「いつごろ世話になっていたひとですか」マスターの体が頭ひとつぶん前にずれた。

「昭和三十年代前半です」

マスターが「僕が生まれる前ですよ」とうなだれた。この時間をどう引っ掻いていいものか迷いながら、苦いコーヒーを口に運んだ。開け放したドアから、道をゆく車の音が聞こえる。ここのドアが開いていることに、コンビニの店長も気づいているだろうか。真由はマスターの様子を窺い続けた。長い沈黙を助けてくれるものはなにもない。行方佐知子に手が届くかどうか、「月見楼」で見た祭りの写真が目蓋の裏を過ぎる。

「お願いします。行方佐知子さんがいまどこにいらっしゃるのか、教えてください」

ひとつ息を吐き、二度目のため息にのせてマスターが言った。

「老人ホームです。十和田《とわだ》にあります。『ホーム潮風』というところです。親もきょうだいもない人って本当にいるんだと、彼女がそこに入る手続きをする際に、いたたまれなくなったのを覚えています」

「親族はひとりもいないんですか」

マスターは言ってしまって却って安堵したのか、大きく頷いた。真由の胸にはまた新たな疑問が湧いてくる。行方佐知子が老人ホームに入居したことについて、なぜそれほど口が重かったのか、だ。失礼ですがと前置きして、できるだけ真っ直ぐにそのことを訊ねた。マスターの口元が自嘲気味に歪んだ。

「ちょっとね、揉《も》めたんです。誰が最後の面倒をみるかで」

「誰が揉めたんですか」

「今の劇場主と、世話になっていた周辺の人間のあいだでね。十年ちょっと前に、劇場の名義を変えたころから今のママさん、佐知子さんを邪険にし始めて。周りはみんな、佐知子さんの老後の面倒は、当然彼女がみるものだと思ってるじゃないですか。いくら親が世話になっていたとはいえ僕も、足腰が弱くなった彼女の面倒をみますと手を挙げる勇気はなかったんです」

そして、マスターと今の劇場主はスロット仲間か――。

つつけば痛い場所は誰にでもある。人によってまちまちと思えば、ここでこの男に妙な反省をされるよりは情報を聞き出したほうがいい。

「行方さんがホームに入られたのは、いつ頃でしょうか」

「十年くらい前になると思います」

「最近のご様子は」訊ねた語尾が上がりきらなかった。

彼もまた、自分に手いっぱいな人間のひとりなのだ。世話になるだけなって投げっぱなしの現実に、常識を欲する生身の心がついてゆかない。真由は一分でも早く、行方佐知子に会いたかった。ホームの名前を聞けば、もう席を立ってもいいのではないか。そう思いながら、この男にもうひとつ訊ねたいことがあった。

「どなたか最近、行方さんに会われたかたをご存じじゃないですか」

数秒の沈黙のあと、彼はゆるゆると首を横に振った。

「失礼しました。『ホーム潮風』に行ってみます」

誰がいつ、厄介者となった行方佐知子を訪ねてゆくだろう。面倒を見られないと結論を出した段階で、誰もが無言でお互いの均衡を保つ密約を結んだのだ。なにひとつ胸のすくようなことのない現実に、蓋をした。

スナック「慕情」を出て本八戸駅の駐車場に戻る道、片桐も真由も、ひとことも話さなかった。高さを増した太陽が、容赦なく照りつけるなか、「ホーム潮風」を検索した。

十和田――。

行方佐知子が生きていたことを喜んでいる心もちのすぐそばを、生ぬるい風がすり抜けて行った。車のドアを開けてこもった熱気を逃しながら、目を閉じて車体の照り返しを遮断する。目蓋に赤ん坊だった自分が捨てられていたという北浄土寺の墓が浮かんだ。

我が子を売った女と、捨てた女――。

接点などないはずのふたりが真由の内側ですれ違う。運転席に滑り込むと、片桐が助手席でシートベルトを締めていた。

「生きてたねぇ」片桐は言ったあと長い息を吐いた。

「こちらを発つ前に、もう一度劇場へ寄らせて下さい」

ナビに住所を入力すると、行き先を示す矢印が現れた。あとは「ホーム潮風」で行方佐知子が話をできる状況にあるかどうか——その前に、会ってくれるかどうかだ。いっとき薄れかけた片桐の存在が持ち上がる。

「キリさん、本部の情報はどんな具合ですか」

「はかばかしい感じはしないな」

行方佐知子、行方小百合——米澤小百合。

真由はひとしきり「売る」ことと「捨てる」ことになんの違いがあるのか考えた。

午前十時半、十和田にある「ホーム潮風」に着いた。ホームの名前が入った灰色のワゴン車の横に車を停める。片桐との会話はほとんどなかった。行方佐知子と米澤小百合の関係性に、過剰な思い入れを持たぬよう努めた。実際、この「心ばなれ」が難しいのだ。

片桐がぽつりと言った。

「自然ってのは、案外うるさいもんだな」

「そうですか」

「お嬢、よく聞いてみろよ。蟬《せみ》だの川だの、ここは風ひとつまでがうるさいよ」

片桐も内心落ち着かないのか、ホームの入り口でひとつ大きく深呼吸したのを見た。

建物はどうやら温泉旅館の建物をそのまま使っているようで、大きな改築をした様子もない。重たいガラス製の扉を押すと、泥落としのマットに擦《かす》れきった文字で「しおかぜ」と書かれてあった。

温泉旅館としても老人ホームとしても、どこか中途半端な印象を受けた。いっとき流行った第三セクターの建物だろうか。片桐がすっと真由の前へ出た。ロビーを通りかかった清掃服姿の中年女性に声をかける。

「すみません、こちらに行方佐知子さんがご入居されていると伺って参りました」

「どちらさまですか」

「北海道から参りました、警察の者です」

ちょっとまってください、と彼女が事務室へ消えてから、一分もしないうちにエプロン姿の四十代女性が玄関へとやってきた。

「行方さんに、警察のかたがどのようなご用件でしょうか」

「北海道の釧路で起きた事件の被害者が、行方さんのお知り合いかどうか確認させていただきたいんです」

エプロンの胸元に「施設長　工藤」のネームプレートがある。沿道の看板にもこの名字が多かった。全国各地から雑草の種のごとく寄り集まった人間ばかりの土地に生まれ育つと、名前が持つ来し方や育ちに無頓着になるらしい。関西育ちの同僚がいつか、そこが北海道のいいところだと言っていたのを思い出した。

施設長は少し難しい表情をした。なにか差し支えが、と片桐が訊ねる。

「いいえ、行方さんがなんとおっしゃるか。お会いになるかどうか伺ってみますが、ちょっと気難しい方なので、せっかく訪ねて来ていただいたかたがお気を悪くされることもあるかと」

「お目にかかれるなら、充分です」

施設長は「わかりました」と言い、「談話室」という札のかかった和室へと案内した。六畳の和室から見える林は、緑が目に痛いほどだった。客として来たなら落ち着くだろう。部屋と廊下の段差はバリアフリーのための急なこしらえを感じさせる板が取り付けられていた。

薄く開いた窓から、たしかに片桐が言うように蟬の声や川音が滑り込んでくる。

「お嬢、やってみるか」不意に片桐が振ってきた。

「自信ないです」

「まぁ、やってみろ。経験だ」

片桐はからりとそう言い放つと、自分がケツを持つから、と笑った。

「わかりました」短く答え、ひとつ大きく息を吸う、数秒溜め、そして吐いた。

お待たせいたしました——。

施設長に付き添われ、杖をついてやってきた老婆を見て、真由は両手をついて頭を下げた。そうせざるを得ない気配が漂ってくる。彼女は骨と皮だけではないかと思うほど痩せこけた体に、深い藍色の綿ワンピース姿だった。そこだけ年齢を忘れて黒々とした髪は、ひと目でウィッグとわかる。なによりこちらの胸を突いてくるのは、薄い皮膚に施された化粧だった。

白すぎるほどに塗られた顔にきりりと描かれた眉、皺に埋もれた目元を切れ長に見せるためのアイライン、紅。施設長の介添えで膝を折らずに済む腰掛け座椅子に体を落ち着けると、彼女は背骨から響くような声で言った。

「行方佐知子でございます。本日は遠いところからようこそいらっしゃいました」

張りがあり滑舌もいい。言葉が、彼女の体全体から湧いてくる。

「北海道警釧路方面本部から参りました、大門と申します」

「片桐です」

ふたり同時に頭を下げる。施設長は「お茶を持って参ります」と言って部屋を出た。

行方佐知子は「お二人とも刑事さんなの」と語尾を上げた。遅ればせながら、と警察手帳を開き見せた。

「刑事さんがわたくしに何のご用でしょう」声の張りほどに厳しい響きではない。どこか芝居の台詞《せりふ》回しのような、彼女のひとり舞台に客席から語りかけているような心もちになる。

「北海道の釧路で、男性が殺害されました。男性の故郷が青森であったことや、こちらにいた当時に住んでいた場所などから、行方さんの劇場に関わりのあったひとではないかと思われます。思い出せる範囲でお話を伺えましたら大変ありがたいです」

誰――彼女が短く切った。

「小屋にはいろんなひとが出入りしましたのでね。いつの間にか住み着いていつの間にか消えているのが日常でしたが」

「昭和三十三年、三社祭で山車とともに一座ののぼりを掲げていらっしゃるお写真を拝見しました。そのころに行方さんのお近くにいたと思われる男性の名前を覚えていらっしゃいますか」

「男性って、どういう意味の？」口調は静かだった。

真由はひたすら次の言葉を探した。一筋縄ではいかぬ気配が室内にこもって容易に外には出てゆかぬようだ。鬱蒼《うっそう》と茂る木々が、室内の空気を押し戻しているようにも思えた。

「とりあえず、そのひとの名前を教えてもらわないと」

「おっしゃるとおりです、失礼しました」

意を決し、行方佐知子の目を真っ直ぐに見て、告げた。

「滝川信夫さん、という方です。八十歳で、亡くなられました」

彼女の眉は一ミリも動かず、しかし、ある光を帯びてこちらに訊ねてくる。

「滝川さん、どちらで亡くなられたっておっしゃいましたか」

「北海道の釧路市です。遺体で発見されました」

「北海道、ですか」

行方佐知子はそう言ったあと、しばらく黙り込み、片桐や真由の肩越しにある壁に向かって静かに、ひとりごとのように言ったのだった。

「ふたりで居たれどまだ淋《さび》し、ひとりになったらなお淋し、真実ふたりは遣る瀬《やせ》なし、真実ひとりは堪えがたし——だったかしらね」

静寂が窓の外の喧噪《けんそう》を跳ね返す。ある場所にたどり着いた自分の勘を、初めて嬉しく思うと同時に、こんな淋しい詩を挟まねばならなかった男女の関わりを思い、意識せず両肩が持ち上がった。

「北原白秋ですね」

傍らに置いたバッグから、クリアファイルを取り出し『白金之獨樂《はっきんのこま》』を座卓の向こう側へと滑らせた。藍色のワンピースから痩せこけた手足を伸ばす彼女の、腹だけが妙に膨らんでいた。生きた人間を目の前にしながら、つよく死を意識せざるを得ない姿でもあった。ひとときも、彼女から目を離せなかった。瞬《まばた》きさえ惜しみながら、行方佐知子の様子を見た。

彼女は『白金之獨樂』をシミだらけの手に取り、迷いのない仕種で「他卜我」のページを開いた。そして、老眼とは縁遠そうな瞳をゆっくりとこちらへ向ける。真由は訊ねた。

「滝川さんがいつこの本を行方さんに贈り、行方さんはいつ手放されたのでしょうか」

「この本をいただいたころ、あたしはキャサリンという名前の踊り子でした」

和室の空気がそのひとことで一気に畳に吸い込まれた。代わりに訪れたのは、行方佐知子が語る、踊り子キャサリンの物語だった。

＊

ただの大衆演劇ではお客さんが呼べなくなった時代だった。客席に請われて着物を脱いだりしているうちに、行方佐知子はキャサリンと名乗る踊り子になっていた。東京では日本人でもそんな洋風の名前をつけて髪の色を変えて踊っていると、旅の商人に聞いたのだった。

キャサリンこと行方佐知子は、宮城から出てきて旅の一座に入って二年目、蔵王《ざおう》温泉での興行中に座長の子供を孕《はら》んだ。座の規律を乱したという理由で、当時看板役者だった本妻は小道具の模造刀や言葉を使い、彼女を痛めつけた。このままでは腹の子はおろか命さえ危ないと思った佐知子は一座を去る。子供はひとりで育てようと決心して八戸に流れ着いた。

「産む理由をあれこれと考えたものの結局のところ、産まない理由を考えるのが面倒だったのかもしれません」彼女はかさついた声で笑った。

寒い師走《しわす》の晩、生まれたのは女の子だった。

「可愛くて可愛くて。あたしの腹から這い出てきた命根性《いのちこんじょう》の汚い子だけれど、なんだかその顔を見たら、自分が生まれたい一心で、親を選んでこの世にやってきた子のように思えたんです」

産後の体が戻るか戻らぬかというところで、佐知子は十和田の温泉旅館で働き始めた。乳飲み子を抱えて住み込みで働けるところは少なかった。旅館にやってきた馬喰《ばくろう》に、なんとなしに昔語りなどをしていた際、八戸に役者が足りずに困っている一座があると聞く。当時のよくある演し物ならば、ひととおりの台詞回しは出来ると思った彼女は、すぐにその話に乗った。

再びの八戸で待っていたのは、佐知子より二十も年上の女座長だった。ひとりで子供を育てる決意をした経緯を話すと、自分は子供がいないから一座で育ててあげようじゃないか、というありがたい言葉が返ってきた。たった四人の、女ばかりの一座だった。

女一座で『北の宝塚歌劇』などという触れ込みだったが、舞台稽古はほとんどしない。衣装の裾から脚を出したり透ける着物で踊ったりに、稽古など必要なかった。客は入ったが、男ばかり。演し物が終わって舞台が退けたあとは、座員がひとりひとり外に出て行った。

一座は移動遊郭だった。客は座長に金を渡し、気に入った役者を外に呼び出して貸間を取る。床を共にしたあと「お代は全部座長に持って行かれる」と泣きつけば、いくばくかの小遣い銭をせしめることができ、それが座員たちの「上がり」だった。女たちが最も力を入れた演技をするのは、男から花代をもらうときなのだった。

「約束が違うとか嫌だとか、言ってはいられませんでしたねぇ。屋根のあるところに住んで三食食べて、とりあえず子供にひもじい思いをさせずに済みましたから」

客を取っているうちに、行方佐知子は再び妊娠した。いったい誰の子なのかもわからなかった。呆然《ぼうぜん》とする彼女に、座長はいい医者を紹介すると言う。しかしなかなか首を縦には振れなかった。当時体を売って金を得ることのおおかたは、娘のためだったからだ。ひとりを生かしてひとりを殺すことに、ひどい矛盾を感じたのだという。

「誰の子かわからぬ命にも、なにやらまた自分が親として選ばれたような気持ちになったのも確かなことで。こればかりはもう、いいわけにしかなりませんけれど」

そして彼女はその一座を離れ、ひとり本八戸へと移り住んだ。

ほどなくして座長の遣り口に不満を抱えていた女たちがふたり、それぞれの知人を連れて佐知子の元へやってきた。出産までの生活は、彼女たちが小中野で稼いで支えてくれた。女たちにとって、子供を得て自分の筋を通す佐知子の生き方は、ひとつの希望でもあったのだ。

女一座から離れて八ヵ月後、無事にふたり目の娘の出産を終えた佐知子は、その時間を支えてくれた女たちのために一座を立ち上げる決意をしたのだった。どこから伝わり漏れたものか、遊郭一座の座長が怒鳴り込んで来たときは、仲間のひとりが「出るところに出て話をつけようか」と凄《すご》んだ。元の一座がほぼ離散したあとは後ろ盾も失うこととなり、座長は街を出て佐知子たちの前から姿を消した。

「あのとき初めて、人間ひとたび曲がったことをすれば永遠に曲がり続けねばならないんだと思ったんです」

さて何を演し物としよう――。いざ舞台を、というときに女たちは膝をつき合わせて話し合った。

――体を売らずに済むなら、見せるくらいどうってことはないような気がしてるけど、ふたりも子供を産んだ体を、喜ぶ客はいるかねえ。

さばけた佐知子の言葉に、女たちは笑った。そして一座は踊りと色気たっぷりの芝居を売りに、新しい演目を試し始めた。

「お客さんがみんな、子供みたいな顔をして、口を半分開けてあたしたちが踊るのを見ているんです」

その客のひとりが、滝川信夫だった——。

「滝川さんは、頭のいいひとだった。実家が何ごとかで財産を無くして一家が散り散りになったと聞きました。あたしよりずいぶん若いひとだったと思います」

一座は女が働いて男がその身の回りの世話をするというような空気が出来上がっていた。ある種の規律が守られ、そのほうが変にだらしないことが起こらなかったという。佐知子は呼ばれた座敷にはぜんぶ行った。滝川は、そのあいだ子供たちの面倒をみていた。ときどき小遣い銭を渡すと、それを彼女の子供たちに使うような、人の好いところがあった。

娘ふたりの面倒を滝川に任せて、キャサリンは懸命に働いた。子供たちが昼間の生活をしているあいだは横になり、うとうとしながら背中で娘たちの声を聞いていた。

「子供たちを挟んで、なんだか父親と母親の真似事《まねごと》をしているような、不思議な関係だったと思います。あたしは着物を脱いでお金をもらっている女でしたし、ふたりきりになると、ときどきそんな空気も漂うには漂った記憶があるけれど」

結局ふたりのあいだに、男女の関係はなかった。行方佐知子は深い皺の内側で、すっかりキャサリンだったころに舞い戻っているように見えた。長いため息を吐いて、彼女は皺の間に光る女の瞳で言った。

「いい男なのに、意気地なしだったから。嫌いじゃなかったけれど、図々しい男じゃないせいでちっとも前に進まない」

彼女はこほこほと咳に似た笑いを漏らした。

「楽しい時間でしたね、お金も少しは入ってくるし。建物を買って、劇場をこさえた後は借金もしたけれど返すことに無理はなかった。働いてさえいれば、あんまり悪いことも起こらないもんだと思えた、ほんとにいい時間でした。娘たちを手放すまでは、そんな感じでした」

真由はたまらず、訊ねた。

「お嬢さんたちは、どうされたんですか」

「どうされたって」語尾がゆるりと上がった。

「ふたりの女の子は、いったいどこへ」

佐知子は顔の皺を一本一本持ち上げ、なんの感情もこもらぬ声で「売りました」と言った。こちらの思いなど一ミリたりとも挟み込む余地を残さず「売りました」という言葉だけがふわふわと羽虫のように漂っていた。

「なぜ」それ以上言葉が続かず、黙り込む。施設長が冷たいお茶を置いていったことにも気づかなかった。ふと見たテーブルの隅に、汗をかいたグラスが三つ盆にのせられたままになっていた。

「突然といえば、突然に聞こえるかもしれないけれど」行方佐知子は再び遠い目をした。

春先のある夜、楽屋にひとりの男がやってきたのだった。佐知子が最初に入った一座の座長で、上の娘の父親——。その一座はとうに解散していて、男は女房と縁が切れていた。

男は「自分は娘たちの父親だ」と周囲に吹聴し、それが滝川の耳にも入った。

「なんにもないとはいえ、男と女としての多少の自覚はあるわけで。ほんの少しぎくしゃくしましてね。それでも、あたしを元の男に盗られるんじゃないかと気を揉む姿が可愛く思えたのも本当のところ」

ときどき楽屋に現れて酒をせびってゆく男は、一座の空気を乱してはほかの男に追い出されることを繰り返した。ただ、佐知子がいくら言っても「俺は娘の父親」という態度は改めなかった。

夏から秋にかけて、三ヵ月ほど姿を見せないことが続いてほっとしていた矢先、男は再び八戸劇場にやってきた。

「北海道のお金持ちが女の子の養子を希望しているから、考えてくれないかと言うんですよ。上の子くらいの年齢がいいって言うんです」

「養子縁組の話を持ちかけられて、そのまま手放されたんですか」

真由の問いに、佐知子はゆるゆると首を横に振った。油ぎれを起こしたようにぎこちなく震えながらも「違う」ことを示した。

「馬鹿なことを、と最初は相手にしなかったんですけれどね。たまたまその日の昼は楽屋にあたしひとりしか居なかったんです」

佐知子ひとりしかいない楽屋に上がり込んだ男は、珍しく酒の入らない状態でしんみりと「俺なんかと関わったばかりに、ひどい人生になっちまって悪いことをした」と言った。

「急になにを言い出すのかとそら寒い思いをしながら、追い出すことをしなかったのがこちらの気持ちの弱いところでした。どこかで、子供の父親だと認めてしまっていたんでしょう」

男はなおもたたみかけるように佐知子を口説《くど》き落としにかかった。男は「このあいだ、ふたりでままごと遊びをしているのを見かけた」と言った。そして佐知子に「あの子たちがなにをやってたか知りたくないか」と問うた。素直な答えに返ってきたのは「踊り子さんごっこ」だった。娘たちふたりが、下穿《したば》きを脱いでしゃがんで、母親の見よう見まねで鼻歌を歌いながら脚を広げていたと聞いて、彼女は倒れそうになった。脇目もふらずにがんばってきた結果がそんなことでは、自分のやってきたことはいったい何だったのかと、目の前が真っ暗になった——。

一座を構えて、寄ってくる人間をあまさず受けいれ、来る者は拒まず去る者は追わずという性分が、そのときぐらりと揺れた。彼女は、このままでは娘ふたりとも体で稼ぐ女になる、と言われて気が狂いそうになる。そして、「せめて俺たちの子だけでも、まっとうな家のお嬢様になってほしくないか」という言葉に、どうにも気持ちがざわついて仕方なくなった。

佐知子はその日、本当にそんな遊びをしていたのかとふたりの頬を張り飛ばし、滝川信夫を問い詰めた。滝川は子供たちが頬を打《ぶ》たれるのを見て、不憫《ふびん》だと言って泣いた。

――あんたいま、不憫て言ったね。不憫とはいったいどういうことだ。

――言い方が悪かった、許してください。

こんな女の子供に生まれたことが不憫というのなら、どこに不憫じゃない子がいるというのか。体を張って稼いだ金で、いつかまっとうなものを見たいと思いながらやってきた彼女を襲ったのは、我が子も同じ運命を辿るかもしれないという恐怖だった。

キャサリンの剣幕は、滝川信夫を震え上がらせ、そのとき彼女が床に叩きつけた湯呑《ゆの》み茶碗は割れて砕け、破片があたりに飛び散った。飛んだ欠片《かけら》が下の娘に向かう。柔らかな耳や首筋を刃先のように尖《とが》った破片がかすめ、楽屋の座布団が血で濡れた。滝川信夫は泣き叫ぶ下の子を毛布でくるみ抱きかかえ、そのまま病院へ走ったという。

不憫な育ち、不憫な娘。そんなことになるくらいなら、と彼女は自分の生き方にひとつけりをつけることにした。

「年の瀬に、迎えにやってきた男に、戸籍と娘たちを渡しました」

ひとつぶの涙も見せずに淡々と語る行方佐知子を、真由は身動きも出来ないまま見ていた。紅をのせた唇がうっすらと笑ったように見えた。

「最初はひとりでいいと言われたんですがね、どうせならふたりとも頼むと言いました」

じゃあ、なんとかしてやると男は言った。別れの日、彼女は娘たちにありったけの防寒着を着せた。二度と会わぬ約束の果てに向かって、思い切り手を振った。

「娘たちにも、男にも、それきり会っていません」

「その男の、名前を教えていただけますか」

キャサリンの貌《かお》を静かに手放しながら、彼女はぽつりとその名前を口にした。

――加藤千吉。

＊

それからどのくらいの沈黙が和室に積もったのか。誰も口を開かず、窓の外から聞こえてくる自然の騒音に耐えていた。行方佐知子はまた、咳なのか笑い声なのかわからぬ音を漏らし、枯れ木の瘤《こぶ》に似た膝頭をさすった。

「それから何日もしないうちに、滝川さんも出て行きました」

手が膝頭から『白金之獨樂』へと移り、数秒胸に抱くようにして引き寄せたあと、本を座卓の上に戻した。

「子供たちのことも、彼のことも思い出すのがつらくて、何冊かもらった本もすぐに質草にしてしまいました。いま思い返せば、本当に好いたひととは、なんにもありませんでした」

そのひとことで、彼女の舞台の幕が下りた。隣にいる片桐はうなだれている。真由は
「訊ねていいでしょうか」と問うた。瞳の光を半分に落とした彼女が、肩ごと頷いた。

「手放されたお嬢さんふたりの、お名前を教えていただけますか」

「上が千恵子《ちえこ》、下が小百合です」

足首からふくらはぎへ、膝から上へ、背筋から頭へ、そして体中のすべての神経が上へ上へとその先を尖らせる。真由は深く息を吸い「ありがとうございました」と両手をついた。滝川信夫が米澤小百合を見つけた経緯を、もう一度冷静になって考える必要があった。

行方佐知子がその一瞬、再びキャサリンに戻り言った。

「捨てたものを、追ってはいけません。長く生きすぎてもいけない。堪えがたいひとりでも、ふたりで遣る瀬ないよりは、いいんです。あの子たちを産んだとき、二度とも同

じことを考えました。人間の運です。生まれてくることも運ならば、死ぬのも運。死ねない運もあれば生きられない運もある。あたしは、自分の子供たちの、運を信じたかった」

年寄りの昔話を聞かされて疲れていないか、と彼女に問われた。真由は首を大きく横に振る。片桐が横で頭を下げた。

本八戸へと戻り再び八戸劇場へと足を運んだが、ナビの履歴を消してレンタカーを戻す時刻が近づいても現在のママは現れなかった。劇場を開けるつもりもないらしいことを、立ち寄った「慕情」のマスターが「きまぐれ」という言葉で言い表した。

「佐知子さん、お元気でしたか」

「かくしゃくとしていらっしゃいました。大変懐の深いかたでした」

まだ客がやってこない店内には低くテナーサックスの曲が流れていた。別れ際、ほっとした顔を見せてマスターが言った。

「僕に出来ることがあったら言ってください。隣のママから、あとでそれとなく引き出せるかもしれないし」

真由は携帯の番号を書いたメモを渡した。

「ありがとうございます。できればここ数年、行方さんを訪ねて来た老人がいなかったかどうか知りたいんです。老人でなくても、誰か彼女を探していた人間が居たか居なかったか」

「なにかわかったら、すぐにお電話します」

マスターはこちらが気後れするほど真っ直ぐな眼差しを向けてそう言った。礼を言い、店を出た。ガソリンを入れたらもう、乗船手続きぎりぎりの時刻になっていた。

午後九時、フェリーターミナルの乗船口で八戸署の山田に電話をかけた。

「おかげさまで実りの多い一日でした。ありがとうございます」

「それは良かったです。直接こちらに来られないときに、なにかお手伝いできることがありましたら、いつでも連絡ください」山田の声も朗らかだった。

ひと風呂浴びて甲板に出ると、片桐が缶酎ハイを片手にフェリーターミナルを見ていた。真由の手にも同じ缶酎ハイがある。声をかけようかどうか迷っていたところで、気づかれた。

「気が合うな」

「米澤小百合には、姉がいたんですね」潮で湿った手すりに体をもたせかけた。

「実の娘は新しい親に売って、血の繋がらないほうを手元において稼がせて、か」

「母親が信じる運って、いったい何だったんでしょうか」

「わからんさ、そんなこと。誰にもわからん」

缶酎ハイはふたりとも、船が岸壁から離れるまでしか保たなかった。片桐は空になった缶に二度口をつけ、三度目は軽く舌打ちをした。船室に戻るかどうか、言いあぐねる真由に「お嬢」と言って言葉を切る。その声があまりに深刻そうなので、真由はわずかに身構えた。片桐がポケットから千円札を一枚出した。

「奢《おご》るから、酎ハイもう一本買ってきてくれないか」

「わかりました」

二本ずつ空けたころ岸壁の明かりが途切れ始めた。戻りましょうか、と言った真由に片桐が深いため息とともに問うてきた。

「お嬢、八十になっても九十になっても、好いた惚《ほ》れたは生きる糧《かて》なのかなぁ」

「わかりません。好いたひとも惚れたひとも、自分にはおりませんから」

「俺は、いたよ」

「驚きました。署内の全員が驚くと思います」

「いいじゃねぇか、ひとりやふたり」

「本当は何人なんですか」

片桐は問いに答えず「風邪ひくなよ」と言い残し、船内に入るドアに消えた。真由はぼんやりと漆黒の海に漂いながら、星しかない空を見た。このまま空か海にでも溶けてしまいそうな気がしてくる。外海に出て揺れはますます大きくなっていった。

惚れた女の矜持《きょうじ》に負けて、己の甲斐性のなさに嫌気がさして、誰も守ることのできない自分に気づいたとき、滝川信夫は「ひとり」を選んだのではないか――。

行方佐知子の来し方を聞いているうち、女の人生物語をひとつ読み聞かされているような心もちになった。「よくある話です」と彼女は己の話を締めくくったが、あれもこれも「よくある話」ならば、いったいなにが常でなにが非常なのか。線引きがうまくできない。

冷えてゆく体に精いっぱい潮風を溜めた。自分の声も聞こえない洋上で「ふたりで居たれどまだ淋し」と口にすると、脳裏に父と母の顔が浮かぶ。「ひとりになったらなお淋し」で母が前へと出てくる。

真実ふたりは遣る瀬なし――

真実ひとりは堪えがたし――

父と母、ふたりが信じた運とは、いったいなんだったろう。行方佐知子に、自分のことを洗いざらい話したら、なにか答えが得られるだろうか。いや、と首を振った。

訊ねて得られる答えもまた、堪えがたい「独り」ではないのか。長い一日だった。朝にはまた苫小牧から釧路へ向けて走り出さねばならない。午後には捜査会議が待っている。一進一退の状況に、明日は片桐とふたりで切り込まねばならない。ふるりと震えた四肢をかばい、真由は船室へ続く扉を開けた。

7

大門真由の報告を受けて、会議室は一度、衣擦《きぬず》れの音もなくなった。静まりかえったことで居場所がなくなり、真由は意味もなく腕の時計を見た。午後二時十分を指している。昨日までのあいだに八戸で何を見て誰と会ったのか、滝川信夫が北海道に渡る前の出来事について淡々と事実だけを並べた。

釧路での捜査線上に新しい人間は上っていない。滝川信夫が会いに来たのは米澤小百合ということまではわかった。行状が芳しくない夫、仁志は勾留《こうりゆう》が延びている。徳創信教の双子姉妹の動きも変わらない。小百合は息子とふたりで工場から市場へ品物を運び、市場で揚げたての蒲鉾《かまぼこ》を売り、地方発送をする。滝川信夫死亡の前と後で、なにが変わったかを米澤親子の動きから想像するのは難しかった。

「米澤小百合、旧姓行方《なめかた》小百合の母親、行方佐知子八十八歳の証言によって、被害者滝川信夫が二十代半ばまでの三年ほどを八戸で過ごしたことが判明しました。行方佐知子が手放した北原白秋の詩集を、滝川老人が札幌の古書店で見つけたのが五年前です。滝川老人が佐知子の子供たちふたりを探そうとしたきっかけは、テレビの旅番組か旅行雑誌、どちらかで小百合を目にしたことだったと思われます」

真由はひといきついて、横に座る片桐のシャツ衿《えり》を見下ろした。普通の洗濯では落ちなくなった衿汚れが気になる。片桐が面倒そうな顔を向ける。急いで視線をメモに戻した。

真由は、米澤小百合の耳と首にまだ傷が残っているかどうか気になって仕方ない。滝川老人がタクシー仲間との釧路旅行でいの一番に和商市場へ行きたがった理由が、やっと見えてきた。少しでも早く、彼が何をもって米澤小百合を行方小百合と確信したのか確かめたかった。

米澤小百合の耳と首に傷が残っていれば、滝川信夫はすぐに当時を思い出せる。彼女の体についた傷はそのまま、故郷や人間、行方佐知子が彼につけた傷に変わり、残酷な感傷を連れてくる。生活の身軽さと余生の重さだ。バランスの悪い日常を抱えた滝川老人が、残りの生を「自身の傷を省みること」に使おうと思ったとしたらどうだろう。悔いなく生きるために選んだ方法が、まさかその悔いを広げることだとは本人も気づかなかったのではないか。

閉じた傷の向こうにはまだ血が通っている。みな、開けば痛い。

「八戸捜査、ご苦労様でした」

課長の声で、会議室に再びざわめきが戻ってきた。ホワイトボードの相関図には行方佐知子の名前とその娘ふたり、千恵子と小百合の名前が書き加えられ、小百合の名の横には（米澤小百合）と括弧《かっこ》書きがついた。

「片桐、大門コンビは、引き続き米澤小百合を。ほかのメンバーは、彼女の周辺人物を浚ってください。八戸、札幌、釧路のラインに引っかかってくるものはすべて洗うよう、みなさん明日午後五時の捜査会議まで全力でお願いします」

会議終了のあと、ホワイトボードに書き込まれた名前と人間関係を改めて眺める捜査員が会議室のひな壇近くにたむろした。片桐はぐるぐると両腕を回したり首を左右に倒したりしながらその様子を眺めている。体が椅子にめり込みそうな疲れをふりほどき、真由が席を立つ。背後から「大門」と声がかかり振り向いた。松崎比呂だ。

「やるじゃない。キリさんが八戸で使い物になったかどうか心配してたんだけど」

片桐は「うるせぇよ」と言いながらゆるゆると立ち上がった。

「釧路のほうはさっぱりじゃねえか。お前にあれこれ言われたかねぇんだよ」

松崎が潜めた声でつぶやいた。

「まぁ、そうでもないんです。米澤仁志の周りを洗ってると、工場が全焼したときの話がけっこう出てきます。あの男は火事のお陰で命拾いしたっていう陰口ばかり。その中でも気になるのが、保険屋の動きでした」

「また保険屋か」片桐が問うと、松崎が頷いた。

「失火か漏電か、現場の状況じゃ最後の判断は消防の胸三寸だったらしいんです」

「てことは、保険が下りるかどうか、やばかったってことか」

「保険の免責理由は、重大な過失の有無で、たいがいはそこで争うんですよ」

松崎が気になるのは「火災保険と生命保険がほぼ全額支払われた」ということらしい。

「火災は漏電で、当時の工場責任者に重大な過失はなく、死亡した本人にも生命保険が掛けられています。最終的に火事については免責なしで、死んだ社長の生命保険も全額下りた。受け取り金額は一億五千万円。金額としてちょっと可愛くない数字だし、周囲がやっかみ半分であれこれ言うのは仕方ない。一億二千万は建物と機械、三千万は先代社長の生命保険でした。下りた金は工場再建と仁志の借金でなくなった。けど、工場が抱えていた借金もなくなって、そこからはよほど欲を掻かない限り、商売は楽になったはずなんです」

「焼け太りか」片桐がつぶやいた。真由は松崎が言わんとするところの、保険屋の意味がいまひとつわからない。

「ほとんど争わなかったんですよ。失火か漏電か、実際は判断のつきにくい現場だった。けど、重大な過失を問うにも材料がない。保険会社も支払わざるを得なかったってところでしょう」

「松崎、お前その保険屋知ってるのか」

「代理店の代表者は兵藤郁男《いくお》、五年前に死んでます。今は女房の恵子《けいこ》が同じ保険会社の外交員やっていてひとり暮らし。六十一歳、子供なし」

保険屋ねぇ、と片桐がつぶやいた。真由は、同業者からのやっかみや横槍《よこやり》などはなかったのかどうかを訊ねた。

「そっちはほとんど。米澤小百合は水産加工業者の集まりにも顔を出すし、通す仁義はちゃんと通してる。再建までのあいだ工場を借りた会社にも、金が入ったあとはしっかり礼をしてる。おおよそ小百合のほうには悪い話は聞かないの。おまけに亭主があれなんで、周囲はかなり彼女に同情的だった」

ひょいと顔を上げて、片桐が「お嬢」とこちらを見た。

「今夜はあそこの揚げ物で一杯やりたいな。まだ市場は開いてるだろう、今なら閉店直前の投げ売りやってるんじゃないか」

「完売かもしれませんよ」

「そんときはそんときだ。まぁ、行ってみようか」

片桐は松崎に手を振って会議室から出て行った。松崎が別れしな声を落とし「おっさんのこと、頼むわ」と笑った。

和商市場へ向かって歩く片桐との距離がどんどん縮まってゆく。空はうっすらと蒸気に覆われており太陽はその位置をちいさな輪郭で報せている。湿度は相変わらず高いようだ。八十になった滝川老人が金を軸にして動いていたとは思えなかった。今のところ金に困っていたという事実も浮かんでこない。八戸で彼の来し方に触れた後はなおのこと、事件に金がからんでいる気はしなかった。

和商市場の周囲には小型トラックが列を作って停まっており、そろそろ仕舞いの気配も漂っている。店内に入れば更に、店先の赤札が目立った。魚介類のにおいひとつも、同じ港町だが八戸とは違った。片桐は迷いのない足取りで米澤蒲鉾店の軒先へと歩いてゆく。真由も一歩遅れてついて行く。

「なんか残ってないかね」

片桐が片手を挙げて、エプロン姿の米澤太一に声をかけた。こちらを見た彼の表情は、やはり今日も年齢には合わぬ少年くささを残していた。

「小分けの袋詰めがいくつかございます。よろしかったらどうぞ」

「閉める時間帯に、悪いな。最近なんだかここの揚げかまで一杯やりたい日が多くてね」

太一がありがとうございます、と片桐に向かって頭を下げる。あたりをぐるりと見回すが、売り場に小百合の姿はなかった。

「女将《おかみ》さんの体調、いかがですか」十個入りの袋を持ち上げて訊ねてみる。

「おかげさまで」太一は店頭に残っていた袋をもうひとつのレジ袋に詰めて、片桐にも手渡そうとした。真由はひと袋ぶんの代金を差し出して太一がそれを受けとるまで待った。片桐が財布から硬貨を出して真由の手にのせた。

「ただで頂くわけにはいかないんです」立場上、と言いかけてやめる。立場がどうでも、理由なく他人からものを貰《もら》ってはいけないというのは、希代の教えだ。

ふと、親の教えで身に付いたものと、その身に持って生まれたものの差はなんだろうと考えた。ひと呼吸あとに「無意識」という言葉が浮かび来て、問いがかき消えた。今度は片桐が小百合の様子を訊ねた。

「午前中は売り場に出ていたんですが、二時過ぎに工場に行きました。発送が終わったらそのまま家で休むように言ってあります」

「そうですか、じゃあまた明日にでも寄らせてもらいます」

片桐の言葉に恐縮している姿に、米澤太一が行方佐知子の孫だったことを思い出した。一生会うこともない血の縁に、ふるりと体が震えた。視界の端で、隣の店舗が店先のショーケースに白い布をかぶせた。

挨拶をして建物の外に出る。海側の空がうっすらと桃色になっている。夏の夕暮れはいつものことだが自分の内側にある「迷い」を見せつけられるようで苦手だった。

「女将には、明日じっくり話を聞こうか」片桐が釧路署の門の前で真由を見上げた。

「わたしはこれからでも構いませんけど」

「馬鹿だなぁ、お嬢。ひと晩しっかり寝て、どこから切り込むのか策を練るんだよ。俺らはチームプレーだからな。急ぐときとそうじゃないときの見極めができないようじゃ、お前も一人前とは言いがたいな」

片桐の右手に、アテの入った袋詰めがあった。今日はとりあえず帰って仕切り直せという言葉が途端に説得力を欠いた。ここ数日、自宅に戻っていない。帰ることができるのなら、一度しっかり風呂に入りたい。気に入ったボディソープとシャンプーのにおいだけで、大きく気分を変えられそうだ。

「わかりました。今からだと母を迎えに行けるので、個人的にはありがたいです」

「希代さんは、元気でいるのか」

「今朝の電話では変わりないようでしたが」

片桐は「ふふん」と口をへの字に曲げた。考えてみれば片桐は、希代の様子は訊ねるけれど史郎についてはあまり触れなかった。そこは、片桐なりに気遣ってくれているのだと思うことにした。

ロッカーに入っている荷物や泊まり道具、洗濯物などをいちどバッグに詰め込み、希代の携帯にメールを打った。

――これから帰ります。まだ病院だったら迎えに行きます。

――お疲れのところ、それじゃあ甘えます。ついでに、お父さんに顔を見せてあげてください。

——了解。

ここで史郎に顔を見せることを「ついで」と言ってくれる母親は、案外少ないのではないか。少年係にいた数年で、少年犯罪のとっかかりのようなものは見てきた。しかし母と子の関わりが問題の根深さに大きく関わっていることを、二十代半ばでは腑《ふ》に落とすことが出来なかった。今ならばそれは、根深いわりに単純な心の行き違いだと出会った少年たちに伝えられる。

希代と自分は、血が繋がっていない。あるはずの根元に根がないせいで、甘えも意識的なものになっている。意識しなければ甘えられない——。達観した希代だからこその「ついで」なのかもしれない。母と自分の関係を考えると、造花に水を与えている光景が頭に浮かぶ。答えの出ないことをあれこれ考えるのは愚かなことだと思っていても、考えることで逃げているふしもあるので厄介だった。

日暮れ時の病室で、史郎が背中を起こしていた。窓辺の丸椅子に腰掛けた希代が「来た来た」と史郎の目の前に人差し指を出し、そのまま真由へと向けた。つられるように首を病室の入り口へと向ける史郎は、動きを失った左半身に合わせて表情を変えなかった。真由は立ち止まり、軽く頭を下げた。これでは上司の見舞いに来た部下ではないか。ここ数日片桐と過ごしていたせいか、父との距離が更に開いた気がする。史郎と他人を比較するなにものもないのに、意識は勝手に楽なほうへと流れてゆく。

希代が手洗いに立ったので、丸椅子に座った。ちいさな座布団がのせられていた。真由がランドセルを背負っていたころ母が縫った座布団と同じ、青空に雲のイラストが入った綿生地だ。まだ端切《はぎ》れがあったのか。引っ越しの際に捨てられなかったものを希代がどこに仕舞っているのか、訊ねたこともない。

病室でいつも感じる気詰まりなひととき、真由はぽつぽつと父に報告をする。

「八戸に行ってきました。お母さんから聞いてると思うけど。夜中のフェリーで北海道から出て、向こうで一泊して、また夜中に船で戻るの。一泊四日。今朝苫小牧に着いて、そのまま会議に出ました」

史郎の口元が酸素を探す水槽の魚に似た動きになる。なにか言いたいようだ。頭をほんの少し、父に近づけた。すっかり病院のにおいが染みついた父は、吐く息さえも消毒液を思い出させる。濁音ばかりで聞き取りにくいながらも「収穫は」の単語だけは耳に残った。

「被害者の若い頃からの人間関係が、ほんの少しだけど見えた気がします。集めた情報を繋げると、ちゃんとひとりの人間が浮かんでくるの。若い頃になにがあっての晩年だとか、後悔とか、孤独とか」

言ってしまってから、悔いは真由自身のそれと重なった。史郎に報告することでもなかったし、こんな言葉を使うことで娘として父の若い頃を責めていると思われるのも嫌だ。

「――まえに」

史郎の唇から濁った声が漏れてくる。目と耳を凝らして史郎の言葉を繋いだ。

「目のまえにある情報に、重いも軽いも、ない。偶然も、ない。都合も、ない。発生も消滅も、ない。ものが抱えてきた時間と、向き合え」

「ものが抱えてきた時間と、向き合う?」

いきなり立ち現れた父の言葉を、理解するまでに少しかかった。いま真由が得ている教えは、交通課時代の大門史郎の言葉ではない。史郎は事件と向き合う娘を通して、自由にならない体でなにかをやり直しているのだ。

「お父さん、ものが抱えてきた時間って、なんですか」

濁った瞳が数秒遠くをさまよい、戻ってくる。

「そのとき、その場所に在った意味――だ。被害者にも、加害者にも、お前にも、時間は止められない。唯一時間を止められるのは『もの』だ。そいつが抱えてきた時間を、ていねいに解いて、『犯行』に近づいていけ」

史郎の右頬が持ち上がる。父は笑っていた。

大門史郎の人生は、娘真由の出現で大きく変わった。己が負った終わりなき悔いと、いま父はどう闘っているのだろう。

「わかりました」真由は深く頷き、視線を父の節くれ立った手に合わせた。容易に触れることのできない時間が、その体の内側に流れている。父にとって「時間を止めたもの」とは一体なんだろう。娘を墓に捨てて姿を消した女ではないことを祈った。

希代が病室に戻ってきた。

「今日はずいぶんリハビリを頑張ったから、疲れたでしょう。背中、倒しましょうか」

史郎は濁った音で「このままでいい」と言う。聞き返すことなく「はいはい」と希代が返す。ベッドの下から洗濯物の入った紙袋を引きずり出し、真由のほうを向いた。

「じゃあお父さん、わたしは真由と帰りますね。気が向いたら、これどうぞ」

希代がバッグから一冊本を取り出し、史郎の膝のあたりにのせた。ハードカバーの『小説　織田信長《おだのぶなが》』だった。

「それじゃあ、また明日」

立ち上がった真由に、史郎が右手を持ち上げてちいさく振った。もう少しで見逃すところだった。父が別れ際に手を振るなど想像もしていなかったので、一瞬見間違いかとその顔を見た。左目は皺の流れに任せてとろりとしているが、右目はしっかり娘を見ている。その姿に押されるようにして、手を振り返した。

すっかり暮れた夜のアスファルトに車を出すと、希代がからりと笑った。どうしたのかと問えば「お父さん、可笑《おか》しかったじゃないの」と言う。

「真由が仕事の帰りに寄ったたって、今まで素っ気なかったじゃない。それが、殺人事件の捜査で札幌だ青森だって伝えているうちに、昼寝をしなくなったの。自分も一緒に現場で仕事をしているような気持ちなのかもよ」

昼寝をしないので夜は早めに眠ることができて、日中のリハビリも息切れせずにメニューを消化できるのだという。

「それって、今までの生活習慣が狂ってたってことじゃないの」

「おっしゃるとおり。自分でなんとかしないとどうにもならないことがわかってきたのかも。娘が事件の捜査で走り回っているときに俺は何をやってるんだ、って感じかな」

希代の口調は変わらず軽い。

「お父さん、なんで今ごろ『織田信長』なの」

「わたしが毎日ベッド脇で本ばかり読んでるんで、鬱陶《うっとう》しくなったんじゃないの。そんなに面白いかって訊くから、面白いって答えたのよ。そしたら、そのうち俺にも何か見つくろえって」

雨だれが石を穿《うが》つというのは本当らしい。

「それで『織田信長』なわけ」

「決め手は『なんで俺は信長みたいに五十で死ななかったんだろう』って。本人、倒れたときにぽっくり死ねなかったことを悔やんでるわけ。それならとりあえず読んでもらって、面白くないって言われたら別の本にしようと思ったの」

希代があまりに楽しそうに話すので、死ねなかったことを悔やんでいるという史郎の悲愴《ひそう》感もどこかへ吹き飛んでしまった。久しぶりにする母との会話は、居場所を近くすればしたなりの遠慮と余白がある。改めて、母の突き抜けた言葉に十和田の行方佐知子を思い出した。

「なんだか最近、会う人会う人みんな高齢なんだけど、生きてきた時間に善し悪しなんてないんじゃないかって思うことが多いな。ひとりひとり、自分しか生きる箱がないことをどう折り合うか、一生かけて考えてるんじゃないかって」

希代が「いいこと言うね」と頷き、言葉を続けた。

「経てきた時間しか、その人を説明する方法がないのもたしかなことだよ」

「経験、か」

そうそう、と笑う母の経てきた時間を、自分はまるごと理解できる日が来るのかどうか。住宅街に入り、まだ家々の明かりが点いているのを見てほっとする。捜査はまだ途上にあるが、自分が機械ではないことを確かめられる時間も必要だろう。

洗濯機に史郎の洗濯物を入れたあと少し迷い、ネットに入れた自分の洗濯物も放り込んだ。二度に分けるのは不経済だし、今日は早めに眠りたい。台所では希代が晩ご飯の支度を始めた。

「お風呂の準備、してもらっていいかな。先に入っちゃって、ゆっくりご飯を食べようよ」と希代が言う。「了解」と返した。

洗濯機の唸りを聞きながら、久しぶりに自宅の湯船に身を沈めた。数日の緊張と疲れが皮膚からしみ出てゆくようだ。毎日、父の病室に通う希代のことを考えると、緩急のある仕事と生活のほうがずっと楽に思えてくる。母の生活にはあきらめと解決がない。それだけでもう、一歩も動けない明日が見える。希代にそんな生活を強いている史郎もまた、見えぬ突破口を探し続けている。湯船の中で体をひねり、ストレッチをしながら『小説　織田信長』の表紙を思い浮かべた。本を開いている父の姿がうまく想像できなかった。

ふと、八戸の湿度が舞い戻ってくる。八月に入るともっと気温が上がるのだろうか。骨と皮のようだった行方佐知子の面影を思い出せば、滝川信夫の背景にいた人間をひとりひとり洗いたくなる。

女ふたりの食卓は、ひと手間のみの総菜が並んでいた。厚揚げとナスの煮浸しやタマネギのまるごとコンソメ煮、きゅうりの浅漬けとホッケを半身ずつ。真由が買ってきた米澤の揚げかまは、トースターで炙《あぶ》っただけで皿にのった。

「疲れてるだろうから、素麺《そうめん》にしたよ」

「ありがとう。正直ちょっと胃もたれ気味」

「殺人事件は頭脳と人情の闘いだっていうしね。そりゃ胃だってもたれるわ」

母もまた、同じ職場にいたのだった。希代がなぜ真由を育てる決意をしたのか。理屈ではないところを理屈で証明したいのは、真由の弱さだ。納得ゆく答えがないと、誰とも、何とも闘えないような気がする。

結果的に垣根のないふりが習慣となってしまった母と娘には、何ごともない日々が目標になっていて、その先やその前がすっきりと抜け落ちていた。まるで今しかないような毎日を、大過なく送ることが良いことなのかそうではないのか、考えるとまたおかしな迷路が現れるような気がした。

「へぇ」と返したあと、ひとときおり皿に手をつけた。薄味だが出汁《だし》がきいて、やはり希代の作るものがいちばん口に合う。

「八戸って、今の時期はやっぱり暑いんだよね」希代が素麺を啜《すす》りながら言った。

「蒸し暑かったかな。汗だか湿気だかよくわかんない感じで、毛穴から窒息しそうだった」

「内地のひととは、毛穴の数が違うような気がするけどどうなんだろうね」

「ブラキストン線があるくらいだから、やっぱり人間も多少は違うかもよ」

「最近、なんだか妙に達観したことを言うようになった気がするねえ」

「達観？　そうかな」

「してるしてる。なんか、急におとなになった感じ」

「三十だよ、もう。お母さんのいうおとなって、どこからなの」

希代は少し考えるそぶりをしたあと「年齢じゃあないな」とつぶやいた。

「喜怒哀楽が顔に出なくなるときが境目のような気がしてるけどねえ」

「もしかして、顔に出てた、わたし」

目元に笑いを含んで、希代が「うん」と答えた。ひどく嬉しそうに見える。史郎が本を読み始めたことも、希代の笑顔も、煮浸しが美味しい理由も、みな源流は同じような気がしてきた。

「お父さんやお母さんよりずっと年かさの人とばかり会ってると、不思議な気持ちになるのは確か」

「不思議な気持ちって、どんな」

うまく言えないけど、という前置きと説明のあいだに、皿がひとつ空いた。

「人間一生の仕事って、生きて死ぬことなんだなって。なんだか漠然としているけれど、生きる場所を得て生きることって、案外難しいのかもしれないと思った。一生探し続けるひともそうじゃないひとも、場所って自分で選んで自分で決めないといけないん

「年寄りって、不思議だよ、すんごく」

希代は箸を置くのと同じ静かさでそう言うと、冷蔵庫から麦茶のボトルを出して、コッ、プふたつに注ぎ入れた。

「お父さんの親もうちの親も、四人とも最期《さいご》はみんな同じような達観が漂ってた。あれはいったい何だったんだろうな。お父さんのところは樺太《からふと》からの引き揚げで、早くに親と死に別れ。うちはうちで、佐渡島と津軽から来て漁師町に流れ着いた二代目だったし。わたしもそうだけど、みんな祖父母との時間があんまりなかったひとばかりだったね」

考えてみれば真由は真由の理由で、両家の祖父母との行き来がないのだった。注がれた麦茶を一気に飲んだ。何ごともないことをゴールにすえた、母と娘の潮目だった。

「両家のふた親、最後のひとりをあと数日で看取るってときね、介護ばかりの毎日もこれで終わるんだなって思ったの。もう、嬉しいとか悲しいとか、よくわかんなくなっててね。そんなとき、明日か明後日が峠っていうひとがかさかさした声で『これで良かったのかもしれない』って言ったの。何を指しての『これ』なのかは言う力が残ってないんだから、言われたほうは困っちゃうよね」

「かもしれない、が付くんだ」

「そうなの。本人はなにかに納得してるわけ。みんな二代前との縁が薄くて、達観した人間から何かを倣《なら》うってことがないひとばかりだったなって、最近気づいたんだよね」

「気づいたってことは、ずっと考えてたってことなんだよね」

「無意識に、たぶん。だからさっき真由が言ってた、生きる場所を得て生きることの難しさって、言葉にするまでに時間が掛かることなんだよ。どうして歴史の上に言葉が生まれたのかって、誰かの歌詞にもあったじゃない」

「ああ、椎名林檎《しいなりんご》だ、それ」

高校時代に好きで聴いていたアルバムを、母が覚えていることが意外だった。

「なるほどなぁって思ったことがある。本もいいけど歌もいいなって思った。あのとき」

淋しいのはお互い様で正しく舐《な》め合う傷は——と歌詞は続いた。希代が傷を舐め合っているのは史郎なのか、それとも真由なのか考える。言葉があるのだから言葉にすればいいのだ。ただ、なにが正しいのかがわからない。だからあれこれと考える。ならば、と使った器を重ねながらちいさくため息を吐いた。

いま言わねばならぬことをあえて言葉にしないことで、損も得もしない結果を無意識に選び取るのが「おとな」なのか。「これで良かったのかもしれない」が、希代の内側でどんな変換をされたのか訊ねることはできなかった。

ふたりで居たれどまだ淋し、か。

使った食器を洗い終え、真由は胸奥で「他ト我」の四行をつぶやきながら、テレビの横に立った。ディスクを滝川信夫が録画していたものに替える。希代は眠くなるまで、と言いテレビの前にあるソファーに腰を下ろした。手には見慣れた歌集と詩集があった。

表示された旅番組の録画時間を足すと五時間になる。ざっと目を通してはいたが、今日は滝川信夫の目に留まったと思われる画像を絞り込み、釧路と八戸、あるいは行方佐知子と米澤小百合に意識を絞って見るつもりだった。見たい箇所は、はっきりしている。和商市場の特集だ。

画像を早送りして、釧路特集で標準速度に戻した。「いただきます」と言いながら若い女性リポーターが市場内に入っていった。半袖のTシャツにジーンズ姿だ。夏の撮影らしい。甲高い声で「見てくださいよ」と「わぁ」を繰り返し、和商市場の通路を進んでゆく。

カメラが米澤蒲鉾店の店先に据えられた。売り場に並ぶ揚げ物を映したあと、リポーターが新作の野菜の揚げ蒲鉾を口に入れる映像へとかわった。

「プリプリです、最高です」叫ぶように言葉を並べる彼女の隣に、米澤太一がいた。

「こちらは、米澤蒲鉾店の三代目、米澤太一さんです。昨年までアイスホッケーの全国強化選手のおひとりだった太一さん、今はお母様とおふたりでこの蒲鉾店を切り盛りされています。こんにちは、今日はよろしくお願いします」

「こちらこそ、よろしくお願いします」

画面でリポーターの紹介にはにかむ太一が上半身の大写しになる。黒いTシャツにエプロンをかけた腹のあたりに「米澤太一さん」のスーパーが入った。

「今日もたくさんの観光客のみなさんが、この米澤蒲鉾店を訪れています。お目当ては」

そこまで言ってリポーターが左手に持った揚げ蒲鉾の残りを口に放り込んだ。

「これです、この味。北海道の新鮮なお野菜をふんだんに練り込んだ、米澤蒲鉾店の『揚げかま』です。実はこのアイディアは三代目の太一さんのもので、お母様の小百合さんとおふたりで試行錯誤の末に商品化したものです。太一さん、これは和商市場でも大人気なんですよね」

太一が、緊張した面持《おもも》ちで答える。

「蒲鉾工場は朝が早いので、売り場を閉めたあとで工場に戻って母が野菜を刻んで僕がすり身の準備をするという感じでした。晩ご飯を兼ねて毎日こればかり食べてましたけど、魚と卵、野菜が入っているので栄養バランス的には良かったんですよね」

「毎日作って毎日食べてというねばり強い繰り返しが、ヒット作を生んだわけですね」

「ええ、いや、まあ」と太一がはにかむ。

リポーターの口調がおずおずとしたものに変わった。

「作りたてを食べてみたいんですが、お願いしてもいいですか」

「はい、ぜひ」太一が揚げ物のブースに入ったところで、カメラが米澤小百合を映し出した。上半身の画像と、腹のあたりに表示された「母　小百合さん」を凝視する。

「頼もしい息子さんですね」

「ありがとうございます」

小百合の控えめな気配が画面いっぱいに映し出された。リポーターの左側に立ち、なかなかカメラとは目を合わせずうつむき加減だ。

「太一さんがホッケー選手を引退されてから、おふたりで商品開発と伺いました。大変だったんじゃないですか」

「大変ということはなかったです。なんでもじっくりと取り組む子なので、横で野菜を刻んでいるのはあんまり苦にならなかったです」

「母と息子の苦労の結晶ということですね」

切り返しの言葉が思い浮かばない風の小百合は、「はぁ」と薄い表情でリポーターの方を向いた。

真由は右手に持ったリモコンの、一時停止ボタンを押した。停止画像は、小百合の左横顔を映している。画像を十秒前に戻すボタンを押す。小百合のコメントの途中から再度動き始めた。そして、リポーターの振りにぎくしゃくと答える小百合——。

太一と揃いの黒いTシャツにエプロン姿、年齢の垣間見える首筋に、かすかだが引きつれた白い線がある。何度もその場面を繰り返している真由の横に希代もいる。

これだ——。

首筋と耳に残る傷痕。旅雑誌の片隅を飾った「米澤蒲鉾店」の紹介記事とふたりの写真。

リポーターはいっさい米澤仁志の話題には触れなかった。画面に同情をあおる情報がないのだ。そのせいで視聴者は、この母と息子に対する印象に微《かす》かな憐れみが混じることに気づかずに済む。カメラはさっと新商品へと移った。考える隙を与えない映像に、欺瞞《ぎまん》が浮かび上がる。

チェックを終えてメモをまとめたあと、大きく伸びをした。希代も本を閉じた。そろそろ休もうかという気配が居間に漂う。ふと、病室で見た父の姿が過ぎった。

ものが抱えてきた時間と向き合えば、いつどこで何がどう動いたかがはっきりするのではないか——。

「うちのお父さんって、かなり優秀な刑事だったかも」

「かもじゃなく、優秀だったんだよ」娘の言葉の意味も問わず、希代がけらけらと笑った。

翌日午前十時、米澤蒲鉾店の店先に小百合の姿を見つけたとき、意識せず声が漏れた。片桐が「あ」って何だ、と訊ねてくる。先入観なのか無意識か、行方佐知子の面影が過ぎった。感傷が先立つようでは、と己を戒める。

「やっぱり、似てるな」

片桐のつぶやきが更に目の前の母と息子を別なものへと変えてゆく。毎日晴れても降っても体を動かしてきた母と、ひとつ夢破れたあとの息子が狭い売り場で立ち働いている。

滝川信夫は、ここでひとつの夢を見たのではないか——。

それは滝川が八戸を去ったあと、踊り子キャサリンが送ったかもしれない平穏な生活だ。小百合の姿を見た彼の胸いっぱいに、キャサリンが子供を手放したのち新たな家庭を築き、幸福な老後を得たかもしれぬという想像が広がったのではないか。想像は小百合の立ち働く姿でいっそう輪郭をつよくしただろう。ここは、誰のことも守れなかった男の長年の悔いを言葉に出来る場所、あるいは着地点ではなかったか。

両拳をきつく握り、情に流されそうな心もちを無理やり引き上げた。「行くぞ」片桐が売り場へ向かって歩き出す。真由もあとについた。

あと数歩というところで、太一がこちらに気づいた。片桐が右手を挙げた。昨日と同じ市場のにおいも、午前と店じまいの時間帯では少し印象が違った。観光客にかける声と同様、早朝ならばもっと新鮮な気配がするのだろうか。いまは朝食目当てから昼飯時へ、客層が変化する時間帯だ。通路をゆく客の背中やつま先に、急いた感じはなかった。

小百合も片桐と真由に気づいたらしい。化粧気のない顔に硬い笑顔で頭を下げた。気づくと片桐がもう店頭を物色していた。

「やっぱりこの時間帯は品数が多いねえ。昨日買ってったやつは、あっという間に食っちまった。風呂上がりの一杯には練り物がいちばんだね」

小百合は無表情のまま何度も頭を下げる。真由も知らず腰を折ったり頭を振る。太一はというと、揚げ物のブースに入り油の様子を見ている。刑事ふたりと母とのやりとりを離れた場所から観察しているようでもある。不意に目が合い、一瞬浮かべた戸惑いの表情が笑顔へと変わった。

「息子から聞きました。昨日もお買い上げいただいたそうで、ありがとうございます」

「いや、旨《うま》いもんは旨いからね。俺はすっかりこの店のファンになってるから」

生姜《しょうが》の味が良かったという話をしていた片桐が、ところで、と語調を変えた。

「ちょっとお時間いただけませんかね」

「今日ですか」小百合の表情が陰る。

「できればこれから、お願いしたいんですが」

ゆるゆると背後へ首を曲げた母を見て、太一がブースから出てきた。どうかしたのかと問う姿は、若き経営者だ。片桐がすまなそうな口調で告げる。

「これからお母さんに小一時間、お時間いただけたらと思いまして」

「父のことでしょうか」ほんの少し表情が硬くなる。

「いや、それとは別の話です。先日話した、こちらの顧客の」片桐が語尾を濁す。

「どうぞ。売り場は僕がいればなんとかなりますから」

でも、と躊躇《ちゅうちょ》する母親に「いいから」と頷く。

「わかりました。工場のほうでよろしいですか」小百合は、仕方ないという表情を隠さない。

「ありがとうございます」

太一が母に、そのまま売り場に戻らず発送作業に入っていいと告げた。息子の言葉を素直に聞いている小百合の姿は、わかりやすい幸福のかたちをしている。頼もしい息子を得た母の顔だ。おそらく滝川老人も、この光景を目にした。真由は意識的に滝川信夫の部屋や、北原白秋の詩集、八戸の景色と行方佐知子の姿を思い浮かべた。

息子と母のやりとりに決定的に欠けているのは、父親の存在だ。しかしここに米澤仁志がいても、彼に居場所はない。父親は最初からいないものだったのではと思うほど、隙間のないふたりの姿はいびつで、それゆえ必死になにかを整えようと懸命に見えた。

「先に行って、工場の鍵を開けておきます」

金庫の隣にあった巾着袋《きんちゃくぶくろ》を手に取り、小百合が売り場を出た。太一にひとこと挨拶をしようと思った矢先、店頭に三人組の客が並んだ。片桐と真由は押し出されるような格好で、居場所を移した。

ひとあし遅れて工場に着くと、すでに小百合が事務室で椅子を並べて待っていた。あまり陽光の入らぬ建物は、いつやってきてもどこか冷えた気配が漂っている。直射日光を避けるために位置が高めに取り付けられた窓からは、ようやく日中であることがわかる程度の光しか入ってこない。コンクリートの床は洗い流され今日も濡れていた。乾きらない床は、米澤蒲鉾店が毎日稼働している証《あかし》だ。機械以外に金をかけたふうもない工場だった。

水と油と魚。混じり合うにおいが、いまひとつ正体の摑めない事件を物語った。

「いつもこんなところで、すみません」

最初に訪れたときと同じ配置で椅子に腰を下ろした。座りしな片桐の視線が真由に向けられ、その首がちいさく前後に動いた。「おまえがやれ」ということらしい。

真由はこちらを見ている小百合の、澄んだ瞳の向こうを覗く準備をする。小百合の瞳がどう動くのか、片桐と自分のふたりで見届けなければならない。この緊張には、別の緊張でしか蓋ができない。

　無念――。

　その二文字を胸の奥で何度も唱えた。そうしていなくてはここにいる意味が薄れてしまう。十和田の老人ホームで、むせかえるような夏を眺めている行方佐知子を想像するが、それは無念とは違うかたちで頭に浮かんだ。彼女には徹底された孤独があった。行方佐知子が自ら選び取った孤独は、終末にあってなお光り輝いていた。

　いま自分たちが抱えている無念は、旅先で命を絶たれた滝川信夫のものだった。

「八戸へ行ってきました」

　静かに切り出した。あぁ、というため息に似た声が小百合の口元から漏れた。

「先日伺ったお話と、滝川信夫さんの来し方を合わせ、現時点でわかっていることがいくつかあります。お伝えして、再度伺いたいこともあります。いいでしょうか」

「ええ、どうぞ。かまいません」

　どこかあきらめを含んだ表情には、実際の年齢より深い皺が刻まれている。ふとしたときに目に入る、首筋と左耳の傷は母親が投げた湯呑み茶碗の欠片がつけたものだ。幼い彼女を病院に運んだ滝川信夫の、半世紀を超える悔いだった。

「被害者の滝川さんが生まれ育ったのは青森でした。二十代に入ってから移り住んだ八戸で、小百合さんの母親に出会ったと思われます」

「母親、ですか」

「はい、行方さんという名字と滝川さんのお名前が重なる土地が八戸でした」

そうだったんですか——小百合が一度言葉を切った。真由は彼女の次の言葉を待った。数秒後、米澤小百合は首をちいさく横に振った。

「驚きました。会いたいとは思わないもんなんですね。生きているかどうかを訊ねかけて、なんだか昔観たテレビ番組みたいって思ったら、気持ちが静かになっちゃって」

しらけるという言葉が使われないぶん、この女は正直なのだった。娘にとって「関係のない人間」の棚にあるゆえに、行方佐知子——キャサリンの孤独が決定的になる。

手放した娘の人生を訊ねない母親、その母が生きていても格別会いたいと思わぬことに驚いたという娘。津軽海峡が分かつ情に、安堵している自分がいる。自分を産んだ女も、想像できないほど遠くにいてくれれば、と思う。そこが生き死にのどちらでも構わなかった。

「そういうことも、あると思います」

顔を上げた小百合の口元は相変わらずリップクリームも塗られていない。けれどその表情をたぐり寄せてゆくと、白い顔に真っ赤な口紅姿のキャサリンが過ぎる。自分がいったい誰に似ているのか、知るのは厄介なことだ。

「刑事さんにはもっと責められるかと思いました。なんだかちょっとほっとしました」

「わかりやすいことに流されないのが、良くも悪くもわたしたちの仕事なんです。でも、全部が全部そうだとも限らなくて。だからこうして直接お目にかかってお話を伺うことが大切なんです」

そこまで自分の目と耳を信じていいのかという疑問を、慌てて振り払った。

「わたしは、太一がいくら可愛くても、見たこともない自分の親にその気持ちを重ねることができません。けど、この年になるとそんなに悪い人生だったとも思わないんですよ。ほとんどが終わったことになってるんです」

彼女の言う「終わったこと」の中に夫の仁志が含まれているようで薄寒くなる。

「母親の行方佐知子さんは、ご存命でした」声の調子が変わらぬよう気をつけながら言った。

「そうですか」小百合の声も変わらない。一拍おいて、彼女が続けた。

「やっぱり、会いたいというのとは違いますね。なにか違う。ああそうか、という感じです。すみません」

真由は小百合の反応に安堵していた。片桐がポケットを探り始めた。真由は肘をつき、禁煙の貼り紙を示した。片桐が斜《はす》になった体をもとに戻した。

「いやあ、よく似てらっしゃいます」

意味をはかりかねている小百合に向かって、片桐がもう一度「女将さんは、お母さんによく似てます」と追い打ちをかけた。コンクリートの床が、夏を冷やしてゆく。冷えた夏が、ひとの内側にまでしみ込んでゆきそうだ。似ている、と言われた小百合は、手入れもされずにぼそぼそとした眉を寄せ、不快でもはにかみでもない顔を見せた。不意に「この顔だ」と思った。

米澤小百合は、ひとの同情を一瞬でかき集めて、周囲にある感情を束ねてしまう。ひと絡げにされた「同情」は、彼女の視界に入らないまま山積みになっている。彼女は、ひとの同情に気づきもせずに生きてゆける。

ありがたいと口にしながら何度も頭を下げられる鈍感さを、生きる力と呼ぶのなら、目の前の彼女は生命力の塊《かたまり》だった。なにも放り出さぬ代わりに、なにひとつ内側へと取り込まない。自ら傷つきもしないし、他人を傷つける自覚もない。先代に見込まれ、見たこともない男と所帯を持ち、とうに破綻した一家のなかで大きく感情を揺らすこともせず、ひとり息子を育てた女だ。感情を表に出せば、ひとの感情に振り回される。そういったことを、生まれながらに知っている。

米澤小百合は、自分が生きることにしか興味がない――。

一見違う印象を受ける母と娘だが「孤高」という点でそっくりだった。逆方向を向いているように見えて、その立ち位置はぴったりと重なり合っている。

「似ていると聞かされても、今までなかったものをいきなり在ることにはできないものみたいです。どこかで元気でいるのなら、それでいい気がします」

「そんなもんですか」片桐がひとりごとめいた口調で言った。

「そんなもんですよ」そこだけ笑いながら、小百合が続けた。

「記憶にないんです。いくら想像でも、ないものを作るのは無理です。わたしは、目の前のものだけで手いっぱいでした。昔も今も、同じです」

見たこともない産みの母を背景に置いて、希代との関係を静かなものにしている自分もまた、己の中の鈍感さを武器にしているのかもしれない。片桐がほうと頷いた。

「亡くなった滝川信夫さんは二十代の一時期、八戸の行方佐知子さんのそばにいらっしゃいました。彼女が仕事をしているあいだ、子供や身の回りのお世話をするという生活が数年あったようです。そのお子さんが、小百合さんというところまでわかりました」

「八戸の、その人はどんな仕事をしてたんですか」

濁りのない瞳で小百合が訊ねた。真由はひととき迷いながら「地方劇団の座長」という言葉を使った。

「お芝居をするひとだったんですか。どうりで」

「どうりで、と仰いますと」

「化粧が苦手な理由、なんとなくわかった気がして。なるほどなって」

「八戸での記憶はないんでしたね。養父の加藤千吉さんからも何も聞かされていませんか。どんなちいさなことでもけっこうです。ここ数日で思い出したことはないでしょうか」

真由は彼女が傾げた首筋にある傷痕を見た。失礼なことを、と前置きして耳と首の傷について触れた。

「その傷を負った際に、抱きかかえて病院に運んだのが滝川信夫さんだったそうです」

「この傷ですか」小百合の荒れた指先が左の耳から首筋へと流れた。

「はい。そのときのことは、行方佐知子さんがよく覚えておられました。その怪我《けが》のあと、手放されたということでした」

「理由は、なんだったんでしょうね」

さして興味もなさそうな口調は変わらない。娘の運を信じたという言葉が、この状況で彼女に真っ直ぐ響くような気がしなかった。どう伝えようか迷っている真由の横から、片桐がひょいと上半身を前へとずらし言った。

「娘の運を信じたかったって、おっしゃってましたよ」

「警部補——」椅子から腰が浮いた。片桐が驚いた様子で真由を見上げ「どうしたんだ」と問うてくる。どうしたもこうしたも、と言いかけたところで小百合が立ち上がった。

「気づかずすみません。麦茶くらいしかないんですけど。いま取ってきます」

彼女が事務室を出て見えなくなったところで、真由は自分でも驚くくらい低い声で言った。

「どういうつもりですか。似てたことも、母親の言葉も、もうちょっと順を追って」

「こっちが吐き出さないで、相手が吐くと思うな」

真由の言葉を遮る片桐の、つよい口調に怯《ひる》んだ。

米澤小百合の口から語られないことの多さに、身構えている自分がいるのだった。彼女はまだ、こちらが聞きたいことの十分の一も語っていない。真由が彼女に語らせるだけの働きをしていないということだ。

事務室に戻ってきた小百合の手に、麦茶の入った冷水ボトルと紙コップがあった。彼女は机の上にコップを三つ並べ、麦茶を注ぎ入れた。

「お気遣い、ありがとうございます」

「いいえ」彼女は再び椅子に腰を下ろした。

話の接《つ》ぎ穂《ほ》をあれこれ考える。しかし真由の態度が硬いという片桐の指摘に、うまい言葉が見つからない。八戸で手に入れたカードをシャッフルする指先に力が入っていないかどうかを問われていた。

真由は腹をくくった。

「行方佐知子さんの証言で、たいへん興味深いことがわかりました。小百合さんには、ごきょうだいがいらっしゃいますよね」真由は肺に残った息をすべて吐ききった。

「きょうだい、ですか」小百合は、母親の話をしていたときより更に乾いた声だ。

真由はそれが姉であるとも妹であるとも、また男女の別も口にしなかった。昨夜からずっと考えていた、一切の情報を与えないという今日いちばんのつよいカードだった。真由にとって、彼女が母親の存在に心揺れないことは想像の範囲内だ。姉ならどうだ、という思いを静かに投げかける。

小百合が軽く首を傾げて紙コップを持った。喉へと流し込む際に伸ばした首筋には引きつれた傷がある。傷の理由も、滝川信夫にも、母親にも興味を示さない女は真由にとって決して驚異ではない。自分もやはり、産みの母親になんの感情も持てない。少し調べればわかるはずのことすら、手をつけずに放ってある。存在を肯定も否定もしないことで、関係の希薄さを確かめている。

きょうだい——それきり小百合の言葉が途切れた。

「なにか記憶に残っていることはないでしょうか」

彼女は「きょうだい」と二度つぶやき、「い」の音をじりりと下げた。心あたりがあるのかないのか、その様子からはまだなにも伝わってこない。

「加藤千吉さんは、ご存じだったと思うんですが」

「養父は、きょうだいの話はいっさい。先日お話ししたように、わたしが実の子ではないということも死んだ時点でわかったことで」

あ――、小百合の口元が丸く開いた。

「戸籍を取り寄せたときに一度見ました。女のひとの名前だった気が」

そう言ったきり彼女はぽっかりと開いた口を閉じもせずに真由を見た。彼女は大門さん、と言ったあと数秒おいて、続けた。

「わたしなぜこんなことを、今まで気にもせずにいられたんでしょうかね」

そのまま黙り込むしかなくなった真由の横で、沈黙を破ったのは片桐だった。

「顔も存在も認識できなければ、記憶から抜け落ちても仕方ないんです。記憶にも手がかりが必要らしくてね。女の名前だったことは思い出せても、その名前が出てこないのはよくあることです」

「そうでしょうか、我ながらひどい話だと」彼女はまた言葉を切った。

「わたしは、なんとなく」

わかります、と続けてしまいそうなところをぐっと喉の奥に押しとどめる。

「興味がなかったんですよ、たぶん」片桐が言った。

「興味のあるなしというより――母親にそっくりな口調で小百合が返す。

「単純に、自分のなかに面倒を増やしたくなかったのかも」

真由は自分の目蓋が最大に開いたところで「ええ」と返した。

真っ直ぐに帰宅するのをためらう気持ちが、真由を北浄土寺に立ち寄らせた。和尚への土産《みやげ》は、和商市場で買い求めた米澤蒲鉾の揚げかまだ。道場では弟子たちが稽古をしており、煌々《こうこう》と明かりが漏れている。真由が着替えて礼をしたところで、和尚がやってきた。

「事件で忙しくしてると聞いたぞ」

「ちょっとお手合わせをお願いしようと思いまして」

「では、そいつで一杯やる前に、ひと汗かこうか」

いつもより少し重たく感じる竹刀に、背骨を整えてもらう。和尚と向き合うと、稽古中の弟子たちがふたりを遠巻きに囲み、散った。和尚から真っ直ぐに振り下ろされる面は、防具の上からでも充分痛かった。なにひとつ決まらない。敵《かな》わぬ相手がいることが、これほど嬉しく思える日もなかった。

稽古を終えて床を磨き、帰る準備を整えた。希代はもう、食事を終えたろうか。背後から和尚が真由を呼んだ。

「希代さんは、疲れてないかな」

「大丈夫だと思います」

「大をつけるほど、丈夫でもなかろう。史郎は相変わらず偏屈のままか」

「はい。たぶん」

快活に笑う声が、床や壁に跳ね返って響いた。

「あいつのお陰で、いちばんの偏屈と呼ばれずに済んでいたのになぁ」

真由は昨日の父とのやり取りを思い出した。大門家が経てきた時間を冷静に見続けることで、そのときどきの悔いも喜びも、この和尚が引き受けているような気がする。自分たちが均衡を保てている親子関係の根幹に、和尚の決断があったのではないかと思うのだった。

和尚、とその柔和な眼差しに訊ねた。

「三十年前、大門の墓の前でわたしを見つけたとき、何を思われましたか」

さてなぁ――和尚の目が遠いところを眺めている。

「父と母に、敢えて険しい道を選ばせたのは、なぜですか」

責める響きにならぬよう気をつけながらそう言うと、なぜか体が軽くなった。ひとつひとつの毛穴から、疲れが外へと染み出てゆくようだ。和尚は表情も声も変えずに短く言った。

「そういう道の真ん中でしか、育たぬ子がいるものだ」

「どういう意味でしょうか」

――捨てられても抱き上げられても泣かぬ子の、行く末を見守りたかったんだろう。

自宅へと走らせる車の中でも、和尚のひとことが耳を離れなかった。

8

米澤仁志の勾留が終わった。取り調べにおいて、仁志が個人的に滝川信夫と接触した形跡はなかった。被害者との接点が妻のみで、素行が悪いだけでは送検できない。小百合の迎えで仁志がおとなしく自宅に戻ったことも、捜査員の士気を削いだ。片桐と真由は引き続き、米澤家を張り続けることになった。

「なんだねぇ、あの男は」片桐が車の窓を開けて、煙を外に向かって吐き出した。

「だらしないし情けないし、金ない情もない、誠意もないのないないづくしだ」

米澤家の建物は、木造モルタルで築三十年は経っている。太一が生まれた頃か、小百合が嫁いできた頃か、どちらにしても、先代が息子と嫁のために建てたものに違いない。

自宅家屋から十五メートルほど離れた、空き家の駐車場に車を停めていた。エンジンを切っているので、閉めきると呼気が充満し、窓を開けると蚊が入ってくる。古い住宅街にぽつぽつとある空き家は、いずれも放置され雑草に囲まれている。

「俺たちが想像つく範囲じゃあなかったってことかい。決め手がないとはこういうことか」

「手がなければ、尻尾《しっぽ》を摑むしかないんでしょうね」

「あの家はみんな尻尾だらけで、どれが本物かわからないな」

片桐が車の窓を閉めたいというのでキーを傾けた。鈍い音をたてて閉まりかけた窓から、蚊が一匹車内に入ってきた。片桐が自分の手の甲まで寄ってきた蚊をぴしりと打った。

「いい音させますね」

「俺ぁ、体を叩く音は嫌いだな」

親に叩かれて育った世代からは、ときどきそんな言葉を聞いた。叩く人間になる者もいれば、叩けぬ人間にもなり得る。子育てには公式がない。昨夜、和尚が言っていたことを思い返す。

「大門さんは、ひとり娘を叩いたことがあるのか」

「いいえ、ゲンコツはたいがい母の役目でした」

「お嬢が親に叱られる原因ってのは、何だったんだ。その家によって一定の方向ってのがあるだろう。親も子も人間だからな」

米澤家の建物から視線を外さず、幼い頃に希代が娘に手を上げざるを得なかった状況を記憶から引っ張り出した。

「躾《しつけ》の範囲ですね。肘をついて箸を持ってはいけないとか、謝るべき場面でいいわけをしたときとか。すぐに反省できなくても、次のチャンスがあったのは親だったからかもしれません。母は、わたしが同じことで二度叱られなければ、あとは褒めるひとです」

「ああ、やっぱり希代さんだなぁ」

片桐の声が柔らかくなった。そこに煙草の煙があったなら、いつまでも彼の鼻先で燻《くすぶ》っていそうだ。通りに面した米澤家の窓は、レースのカーテンも開かない。時計は午後三時を回ろうとしていた。和商市場ではそろそろ太一が店じまいの準備を始める頃だろうか。今日の発送は彼が売り場でやっている。ふと、数日頭の隅に引っかかっていたことがようやく疑問として浮き上がった。

「なに難しい顔してんだ、お嬢」片桐が声を低くする。

「いや、どうして小百合と太一は、人を雇わないのかなと思いまして」

「工場にはふたりのほかに、従業員がいるんじゃないのか」

「早朝に野菜や魚を処理するパートタイマーを三人雇ってはいますけど、先代から引き継いだ職人さんが引退したあとは、生産の仕事はほとんど母と息子のふたりでやっています。正月用の飾り蒲鉾の技術は小百合が引き継ぎ、新商品の開発は息子が力を入れてるんです。規模的にたいへん理想的な経営だと思っていたんですけれど」

「けれどなんだ」

空にかかった厚い雲の層がわずかに薄くなる。上空には風が吹いているらしい。

「母親の体調が思わしくないここ最近、和商市場にひとり売り子を入れれば、太一の動きは格段良くなるはずだと思ったんです。それをしないのは、なぜだろうと思って」

「ふたりで乗り切れるところはなんとかしたいんじゃないのか。孝行息子の名前を上げるには、他人様《ひとさま》によく見えるところで働くのが手っ取り早いだろう」

「そういう見方もありますか」

「最初からそうだったろう、あの親子は」

なるほどそこか、と腑に落ちた。百人いたら百人に好かれることも嫌われることも、生きている人間には難しい。

「誰かが手をさしのべたり、大変でしょうと気遣ってくれたときしか動き出さないのは、甘えでしょうか」

いいや、と片桐が首を横に振った。

「あの母と息子にとって、売り場も工場も、仁志を捨てないあの家もみんな、俺にはふたりのための舞台に見えるんだよ」

片桐は横顔を見せたまま、続けた。

「いい人やってると、いい人に見えることがゴールになるだろう」

片桐は小百合と太一が互いをゴールにして「見せる親子」になっている、と言う。

「無意識ってえのは、本人もどうにもならんところだしな」

「無意識なんでしょうか」

「じゃなけりゃ、父親はとうに捨てられてるだろうよ」

そんなもんですか、と言いかけた視界で、なにか動いた。通りに面した米澤家の一階テラス窓に、人がいるようだ。レースのカーテンが左右に揺れたかと思うと、いきなりレールからちぎれるように外れた。室内は暗く、窓際に立つふたりの人間の背中と髪の色が、フレームの中に浮かび上がった。

「なにやってんだ」片桐の声が高くなった。

次の瞬間、家の中から何かが飛び出した。真由たちが確かめるより先に、割れた窓ガラスのそばから小百合が離れた。

「お嬢、行くぞ」

片桐はあわてることなく、まるで今到着したといわんばかりに助手席から出てゆく。真由もその背中を追った。

片桐は落ち着き払った足取りで米澤家の玄関前に立ち、チャイムを押した。真由は息を詰めてそれを見ていた。二度押して十秒ほどで、ドアが開いた。中から顔を出したのは、米澤小百合だった。小百合の背後から、仁志が近づいてくる。小百合は顔を下に向けたままだ。片桐の言葉を借りれば、ふたりは横暴な夫と従順な妻をうまく表現できている。

「や、どうもどうも。奥さん、片桐です」

「どうも」と言ったあと、彼女はなにに向けてなのか「すみません」を繰り返した。

小百合は顔に垂れていた後れ毛を耳にかけた。こうして改めて眺めていると、小百合は常に舞台に出ずっぱりだった。息子と母、夫と妻の幕間《まくあい》でこの女はいったい何を考えているのだろう。

仁志は勾留中とは色違いのジャージを着ていた。片桐と真由を見たあとは、口元がいいわけのために尖っているのがわかる。抑えていた怒りが再燃したのか、右手で小百合の肩を小突いた。

「物音がしたところに通りかかったもんだから」片桐が見え透いた嘘《うそ》をつく。

「窓ガラスが割れたようですが、お怪我はありませんか」真由もそれにつきあう。

小百合は顔を上げずに腰を折る。謝罪を繰り返す彼女に片桐が言った。

「窓、あのままにしといたら、蚊が入ってきますよ。危ないから、割れたガラスの片付けを手伝いましょう」

仁志はふたりが現れたタイミングの良さに気づいたようだ。家に上がり込む好機を狙っていたと思われても、ここは仕方ない。

「お怪我はないですか」

再び訊ねると「はい」と短く返ってくる。ここは、ガラスが割れた経緯については訊ねないのがいいだろう。さっさと家の中に戻った仁志とは逆に、小百合は少し迷った様子だったが、片桐の図々しさが勝った。

「散らかしておりますが、どうぞ」

「いや、突然すみませんね」

あの、と仁志の様子を窺いながら小百合が訊ねた。

「刑事さんたちが家の周りにいるということは、うちの人はまだなにか疑われているんでしょうか」

「いや、たまたま近所にいただけです」

それきり彼女は自宅周辺の張り込みについては問わなかった。小百合が持った疑いは少しも晴れない。

通された居間には、板の間に毛足の短いカーペットが敷かれていた。座卓には、昼間から焼酎の瓶とコップがあり、壁際に置かれたカップボードの中にはメダルや楯《たて》がひしめいている。敢闘賞には太一の名前が、金銀のメダルにはアイスホッケーのチーム名が彫り込まれてある。

カップボードは、嫌でもこの家に在った長い「父の不在」を伝えてくる。目の前で昼間から酒をあおる男は、必要とされていない自分の置き場所を探しては外で金を遣う。わかりやすい穴から穴へ、それぞれが自分を落とし込んでいるような気さえしてくる。

「まだ俺になにか用があるのかよ。印鑑なら、引き出しに戻したぞ」仁志は寝転んだままの姿でこちらを睨《にら》んだ。

「いや、用があるのは奥さんのほうですから」片桐がするりと答える。

「俺の次はこいつか。この女なら、なにをやってたっておかしくないだろうよ」

小百合は窓際でこちらに背を向け、ガラスの破片を拾いながらさして感情もこもらぬ声で「すみません」と言うばかりだ。確かに忌々《いまいま》しい刑事たちの来訪だが、一見正反対に見えるこのふたりの対応は、協力的でないという点で一致していた。

足下が危ないので窓際には近づかないように、と小百合が言った。真由は玄関にとって返し、スリッパを二足手にした。タオル地のスリッパは、ここ数年の湿気を吸い尽くしたのではと思うほど湿っており、この家では仁志ほどに出番がなかったことを窺わせた。

「危ないですから」と近づき、小百合に一足手渡す。小百合は「あぁすみません」と面倒くさそうにスリッパを受け取った。

真由が手渡したスリッパを履いて、彼女は作業を続けた。窓辺に散ったガラスの破片は、手に取れるものは床に広げた新聞紙の上にのせ、わずかな光に反応する破片は掃除機で吸い取った。親指大の破片をふたつ三つ新聞紙にのせるくらいしかすることのなかった真由も、小百合の淡々とした横顔には声をかけるのをためらった。片桐はふたりの様子と仁志を観察しているようだ。真由は先ほどからずっと座卓の前に突っ立ったままの片桐と、不用意に目を合わせないよう気をつける。

「お怪我はありませんか」

掃除機のコードを収納し終えた小百合に声をかけた。小百合は上目遣いにこちらを見て、ため息まじりに言った。

「わたしに用って、なんでしょうか」

小百合の視線を、出来るだけ柔らかく受け止める。

「今日は、発送を太一さんに任せたんですか」

小百合は「ええ」と短く答え、大きい業務用の掃除機を持ち上げた。ずっしりとした重みが、こちらにまで伝わってきそうなくらい肩が下がった。真由は自分の口から出てきた意味のない言葉に失望する。

「おふたりですべて対応するのは、大変そうだなと思っていたものですから。差し出がましいことを、すみません」

「いいえ、別に」

座卓の向こうで寝っ転がっていた仁志が「お前ら、たいした用がないなら出て行けや」と怒鳴った。小百合がちらと夫を見て「すみません」と頭を下げた。掃除機を台所の隅に置いて戻ってきた小百合が「ガラス屋さんに電話かけてもいいですか」と訊ねた。

「もちろん、どうぞ」言い終わらぬうちに、小百合が携帯電話を開く。

「すみません、米澤です。茶の間の窓なんですけど。ええ、上のほうです。出来たら今日中にお願いしたいんですけど」

どうやら頼むほうもガラス屋も、慣れているようだ。小百合は通話を終えると、誰に向かってでもなく「取り付けは明日」とつぶやいた。

片桐が仁志のほうへ歩み寄った。気づいた仁志が不機嫌な表情のまま起き上がる。

「なんだよ、まだなんか用か」

「米澤さん、あんたなんで帰るなりガラス割ったりするのかね。自分の家だし、なにやったっていいんだけどさ。誰か怪我でもしちゃったらまたいろいろ面倒が起こることくらいわかってるでしょう」

「うるせえよ」

「別に取り調べにきたわけじゃないから、その態度はそろそろやめてくんないかな」

片桐の語調はきみが悪いほど柔らかだ。ふたりの様子を小百合は冷ややかな視線で見ている。

視界の隅で小百合が動いた。ジーンズのポケットに入れた携帯電話を手に、着信画面を見ている。躊躇《ため》いの残る指先が通話ボタンを押した。

「はい、心配かけてごめんなさい。ええ、今日はもう売り場には。いいえ大丈夫、体調はもう――いまは自宅にいるんです」

見えない相手に頭を下げながら話す様子は、いつもの彼女だった。通話の相手は仁志の姉ふたりのどちらかだろう。真由は胃の腑が持ち上がる不快さに蓋をして、電話を終えた小百合に向き直った。

「失礼ですが、滝川信夫さんは、ここには訪ねてこられなかったんでしょうか」

「どういうことでしょうか」小百合の眉根が寄った。やってきてからただの一度も座れと言わない彼女は、あきらかに訪問を迷惑がっており不機嫌だ。

「被害者が釧路へやってきた目的があなたに会うことだったとすれば、事件解決が長引くほどにあれこれと質問が増えてきます。和商市場に行かなければ、ご自宅を訪ねたんじゃないかなと思ったものですから」

「自宅の住所は、どちらにも出していません」

視界の端で仁志がコップに酒を注ぐ。誰も改めて彼のほうを見ない。

「自宅の住所を教えた人間が、いたかもしれないという前提でお訊ねしています」

「誰ですか、それは」

米澤家の裡にある根深い問題が、割れたガラスの破片や積もる湿気と混じり合う。なにかと調べ物の障害になる「個人情報取扱」も、地域と商域、あるいは人間関係によって簡単に流れ出てゆく。そこに取りすがるようにして捜査をしているのだから、自分たちも「無念を晴らす」などという御旗《みはた》がなければ卑しい行動を繰り返しているに違いはないのだ。

滝川老人が米澤小百合の生活を垣間見たとしたら、どうだろう。自分の不注意で傷を残す女の、幼女時代の記憶を追いかけている老人が、昼間から酒をあおる仁志と黙々と夫が割ったガラスを片付ける小百合を見たなら。想像は次の想像を許すが、決して気持ちのよい結末を連れてはこなかった。

「誰かがわかれば、解決が近いんです。滝川老人がご自宅を訪ねてきたことは、ありませんでしたか」

「ありません」

思いのほかはっきりとした声で小百合が言った。こんなやりとりにうんざりしている彼女の本音が見える。

「そんじゃあ、失礼するか」片桐がつぶやいた。

待ってくれ、と言いたくなるのをこらえた。帰るぞ――、この場で片桐に逆らうわけにはいかない。

「お取り込み中、失礼しました。なにか気になることや思い出したことがあったら、いつでもいいので連絡をお待ちしています」

「うるせぇよ」座卓の向こうで仁志が再び寝転がった。

玄関でパンプスに足を入れたところで、車の止まる気配がした。エンジンが切られてから数秒後、ドアチャイムの音が響いた。小百合の躊躇《ちゅうちょ》と片桐が玄関ドアを開けるタイミングが重なる。開けたドアの向こうに、いつか市場で太一と話していた女が立っていた。

先客がいたことに戸惑ったふうだが、決して驚いたそぶりは見せない。この女が保険外交員の兵藤恵子なのだった。軽く頭を下げた彼女から、アロマオイルの香りが漂ってくる。考えてみれば、真正面から彼女を見たのは初めてだった。

「お取り込み中ごめんなさい」

真由が釧路署の者だと告げると、彼女はバッグから名刺を一枚取り出し、慣れた仕種で手渡した。背後で小百合が「もうお帰りだそうです」と急かす。そうなの、と兵藤恵子が遠慮がちに微笑んだ。

「売り場で、太一君にこっちにいると聞いたの。気になって来てみたら、窓ガラスが割れてるし」

「心配かけてごめんなさい。ガラス屋さんには電話をかけてあるから大丈夫です」

「またなの」

小百合がちいさく頷いた。この家ではガラスが割れたり怒鳴り声が充満したりというのは日常的なことらしい。兵藤恵子がずいぶんと小百合に親身なのは、先代の焼死と工場焼失からのことだろうか。大人が四人も立ち話をするには、米澤家の玄関は狭い。片桐が小百合に向かって軽く頭を下げた。真由も倣った。

「たびたびすみませんね、それじゃあ、また」

米澤邸から車に戻って一時間後、割れたガラス戸は業者が持って行った。窓には青いビニールが張られ、古びた外壁からそこだけ浮き上がっていた。

業者が窓のフレームをトラックに積み終えると、玄関先に小百合と兵藤恵子が見送りに出た。太一は業者と入れ違いに帰宅した。真由と片桐が再び彼女たちを見たのは、太一が戻ってから三十分ほど経ってからだった。夜空にうっすらと膜を掛けた雲が、繁華街のあたりから明かりを吸い込んでいた。

玄関から先に出てきたのは恵子で、そのあとを小百合が大ぶりの買い物バッグを肩に提げてついてゆく。玄関先には太一が立っていた。歩道に半分乗り上げた軽四輪に向かって歩く恵子に、太一が声をかけて頭を下げた。ちょうどふたりの真ん中あたりに、うつむき加減の小百合がいた。

小百合が助手席のドアを開けて後部座席に荷物を置く。ふたりが乗ると、すぐに車は出発した。

「どこへ行くんでしょうかね」

「風呂屋じゃねぇのか」

太一が家の中に入るのを見計らって、真由は車を出した。信号待ちで二台後ろにつけて、兵藤恵子の車を追う。片側三車線の通りで、それまでの第一走行車線から真ん中の車線に移る。真由もあいだに一台おいて、車線変更をする。

兵藤恵子が道を急ぐ気配はなかった。苛立つ車が何台も彼女の軽四輪を追い越してゆく。同じように真由の車も追い抜かれてゆく。この二台の間をすり抜けて進む車を数台見送っているうちに、幣舞橋を渡りロータリーに入った。真由は一台挟んで慎重にハンドルを握った。車はロータリーを半周して、坂道を上り始めた。ハンドルを握る手にわずかに力がこもる。二百メートルほど続く坂はゆるく左へとカーブしており、その先に信号があった。

左右どちらのウインカーも点滅していない。このまま行けば、突き当たりは滝川信夫の遺体が発見された千代ノ浦海岸だ。シートにつけた背中に、暑くもないのにうっすらと汗をかく。

片桐も黙り込んだ。真由も黙っている。信号が青に変わり、両車線のテールランプが左右に散り始めた。兵藤恵子の車は千代ノ浦海岸のガードレール前で左へと折れた。

車道をゆく車はじきに二台になった。丘の上には民家の明かりが低く連なり、その上はもったりと重たい靄《もや》に包まれた空だ。車内に潮のにおいが入り込んできた。

益浦《ますうら》にある住宅街の一角で車が止まった。真由は空き地を挟んだ向かい側の道に車を停めた。彼女たちが車から降りる。電柱から注ぐ街灯が頼りだ。すすけた光の下に立つ女たちは、それぞれバッグを抱えて駐車場の横にある家へと入って行った。すぐに家の中が明るくなり、数秒後に淡いグリーンのカーテンが引かれた。確認の意を込めて言葉にする。

「兵藤恵子の夫が保険代理店を構えていた場所です」

「今は未亡人がひとり暮らしか」

「小百合さんが持っていたバッグ、泊まりの道具でしょうか」

「そういう感じか」片桐の語尾が上がる。

「このあいだ持っていたものより大きいです。この時間帯ですし、自分の車で来なかったところを見ても」

「なるほどな」

エンジンを切った車内には潮のにおいがこもり、響く潮騒が高台の家を包んでいた。米澤小百合はその日自宅に戻らず、真由も片桐も車で夜を明かすことになった。車に積み込んであるバッグには、急場をしのげるビスケットが三箱とアルカリイオン水。食料はそれだけだ。付近にコンビニは見当たらなかった。

後部座席で交互に仮眠をとるものの、毛布は一枚しか積んでいない。今度からは二枚にしようと決めたのは、もう夜が明けかける頃だった。夜明け前がいちばん寒いことを忘れていた。真夜中に見知らぬ住宅街でスーツ姿のままランニングするわけにもいかなかった。

午前七時、小百合は再び兵藤恵子の車で和商市場へと戻った。売り場に顔を出した片桐と真由に気づいて、にこやかに迎えたのは太一だった。

「おはようございます、昨日は父と母がお世話になりました」厭味《いやみ》のない口ぶりだ。

「お母さん、元気そうでよかったです」睡眠不足が妙な世辞を言わせた。

観光客や飲食店の仕入れと思しき客が行き交う店先で、小百合はこちらに軽く頭を下げるのみで、商品を店頭に並べ始めた。太一も、笑顔は崩さないが店先に立つ刑事ふたりの対応ばかりもしていられぬ様子だ。

いっとき途切れた接客の合間、太一が言った。

「母はしばらく、兵藤さんのお宅にお世話になります。父が家ではあんな調子なものだから。少し落ち着くまでと思っています」

「お父様はどうしていらっしゃいますか」

「昨日ご覧になったとおりです」

「ということは、しばらくは兵藤さんが送り迎えをしてくださるんですか」

「運転中にぼんやりされると、僕としてはそっちのほうが心配なんですよ」

その手が試食用の揚げかまを一センチ角に切り始めた。紙皿にのせて軽くラップフィルムをかける。

「兵藤さんには、いつも面倒をかけてばかりです。祖父が火事であんなことになってからずっと、僕も母も彼女に頼りきりなんです。ご主人を亡くされたときだって、自分のことより僕らの心配をしてくれるようなひとなんです」

「そうだったんですか」

「長いおつきあいですよねぇ」片桐が横から口を挟む。長いつきあい、という言葉がこめかみのあたりをかすめていった。

「お忙しいところすみませんでした。また寄らせていただきますね」

一礼すると、太一も腰を折った。そこへ、それぞれ片桐を三人くらい束ねた体格のふたり連れがやってきて、試食用に切った商品を一気にたいらげた。女のほうが皿を持ち上げて違う種類を指さし何か訴えている。目の色も髪も肌の色も景色に溶け込んでいるが、言葉が違った。

米澤家は仁志が家にいることで、もともとあの家にあった均衡を取り戻した。兵藤恵子は片桐や真由が考えていたよりもずっと米澤家に入り込んでいる。真由自身は他人と家族ぐるみのつきあいなど経験したこともないが、そこになにか潜んではいないだろうかという淡い問いを捨てきれない。問いの蓋は開けっぱなしでこちらを招いているのだが、その向こうはまだ闇だった。

市場から出た。厚い雲が重みに耐えかねたようだ。雨が絹糸のように白く、空から降りてくる。庇《ひさし》の下で空を見上げると、見えないものを見ようとする目が痛んだ。

雨か、と片桐がつぶやいた。車を取ってくるのでここで待っていてほしいと告げると、片桐が首を横に振った。

「お前が車を取りにいくあいだに、署に戻れる。俺は走ってってとりあえず着替えさせてもらう。湿気のせいでなんだかぜんぶが汗臭い」

「キリさん、署に着替えのご用意があったんですか」

「同じシャツと上着とズボン、ぜんぶ五枚ずつ揃えてんだ。そのうちひと揃えは必ずロッカーに入れてある。靴も同じだ。一週間に一回は必ず全部磨く」

片桐はそこまで言うと、観察力の足りねぇ女だと毒づいた。

「知りませんでした、それは本当ですか」

答えず、片桐は庇から飛び出し走り始めた。軽快に歩道を走りゆく上司の姿を見送り、まだ雨の中へ出て行く一歩を迷いながら真由は再び空を見上げた。

空から無数に垂らされた絹糸を選びかねる真由の心もちに、十和田の行方佐知子の面影が降りてくる。毅然とした姿がゆっくりと反転して、今度は米澤小百合の姿へと変わった。

米澤家が火事で先代と工場を失ったあと、再建には親族以上に保険代理店の兵藤夫妻が親身になった。先代は彼らのお陰で、自身が築いた財産を我が子の不始末で失わずに済んだのだ。

真由は降り注ぐ雨の中へ、一歩踏み出した。早足から小走りへ。駐車場までの五十メートルを急ぐあいだ、一粒だけ大きな雨粒が胸に落ちてきた。

ひとの心も関係も、複雑そうに見せかけて実は驚くほど簡素だ――。

言語化出来たのは初めてだった。見ないようにしようと懸命になればなるほど余計に、目の前のものが露《あら》わになる。

血の濃さに、なんの意味があろうか。

エンジンを掛け、ワイパーのスイッチを入れた。雨は止む気配もないが、行き先に迷うことはなく心もちには日が差していた。

午後にかけて雨脚の強まるなか、片桐とふたりで向かったのは釧路駅の北側にある地域だった。駅前の旧商業地帯とは異なり、網目状に広がるアーケードの飲み屋街や国鉄時代の官舎があった場所だ。駅を挟んで東西南北で分かれることの多い地名も、ここでは「駅前」「駅裏」と呼ばれている。

駅裏には高台に家を構える前の「兵藤保険代理店」があった。駅前と駅裏は線路一本を挟んでその呼び名が付いているのだが、駅裏へゆくには細い歩道橋か線路下の地下道を使う。しかし車となると、最短で駅前の道を迂回《うかい》して陸橋を渡ることになる。

陸橋を渡り駅裏へと入った。半世紀前は歓楽街として栄えていた場所も、現在は廃墟《はいきょ》同然の建物が並んでいた。

「久しぶりに来たが、こりゃひでぇなぁ」

片桐が傘を傾けて、米穀店や小路《こうじ》の看板を見上げて言った。

「人が住んでいる感じがしない建物もありますね。個人商店はとうにたたんだ気配ですけど」

「ここらへんは、国鉄の官舎があったときは華やかだったぞ。港から陸から炭鉱から、いろんな人間が出入りしてた。海に面した土地ってのは、どうしてこうなっちまうかねぇ」

「海に面してることと内陸と、なにか違いがあるんですか」

片桐は「あるに決まってるだろう」と鼻を鳴らした。

「畑耕して時間かけて糧を得てゆく人間と、船を出すか海底に石炭掘りに出るか、今日働いてすぐに金になるとこに生まれた人間の、DNAってのがあるだろうよ」

「DNAですか」

片桐は、そもそも死生観が違うんだから、と言って大きなため息を吐いた。

「この街は、時間をかけてゆっくりと流れて行くんだ。人間は出たり入ったりがわかる範囲で動いてるが、街は目に見えない速さで流れてる。なんでも時間をかけりゃ姿かたちを変えるんだ」

「先日父に『もの』が抱えてきた時間と向き合えと言われました。人間には止められない時間を止めてきた『もの』の時間を丁寧に解いて犯行に近づけって」

「言い方がいかにも大門史郎だな」

「正直、観念的すぎて真の意味まではたどり着けていません」

「大門さんの言ってることは観念じゃなく、哲学だよ。今のお嬢に答えが出たら、そりゃインチキか勘違いだ。お前さんも時間をかけて、育って行くしかないだろう」

問答にわずかな間が空いた。

「お嬢の見立てでは、兵藤未亡人が鍵か」

「わかりません。ただ、今を掘り続けるより過去を掘ったほうが近道のような気がしてるだけです」

「急がば回れか。駅裏に続く道路みたいなもんだな。歩けば地下道も歩道橋もあるのに、車だけはぐるりと回り道だ。ここは線路を隔てて暮らす人間の、生活まで線引きする街だったんだ」

過去を掘れば、経てきた時間が変えられなかったものがひとつでも転がっているような気がする。ふと思い至って訊ねてみた。

「キリさんは、釧路がお嫌いなんですか」

「お好きもお嫌いもねぇな、生まれた街だし」

薬局の看板の前に立った。兵藤保険代理店の入っていた建物は既に取り壊され、駐車場になっている。土地の所有者は中野《なかの》薬局だった。

見れば化粧品や漢方薬のポスターも、店先のカエルも完全に退色している。化粧品のポスターで微笑む女優も、あと数年で誰なのかわからなくなりそうだ。店頭にあるコスメや薬で商売が成り立っている感じはしない。店内は暗く、開店中なのかどうかも怪しい店構えだった。

「中野調剤薬局」とちいさくつぶやいて、片桐が傘をたたんだ。

ごめんください、と三回言ってようやく中から女が出てきた。おまたせしました、と言いながら忙しなくスリッパを履く姿は、店よりも自宅が中心の生活を窺わせる。五十前後の、声のよく通る女だった。

「なにかご用で」と彼女は語尾を上げる。片桐か真由か、どちらに視線を合わせていいのかわからぬ風だ。真由が一歩前に出た。

「お忙しいところすみません。釧路署の大門と申します。以前お隣の土地で開業していた『兵藤保険代理店』のことで少しお話を伺いたいのですが」

大げさにならぬよう手帳を見せる。

「ほんものですよね」と覗き込まれ、わずかに体が後ろへ傾く。彼女の好奇心に期待した。知りたい人間はよくしゃべるのだ。

「兵藤さんっていったら、ご主人はもう亡くなったと伺いましたけど」

「失礼ですが、中野さんはこちらでご商売を始められてから、何年くらいでしょうか」

「うちの祖父母が最初にたい焼き屋を始めて、母が薬剤師だった父と結婚してこの店を構えたんです。祖父母以前のことはよくわかりませんが、この土地ではわたしが三代目です」

彼女も薬剤師の資格を取ったが、個人病院の廃院に伴って、調剤はほとんどなく、薬局も開店休業状態になっているという。駐車場の上がりで細々と暮らしているのだと笑った。

「兵藤さんのことなら、母のほうがつきあいが古いですよ」と彼女が言った。

「お母様にお話を伺ってもよろしいでしょうか」

「ええ、もちろん。本物の刑事さんとお話し出来るなんて、そうないことだし。母は毎日退屈してるんで、わたしは却《かえ》ってありがたいです」

建物自体は古いが奥行きがあって、女のふたり暮らしとしては広い印象だ。祖父母と両親がいて、薬と化粧品で店が繁盛していたときは賑やかな家だったのかもしれない。

開け放した隣の部屋に介護用のベッドが見えた。

片桐と真由が入ってゆくと、老婦人が首を傾げてこちらを見ていた。

「お母さん、こちら釧路署の刑事さんですって。兵藤さんのことで訊きたいことがあるみたい。体調のいい日で良かったね」

娘の滑舌《かつぜつ》の良さも高い声も、母親との暮らしで身についたものだったのかと、お茶を淹れにゆく後ろ姿を見送った。勧められるまま三人掛けの椅子に腰を下ろした。母親が、澄んだ目で真由に訊ねた。

「女の刑事さんって、本当にいるのね。驚きました。婦警さんは見たことがあったけど、刑事さんは初めて」

「男性に比べて数は少ないですが、近年は人数も増えております」真由も大きめの声で答えた。

「お若いときから刑事さんになりたかったの？　やっぱり刑事ドラマに憧れたりしたの？」

訊ねられて初めて、自分がさほど「若く」はないのだと知る。「ええ、そんな感じです」と返す真由の横で、片桐が笑いをこらえているのか肩の揺れが伝わってきた。

で――、中野夫人はくるりと話題を変えた。

「兵藤さんのことで、何をお訊ねですか」

「兵藤さんが担当された古い火災事件のことで、当時の様子を伺おうと事務所のあったこちらに参りました。ご主人がお亡くなりになっていたと知って驚いております」

敢えて情報がないことを装い、相手の親切心と好奇心を刺激する。するりと相手の懐へ入り込むとき、罪悪感と正義感がせめぎ合う。

「まだまだお若かったのにねえ。わたしで用が足りることなら、なんでも訊いてください」

「兵藤さんのご主人が、こちらの地域で保険代理店を開業したのは、いつ頃だったんでしょうか」

夫人は目を瞑《つむ》り首を傾けたあと、自信なさそうに「三十年くらい前だったと思うけど」とつぶやいた。

「そのときはもう、ご結婚されていたんでしょうか」

「ええ、仲のいいご夫婦でしたよ。子供に恵まれなかったのは気の毒なことだったけどねえ。ご主人は海のほうに越してしばらくして亡くなったと聞いたけど」

「お子さん、いらっしゃらなかったんですか」

「欲しかったはずですよ。昔、近所に産婦人科があって、うちはそこの調剤薬局だったんです」

「ご主人が他界されたのは、ご病気かなにかで」

「心不全って聞いたけれど、詳しいことは」潜めた言葉がそこで途切れた。

娘がお茶を運んでやってきた。テーブルにガラス製のティーセットが並ぶ。真由のはす向かいに腰を下ろして彼女が言った。

「これ、雨降りに気が滅入《めい》るときなんかにいいお茶なんですよ」

「晴れの日と雨の日では、飲み物も変えたほうがいいんですかね」片桐が身を乗り出して訊ねた。

「病は気から、って。薬剤師が言うのも変だけど。こんなことで変化をつけて行かないと、女ふたりの生活ってなんだかずっと平坦なんですよ。口を開けば文句っていうのもストレス解消の糸口なんですけれど、いい加減なところで滅入ってくるんです。そういうときは口に入れるものから変化させるのがいちばん」

片桐が組んだ腕をほどきカップに手をのばした。真由もひとくち飲んでみた。ブレンドされたハーブティーだった。絡み合うハーブの香りも、ペパーミントくらいしかかぎ分けることが出来なかった。兵藤家の輪郭をうっすらと思い浮かべているところへ、夫人がぽつりと漏らした。

「真面目なご主人と、静かな奥さんだったの。子供がいないからって、いつもいつも町内会の役員を頼まれて。みんなそれぞれ目に見えない事情があるでしょうにねぇ。このあたりは昔は飲食店も多い商業地域だったから、実際のところいろんなもめ事があったんです」

夫人は、小路の飲食店も酒屋も、米屋や薬局といった個人商店も、みんな持ちつ持たれつだったと言った。年齢が近い子供たちの問題が大人に波及したり、その逆があったりというのは、深夜まで営業している飲食店を抱える地域ではよく見る光景だった。

「非行に走る子や、引きずられて仲間になっちゃう子や、その子たちが起こす喧嘩だの問題だの、地域が荒れれば町内会で取り組んで、といった時期がしばらく続いたんです」

漁業と炭鉱とパルプ業が衰退し、国鉄の官舎も取り壊されたいま、駅裏の商業地域は静かに消えてゆこうとしている。

「俺らが若い頃も、どこの中学の誰と誰が春採湖《はるとりこ》で決闘したなんていう噂が弁当の梅干しみたいなもんでしたからねぇ。駅前と駅裏じゃ、大人たちの関係もずいぶん違ったんでしょうかね」

夫人は体に掛けた大判タオルの上から脚をさすり「そうですねぇ」と笑った。母親の言葉が少ないときは、娘が補足する。

「兵藤さんのご主人は、ひとを口説いて保険の契約を取るお仕事だから、とことん納得してもらわなければって言ってました。入りたいひとじゃなく、疑っているひとに保険の大切さを広めなきゃならないって」

「人格者じゃないと、なかなか言えない言葉ですな」片桐が軽く息を吐く。

「そうですねえ」母親の平坦な答えに、いっとき会話が途切れた。

「保険代理店というのは、人のプライバシーにかなり深く立ち入らねばならないお仕事だったんでしょうね」

「カツカツの生活をしている人間にとって、もしものためのお金って贅沢なものですよ。そういうお仕事って、謙虚なひとじゃないとつとまらないでしょうね」

夫人はそう言うと、視線をテレビへと流した。この家にもなにか、言うことをひかえたい事情があるのかもしれない。真由は兵藤家が地域を出て海縁の高台へと越して行った際のいきさつを訊ねた。

「ご主人が少し疲れたご様子でしたから」

あまり詳しいことは知らない、と言い添えたときは突き放した口調になった。数秒の沈黙のあと「いやどうも」と片桐が両膝を軽く叩き暇の挨拶をした。真由も立ち上がった。

「奥さん、貴重なお話をありがとうございました」

母と娘が、ほぼ同時に頭を下げた。

店へと戻ると、娘が居間に続くドアを閉めて近づいてきた。

「なにかお役にたったでしょうか」

「もちろんです。美味しいお茶をありがとうございました」

真由はできるだけ労《ねぎら》うつもりでそう告げた。彼女の目にわずかだが戸惑いの気配を感じ取り、首を傾げて言葉を待った。

「母は、兵藤さんご夫妻が駅裏から引っ越したいきさつを、結局お話ししませんでしたね」

「お気持ちを乱すのもどうかと」

片桐の言葉に勇気を得たのか、彼女は小石をひとつひとつ除《よ》けるように話し始めた。

「七、八年前に、このあたりでちょっとした騒動があったんです」

「騒動といいますと」

「近所で、高校三年の冬休みに免許を取った男の子がいたんです。就職も決まって、あとは卒業を待つばかりだったんですよ。地元ではけっこういい会社に内定していたものだから、親も喜んで自慢してたんです。その親が勇んで車を買って、兵藤さんのところへ行って自動車保険に入ったまでは良かったんですけど」

「なにか、あったんですか」

彼女は言いにくそうに一度目を伏せたあと、すがるような瞳で真由を見た。

「車が届いた日にその子、嬉しくて運転しちゃったんです。ガソリンを入れてくるだけって言って出たそうなんですけど、結局ドライブになってしまったみたいで。二月の終わりくらいのことだったと思います」

運転免許取得が就職の条件という会社も多い。真由は彼女の言葉に細かく相づちを打った。

「横断歩道を渡っていた九十歳のお婆ちゃんをはねてしまったんです。夕方の、ちょっと視界の悪い時間帯だったのも災いして。病院に運ばれてすぐに息を引き取ったらしいです」

言葉がやや重たくなり、彼女はそこだけわずかに早口になった。

「親は慌てて兵藤さんのところに駆け込んだんですけど、保険が有効になるのは翌日からだったって」

「無保険の車で死亡事故を起こしてしまったということですか」

「なにかの行き違いで、車が一日早く届いたということでした」

保険の効力開始日が翌日ということを告げた兵藤に、事故を起こした子供の親は「そこをなんとか」と伏して頼み込んだ。

「本当にお気の毒だったけれど、契約で決まっていることは誰にもどうにも出来なかったんです」

そのときに車を届けたディーラー社員は会社を辞め、時を同じくして地域一帯に「兵藤のところで保険に入っても、いいことはない」という噂が広まった。噂の中心が誰で原因が何かに気づいていても、解約をする者が続いた。

「母が言ってくれるかな、と思っていたんですけれど。すみません。このお話は地域の傷ですけれど、きっと残っているみなさんそれぞれ、悔いていることも多いと思うから。兵藤さんが駅裏を出て行ったいきさつについては、こんな感じです」

「七、八年前とおっしゃいましたね」

「そのくらいになると思います。旦那さんそのあと体調を崩しがちになって、あまり外に出なくなってしまいました」

外は小雨が降り続いていた。車を停めた場所へ戻る際に一度、真由はぐるりと駅裏通りを視界に入れた。このまま秋になってしまいそうな景色のなか、アスファルトと空は同じ色をしていた。車通りの少ない道路は、道幅が広いぶん周囲までもその灰色に取り込んでゆく。塗装が剝げた外壁や、空き地や雑草、元は映画館だった場外馬券場。この地を出て行く際の兵藤夫妻の心情が、衰退する商業地域に重なった。

「さて、墓向こうの高台に行くとするか」

「はい」自分でも意外なほど張りのある声が出た。

海側へ車を走らせるほど、雨は薄くなっていった。同じ街でも水滴の重さが違うようだ。けれど沖合は黒い雲に覆われており、水平線はけむっていた。ぽっかりと高台の空だけが上空に抜けてゆこうとしている。

穏やかな霧雨のなか、空き地にある浅い引き込みに車を停めた。玄関の脇に置いたプランターの前でパセリを摘んでいる兵藤恵子がいた。透明のビニール傘をさし、今日は紺色のスーツではなくトレーナーとジーンズ姿だ。ふっくらと柔らかい印象だが、大きく体型が崩れている感じはしない。子供がいないせいだろうか。真由は中野夫人の言葉と同時に、母希代の細いまま枯れてゆきそうな腰のあたりを思い浮かべた。

「こんにちは」

片桐と真由が近づいてゆくと、兵藤恵子はパセリを片手に驚いた様子で立ち上がった。どちら様、と言いかけた唇の動きが止まる。米澤家の玄関にいたふたりの刑事を思い出したようだ。

「釧路署の」語尾が半分も上がりきらず、言った彼女も戸惑っている様子だ。

「はい、大門と申します」

数秒の間を置いて、「そうでしたね」と兵藤恵子がにっこり笑った。

「小百合さんから伺っております。仁志さんが無事に家に戻られて、ほんとうに良かった。太一君も安心したでしょうね」

「米澤家とは、ずいぶん親しいおつきあいをされているんですね」

「そうですね、かれこれ二十年くらいになりますね」

兵藤家の建物から裏手はそのまま奥行き二十メートルほどの空き地になっており、向こう側には海が見えた。空き地の先は崖になっている。沖合に広がる黒々とした雲が一瞬、爆《は》ぜた。稲光《いなびかり》だ。片桐が「おっ」と声を上げる。二秒置かずに海が轟《とどろ》いた。

「こんなところで立ち話も。どうぞ中へ」

足を踏み入れた兵藤家の玄関には、控えめなアロマオイルの香りが漂っていた。いつかどこかで嗅いだことがあるのだが、どこだったのか思い出せない。さほど珍しくないことも、懐かしいことも思い出せるのに、なんの香りかがわからない。真由は兵藤家にしみ込んだにおいを吸い込み、少しずつ吐きだしながら居間へと入った。

「どうぞ、お好きなところにお掛けください」

二十畳ほどの洋間がオープンキッチンに続いており、居間部分には大小色とりどりの椅子が置かれている。ひと目でカリモクとわかるものや、旭川家具、ラタンに革にゴブラン織りと、座面の高さもデザインもさまざまな椅子がゆるやかに配置されていた。なかには新築の際に両親にプレゼントしようと思ったものの、高価ゆえ断念したものも混じっていた。テレビよりもオーディオ機材に重きを置いた居間に、ゆったりとしたリラクゼーション音楽が流れていた。

「椅子、すばらしいコレクションですね」思わずため息をもらした。

キッチンでコーヒーの準備を始めた恵子が「ありがとうございます」と歌うように言った。

「夫が腰痛持ちだったものだから、椅子にはずいぶんと凝りました。クッションもアロマテラピーもマッサージも、わたしに出来ることはなんでも」

電動ミルの派手な音が響いてくる。数秒がひどく長く感じられて、片桐を見た。背もたれや座面をさすりながら、椅子のあいだをうろうろしている。

「亡くなってから、五年と伺いました」

「すぐに同じところに行けると思ってたけれど、もうそんなに経ってしまったんですねぇ。ここに越してきて一年とちょっとで先立たれたけど、あの時間がいちばん一緒にいられた気がしてます」

「失礼ですが、ご自宅で介護されていたんですか」

兵藤恵子は、真由の立ち入った問いに気を悪くする風もない。

「介護というより、目を離せなかったんですよ。すぐに死のうとするものだから」

内容とは裏腹に軽やかな声だ。真由のほうがたじろぎ、次の言葉が出ない。

「仕事が好きで人が好きで、楽しい話が大好きな人でした。そういう人が心を病んでしまうと、なかなか戻れないみたい。毎日体のどこかが痛くて、頭やら首やら腰やら、とにかく眠れないし生きてるのがつらいらしいの。病気って怖い。一緒に生きてきた女房のことも簡単に忘れさせてしまうんですよ」

「すみません、失礼なことを伺ってしまいました」

「いいんですよ、もう過ぎたことですし。ここに越してくる前は、駅裏にいたんです。

ちょっとでも見晴らしのいいところへと思って、益浦に来たんですけれど」兵藤恵子は海に面した窓を指さし、続けた。

「夕陽がきれいだったんです、ここ。中古で、わたし達にも手が届く値段だったし。彼とふたりで出来るだけ静かに暮らしたいと思って、とにかく景色だけで選んだ場所でした」

それが仇《あだ》になった――、と彼女は言った。夫は、彼女がほんの数分手洗いに入っているあいだに、崖の向こうへと行ってしまった。衝動だったのか、それとも常々そこと決めていたものか。遺書が見つかったものの、長年連れ添った妻さえも判読が難しいほどの乱れた文字で、何度も何度も「ごめん」だけが書かれていたと聞き、しばらくのあいだ室内には言葉がなかった。

ゆらりと片桐の影が視界で揺れた。それを合図に接ぎ穂を探す。

「この香りも、奥様の調合ですか」

「ええ、ラベンダーとかティーツリーとか、あとはセージを少し」

「快眠と安らぎ、でしたか」

「あら、アロマオイルにご興味ありましたか」

家に何冊か本があるだけだと言う。希代の本棚は本人が言うとおり雑食だ。

「ぜんぶ、夫が少しでも楽になるようにと思ってやっていたことなんです。いなくなってしまっても、なんだかすべてを止めることって無理みたい」

兵藤恵子も、止められない時間に心がのたうつ人間のひとりだった。駅裏に育ち駅裏で一家を構えたふたりの共通点は、その時代の人間にしてはひどく縁者が少ないことだったという。

「夫はもともと母ひとり子ひとりの家庭でした。わたしも親が高齢だったので早くに亡くしましたし。子供もいないとなれば、なんだかふたりでいても、空き地に生えた草みたいな感じでしたよ。せめてもの救いは、親がだれもいなくなっていて、逆縁がなかったということですね」

空き地に生えた草――真由はその言葉が持つ、拠《よ》り所《どころ》のなさに身震いしそうになった。穏やかな口調と話しぶりが、余計に彼女の抱えた記憶の重たさを想像させた。

「ご主人が、米澤蒲鉾店の火災のときにずいぶんと骨を折られたというお話を伺っております」

「先代社長には何度かお目にかかりましたが、気骨のあるかたでした。見知らぬ土地で一代で蒲鉾工場を築いたひとです。残念なお別れでしたけれども、商売を小百合さんに引き継ぐご決断は間違いがなかったかもしれません」

「保険金の受取人を会社とお嫁さんに、というのは珍しいケースだと思うんですが。そういう相談の際も、奥様がご同席されていたんでしょうか」

「相談事は夫で、わたしはただ茶飲み話におつきあいさせていただくだけでした」

立ち話もなんですから、という微笑みにハッとして、空間に並んだ椅子をひとつひとつ眺め直した。

片桐が重厚なデザインのロッキングチェアに腰を下ろした。真由は楕円形《だえんけい》の椅子に座った。背もたれは付いていないが、妙に背筋が伸びる感じがする。

「それ、女性にお勧めの椅子なの」と彼女が言った。年齢とともに弛んだ骨盤を、すり鉢状になった座面が戻してくれるという。間を置かず訊ねてみた。

「米澤小百合さんも、この椅子に座られることがありますか」

兵藤恵子と目が合う。彼女に動揺の気配はみられなかった。片桐はロッキングチェアが気に入ったのか、その揺れを楽しんでいるふうだ。

「小百合さんも、ここにいらっしゃるときはお好きなところに座っていますよ。彼女も、いろいろあって大変なの」

兵藤恵子は、今日は外出のない日で良かったと柔らかく微笑んだ。顧客の家や商店を回り、茶飲み話をするのが日常になっており、今はあまり新規開拓に走り回ることはないのだという。

「ここはもう借金もない家だし、ひとりであくせく働くのもなんだかなぁと思うようになりましたねえ。そろそろ引退したいと思ってるんですよ」

いま彼女の生活は静かだ。

「二十年前の火事の際、火災原因についていろいろと取りざたされたと伺っております。漏電だったと、記録で読みました」

「先代は火を消し止めようと、火元に留《とど》まったようなんです。一代で商売を興して、ご自分が踏ん張らないと大変な状況のなかでした。油に移った火を消そうとしたときのお気持ちを考えると、なんだかもう」

「保険が下りる下りないというところで、問題はなかったんでしょうか」

「なかったと思います。そこは別の担当部門がありますから、わたし共が立ち入るところではないんです」

　きっぱりとそう言ったあと彼女はマグカップをのせたワゴンを押し、椅子の間を縫って戻ってきた。やはり、噂と邪推では現実を摑むことができない。代理店が保険の効力について口を出せるなどという土壌はなかった。真由は改めて、書類に情が存在しないことに気づいた。

「夫は、ここに越してくる前くらいからひどい腰痛に悩まされていましてね。心を病むと、そういうものらしいんです。座りっぱなしもいけないし、かといって立ったり座ったりが頻繁なのもつらそうで。うちのテーブルはいつもこのワゴンだったんですよ」

　はっと思い、辺りを見回した。椅子ばかりの部屋にはテーブルがなかった。この家では好きな椅子に座った夫のところへ妻が移動式のテーブルを押してゆき、食事をしていたのだった。

「腰痛は、つらいですからねえ」と片桐が言葉を挟んだ。ええ、と彼女が返す。

兵藤恵子は、どんな些細《ささい》な言葉にも必ず正面を向いて答えた。こんな仕種が信頼につながることを肌身を通して識《し》っているのだ。

「いただきます」真由はワゴンにのせられたカップをひとつ手に取る。ふと、彼女がこの生活感薄いリラクゼーション空間を、あえて趣味の範囲にしていることで、己にひとつ折り合いをつけているのではないかと思った。失礼ですけれど、と前置きして訊ねてみる。

「なんだか、このままここで悩み相談とか占いのサロンを経営されていても不思議じゃないような、落ち着くお家《うち》ですよね」

「ありがとうございます。そう言っていただけると、主人も喜びます」

「お亡くなりになっていたとは、残念なことでした」

「わたしがなにか彼のために役立つことをしようとすると、いつも嬉しそうな悲しそうな顔をするひとでした。わかるんです、わたし。お互い、素直に喜べるような家庭的な家に育ってなかった。家の中は彼が死んだときとなにひとつ変わっていません。この部屋にいると、彼が崖の向こうから『ゆっくり歩いておいで』って言ってくれてるような気がするんです」

ふっくらとした花のつぼみを思わせるカップを手に、彼女が言った。コーヒーは砂糖を入れずに飲んでいてもかすかに甘かった。ここは、子供もなく夫も失った女の、傍には想像もできない孤独の詰まった部屋だった。

「小百合さんも、ここに来ると癒やされるんでしょうね」

思っていたことが、そのまま言葉になって口からこぼれる。彼女も笑みを切り替えた。

「昨夜は、こちらに泊まっていただいたんです。太一君もそうして欲しいと言ってくれたので。あんな母親思いの子が今どきいるなんて、ありがたいことです」

「家族ぐるみのおつきあいをされているんですね」

「家族ぐるみといっても、仁志さんとお話しする機会はほとんどありません。米澤家のご姉弟とは、火災後にお目にかかったのですけれど。先代が懸念したとおりのことが起こりました。遺された人間のいざこざは、どこの家にも多かれ少なかれあることなので別段驚いたりはしませんでしたけれども。米澤さんの家のことは常々主人も気にしていました。小百合さんと太一君を先代が安心できるくらい守ってさしあげたい、と」

彼女の視線が海側に向いた窓へと移る。刈り取った草の断面が途切れた向こうには、心細くなるほど広い海が在った。夫が去った景色を眺めながら暮らす彼女の時間こそが止まっているような気がした。真由は懸命に彼女の救いを探そうと同じ景色を見続けた。

空の暗さに応えて、海も黒かった。白波立つ海面のうねりは視界におさまりきらない。気に入った椅子に座りずっと海を眺めていると、いったいどんな気持ちになるのか。豊かなはずの海が、ここでは荒涼とした砂漠に見えた。

今日も明日も——こんな色の空と海ばかり見ていたら、たとえ心を病んでいなくても死にたくなるのではないか。真由は浮かんだ思いを慌てて頭の隅へと追いやった。

「晴れた日は、とてもいい景色でしょうね。秋になれば、海も青いんでしょうか」

兵藤恵子は少し首を傾げたあと、するりとカップに言葉を落とした。

「見るひとの心持ち次第で、ここの海はいろんな色に見えるようです。結局、夫が何色の海を見ていたのか、訊けず終いになってしまいました」

この女から、なにかこぼれてくるはずだという根拠のない思いに駆られて、真由は彼女の目を見る。

「小百合さんには、どんな色に見えているんでしょうね」

「今日も、夕方に小百合さんを迎えに行きます。彼女のことでなにかお訊きになりたいことがありましたら、どうか今のうちに。心が折れそうな毎日を送っているひとに、これ以上の負担はかけたくないんです、わたしも」

下げた頭を戻す際、窓辺から見える海面が更に黒くなった。

9

雲の厚さにあわせ部屋も明るさが変わった。椅子の座り心地はいい。統一感のない椅子の群れが、次第にひとつの方向性を持って存在していることがわかってくる。それぞれがみな、海を見る絶妙な角度と干渉し合わぬ距離を保っていた。

「米澤小百合さんご一家のこと、兵藤さんが大変献身的に尽くされていることを存じ上げたうえで、お訊ねしたいのです」

米澤一家を最も近くで最も客観的に見てきた女の持つ情報が頼りだった。滝川信夫が小百合を訪ねてやってきたことは確かだが、訪ねた日でぷっつりとすべての糸が途切れていた。

「千代ノ浦で見つかったご遺体が、小百合さんを訪ねてきたひとだったと聞いています。そのことですよね」

静かな口調だ。探りを入れるならば、もっと遠回しに訊ねるのではないか。手に持ったカップが動きを止めた。膝に力が入ったことを気づかれないよう、出来るだけ軽く頷いた。彼女の表情は、夫のことを話していたときからまったく変わっていない。慈悲深い眼差しで、部屋の中を均等に視界に入れている。

「なにか、ご存じのことがありましたら、お聞かせ願いたいんです」

「米澤蒲鉾《かまぼこ》店の先代は、これまで関わってきたお客様のなかでも大変記憶に残るかたです」

「数多くいらっしゃる顧客と、それぞれに家族ぐるみのご関係を築くのは大変難しいような気がするんですが」

身が持たないでしょう、と言いたいところを踏みとどまる。数いる契約者と均等につきあうことの難しさを、誰よりも識っている夫婦ではなかったか。真由はつよく一度瞬きをしたあと、切り込んだ。

「太一さんも小百合さんも、ずいぶん兵藤さんを頼りにしているようにお見受けします。ここにやってきてわたしも、なんとなくその理由が摑みかけているところです」

終始笑顔を崩さずに、兵藤恵子は頷きながら真由の言葉を聞いている。

「刑事さんたちも彼女のことをお調べになっているなら、人柄はおわかりでしょう。小百合さんって、あのとおりたくましいのだけれど、放ってはおけないひとじゃありませんか。しっかりしていると思ったら、どこかすっきりと抜けていたり。そんなことをわたしが言うのも失礼なことなんですけれど」

恵子の言葉は淡々としており、ことさら感情に訴えるというふうでもない。ひとの心と闘ってきた女の乾いた口調から、内面をすぐに覗くのは難しかった。

「被害者は幼い頃の米澤小百合さんと面識がありました。彼女の記憶に残っていないくらい前のことでしたけども」

横で、ゆっくりと片桐のロッキングチェアが揺れ始める。兵藤恵子がおおきく頷いた。

「昨夜、小百合さんに伺いました。お気の毒なことでしたね」

「滝川信夫さんとおっしゃいます。昨夜、小百合さんは兵藤さんに被害者のことを何か話していませんでしたか」

「お話といっても、とりとめのないことばかりで。女ふたりでお茶を片手にですし、小百合さんはお疲れのご様子でしたから早めに休んでいただきました」

居間の明かりが消えたのは、午前零時を少し過ぎたくらいだった。小百合が先に寝たと考えるのはまだ早い。

「とりとめのないお話でかまいません。米澤小百合さんと被害者の接点までは辿り着きました。そこから先へ進むには、こうして近しいひとにお話を伺うことと周辺を洗い直すしか手はないんです」

「それで、うちを訪ねていらしたの？」

兵藤恵子の瞳がゆるやかに閉じ、ゆっくりと開いた。窓の外では再び稲光が起こり、数秒後に雷鳴が響いた。黒い雲間に走る光加減で、一瞬兵藤恵子の頰がざっくりと削げた。

「小百合さんは、ちいさい頃のことはなんにも覚えていないとおっしゃっていました。覚えていないことを思い出させようとするのも、詮索してわたしから聞き出すのも、無理なこととは思いませんか」

真由は大きく息を吸い、吐き出しながら告げた。

「彼女側が持っている、滝川信夫さんとの接点を知りたいんです。周囲から集める情報と、小百合さんの証言のふたつがうまくかみ合わないと、真相に近づくことが出来ません。二十年ものあいだ彼女の支えになっていらした兵藤さんなら、先代の当時からのことも含めて、なにかご存じではないかと思ったものですから」

お願いします、と頭を下げた。彼女は真っ直ぐに伸びた姿勢を変えず、感情の揺らぎも伝えてこない。頬に浮かべる優しげな笑みが、つよい拒絶ではないことを祈るしかなかった。

「米澤蒲鉾店の先代は小百合さんをたいへん信頼していらっしゃいました。人柄は当然のこと、勉強熱心で努力家で、なにより人の苦労をよく知っていると」

先代が自分の技術と商いを任せられたのは、実の息子でもふたりの娘でもなく、自らが旅先で見つけてきたひとりの女だった。経歴を知りながらひとり息子の嫁に迎えたことは、既に小百合本人から聞いている。工場の焼失が脳裏を過ぎった際に先代が思ったことは何か、真由は二十年前の炎を想像した。海側に広がる黒雲に、わずかに薄い場所があるのを見た。

「刑事さん、小百合さんの出自をご存じならなおのこと、あの親子をそっとしておいてあげることはできませんか。先代が託したものを、二十年も守ってきたひとたちですよ」

「真実に、いちばん近いひとなんです」

「小百合さんが、千代ノ浦の事件とどんな関わりがあるのか、わたしにはわかりませんが、わざわざ彼女が困るかもしれないことを誰が口にしますか」

思いのほかつよい語尾が響いた。それでも、と真由も返す。

「被害者がなぜ小百合さんに会いにきて殺されなければならなかったのか、そこを調べなくてはいけないんです。おそらく先代も、小百合さんに向けられる疑念を晴らしてほしいと願っているのではないでしょうか。我々の理解を超えたご苦労をされている彼女だからこそ」

そして、長く米澤一家を見守り続けてきたあなただから――。

祈るような気持ちで、兵藤恵子の目を見た。彼女はゆっくりとカップを口に運び、ワゴンに置いた。雲間の薄明かりはいつのまにかなくなっていた。ひかえめなため息がひとつ、彼女から漏れた。

「刑事さん、お亡くなりになった人との接点という点でなら、わたしもきっとよく似ていると思うんですよ」

「すみません、どういうことでしょうか」

「わたしも、八戸の生まれですから」

ちいさく揺れていたロッキングチェアの背が止まった。真由も身を乗り出す。兵藤恵子の笑みがほんのわずか、陰る。

「八戸生まれで幼い頃に親に売られた、という事実ならば、わたしも小百合さんと同じなんです。母親が芝居一座の座長だったことも。小百合さんと違っているのは、それぞれの父親と育ての親です」

彼女に訊かねばならぬことが、なかなか言葉にならない。窓の外に広がる境目のない雲と海を背景に、兵藤恵子がぽつぽつと話し始めた。

「わたしの産みの母は、八戸で劇場を開いている一座の座長でした。数え七つの年に親に売られて、津軽海峡を渡りました。人買いの男の卑しい顔は、今でも覚えています」

夫の話をするときも自分の来し方を語るときも、兵藤恵子の様子は少しも揺れない。刑事が自分を訪ねてくる意味を、誰より深く理解している。真由は自分の勘に傷つき、真実を追わねばならない因果を恨めしく思った。

出所出自——そんなものがこの先を生きてゆくうえでどれだけの意味を持つのか不明

だが、ひとたび己を語る際には避けて通れぬ道だった。ひとつひとつ、繊細な布につつまれたような彼女の言葉が部屋に満ちた。

姉妹は、ちいさな芝居小屋の楽屋で育った。人の出入りが激しい小屋の中にはいつも煙草の煙が充満しており、歌と三味線、笑い声や泣き声にあふれていた。

「他人と同じ屋根の下に暮らす生活ですから、いいことも悪いこともあります。母は食べるために必死だったろうし、子供の面倒までみきれないのも仕方のないことでした。わたしたち姉妹の面倒は、たいがいそのとき母のそばにいた男のひとがみてくれました。ただお酒を飲みながら見張っているだけのひともいたし、母の居ないところでは近くに寄るなと言うひともいました。母に隠れて別の女のところでご飯を食べさせるひとも。誠実とか不誠実なんていう言葉を知らなかった子供にも、画《え》に残るおぼろげな記憶はあります。後々言葉を得て記憶に充《あ》ててゆけることがいいことなのか悪いことなのか、わかりませんけど」

姉妹はいつもふたりだった。客の入りと母の機嫌が悪いときは声も音もたてずに済む遊びを考えた。楽屋の隅、衣装棚の下、ひとりに一枚ずつあてがわれた座布団の上で眠り、そこで絵を描きご飯を食べた。姉妹たちの慰めは、小屋に客が入ると母の機嫌がいいことだった。

「ご祝儀が出ると、役者さんや踊り子さんたちも機嫌がいいの。そんなときはお腹いっぱいご飯が食べられたし、みんな笑ってました」

姉は母が喜ぶことがなにかを見つけるのが上手く、妹は本能的に大人に可愛がられる術《すべ》を知っていた。母はときどき小屋に戻らぬ夜もあったけれど、辛抱強く待っていれば、必ず楽屋に帰ってきてくれた。

「今思えば、感情なんかどこかに置き忘れてきたような、不思議なひとだった。母にもいろいろあったのだと今ならわかるんですよ。でもね、数え七つと四つの子供が金で売られることを理解するのは無理でした。冬の日の寒かったことと、お腹がすいて涙も出なかったことをよく覚えてます。母のいないところで人買いの男がわたしたちを『牛や馬と同じ』と言ったのを覚えています。そのときは、母がお金を得てわたしたちを手放したことを知っても、不思議と悲しくはなかったんです。なにか、こうしなければならない事情があるのかな、って。母が喜ぶなら、行った先でもしっかりしなくちゃと思っていました。二度と会えない現実を実感する術もなかったんです」

人買い――姉の実の父親、加藤千吉は列車と青函《せいかん》連絡船に乗る際に、幼いふたりを毛布に包《くる》み、林檎箱に入れて運んだ。荷物としてならば旅費がかからない。男は、いくらかでも金が浮けば、そのぶんで酒が飲めると卑しく笑った。

下の箱には姉が、上の箱には妹が入っていた。箱は麻縄でひとつに結わえられた。

船の後方にある荷物室は、波に乗り上げるたびにすべてが宙に浮いた。船底から響く動力音と重力に弄《もてあそ》ばれるような浮き沈みのなか、寒さと怖さで泣き続ける妹を励ますため、姉は懸命に「憧れのハワイ航路」を歌った。

「面白いもので、そんなときにそらで歌えるのも、母がよく口ずさんでいた歌でした。津軽海峡を荷物として渡っているあいだずっとそればかり。歌っていたら、ときどき妹が泣き止むんです。泣き声が聞こえなければ今度は、死んでしまったんじゃないかと名前を呼びながら大声で歌うこととの繰り返しでした」

声が嗄《か》れ、潮のせいで喉の渇きがひどくなっても、姉は歌い続けた。船尾で波に振り回されるような時間を過ぎて力も尽き果てそうになった頃、船は函館に着いた。夕刻の港町は磯のにおいから景色の隅々まで、八戸とは違った。

「林檎箱から出ると、八戸よりもずっと空の大きな土地にいました。海峡を越えてきたというだけで、やたらと遠い場所のように感じられて。しょっぱい河とはよく言ったものです。地形的には太い川のようなものかもしれないけれど、わたしにとっては二度と戻れぬ果ての場所に連れて来られたように思えたんです」

函館に着くと加藤千吉は林檎箱の縄を解き、姉妹をリヤカーに乗せた。姉はうっすらと積もった雪にできたリヤカーの轍《わだち》を見て、自分たちがどんどん母から離れてゆくことを実感し、泣き疲れて眠る妹を哀れんだ。毛布二枚に包まれていても、寒さは去らない。ときどき妹の寝息を確かめながら、函館の街はずれまでの道をリヤカーに揺られ過ごした。

「その日は旅館に泊まったんです。女将《おかみ》さんは人買いの知り合いみたいでした。髪にも服にも錆《さ》びた鉄のにおいが染みていて、これじゃあいけないというので、旅館のお風呂に入ったんです」

豚汁とにぎりめしをひとつ平らげたあと、姉は眠りそうになる妹を揺り起こしながら風呂に入れた。芯から冷えていた体が温まったところで風呂から上がり、そこで姉は人買いと旅館の女将との会話を耳にする。

――姉のほうな、あれは俺の娘なんだ。青森の女に産ませた娘よ。あのまま女のところに置いておいたところで、どうせまともに育ちやしない。欲しいところに売ってやるのも、親の務めってやつだべ。ふたりひと束なら、少しは儲けに色が付くかもしれねぇ。

――なんだねぇ、あんたも相変わらず自分の都合のいいようにしか考えない男だこと。

――そういうこと言うなや、こっちだって血を分けた娘のことが心配で心配で仕方なくてやってることだ。

――金で子供をやりとりするくらいだから、どうせ捨てた女なんだろうさ。

——馬鹿言うな。お互いそんときは、添えぬ事情があったんだよ。

男は、そこだけ声を潜め、自慢げに言った。

——あの女、生まれた娘に俺の一字を付けてたんだ。千恵子の千の字は、千吉の千だとよ。まったく、深情けとはよく言ったもんだ。

くつくつと含み笑いが聞こえたあと、大人たちは別の部屋へと消えた。

姉はなんとか旅館を逃げだそうと妹を揺り起こしたが、ぐずるばかりで目を覚まさない。背中に負ぶってゆこうにも、重くて背負うことすらかなわなかった。眠る妹の横で、姉は一睡もせずに朝を迎える。そして自分がもらわれてゆく初老の夫婦がやって来たとき、旅館の前で今度はリヤカーから離れてゆく妹を見ることになる。

自分たちの老後をみてもらうための養子だから、と老夫婦はふたり一緒の引き取りを断った。自分たちの経済状態では、ふたりの子供を育てるのは無理だと譲らない。

——こんなに仲のいい姉妹を離れればなれにするなんて、俺はとてもそんな非道《ひど》いことはできませんよ。妹の分の金は要りませんから、どうかふたり一緒に引き取ってやってくださいよ。

——家の手伝いをしてもらうには、少しでも年かさがあったほうがいいんだ。まだ赤ん坊みたいな子を二年も三年も面倒みる余裕は、うちにはないんだよ。それに、下の子の耳と首の傷、それはなんだい。血が繋がってないからといって、うちがやったと思われるのは勘弁してほしいんだ。

――そんなこと言わずに。このくらいの傷、すぐに消えますから。

――その子には不憫《ふびん》だけれど、約束どおりということで。

頭上で封筒のやりとりが終わり、姉は再びリヤカーに乗せられた。妹は旅館の女将に抱かれて、まだ眠っていた。雪景色の中で何度も妹の名を呼んだが、呼び返す声は聞こえなかった。

千恵子の養父は札幌の映写技師で、養母は映画館のもぎりをしていた。居場所は芝居小屋から映画館に変わったが、がやがやとした気配は同じだった。養父はその腕を見込まれ二年で札幌から帯広に、そのあと一年で次は釧路へと住まいを移した。最後の家は、釧路の駅裏だった。そして娘は買われたときの約束どおり、ふたりとも看取ってから幼なじみだった夫と結婚した。

行方千恵子は、この女だった――。

「養父母を看取ってひとりになってから、呼び名を恵子にしました。あの男のひと文字が付いている限り、死ぬまでずっと自分の性《しょう》の悪さとつきあい続けなきゃいけないような気がしたんです」

幾ぶん晴れ晴れとした顔で彼女は、結婚のとき転籍をしているので言ったことを信じていただくしかないんですけれど、と結んだ。

彼女はワゴンを押して再びキッチンに戻り、お湯を沸かし始めた。真由は一瞬片桐と交叉《こうさ》した視線を、窓の外へと向けた。厚い雲の向こうで、姿を見せぬ太陽が移動している。

「夫は中学の同級生でしたけど、そういうわたしの話をけっこう辛抱強く聞いてくれましてね。卒業後に、夜学に通いながら駅前のデパートで事務を執っていたときに再会したんです。ぜんぶ話して、そんなわけだから今は恵子という名前で暮らしているんだと言ったら、その日から恵子ちゃんと呼んでくれるようなひとでした。親のない人間の寄る辺なさを、よく識っているひとだったと思います」

真由はどんどん軽くなってゆく彼女の語尾を、不思議な気持ちで聞いていた。

ケトルがお湯の沸騰を知らせたあと、千恵子はお茶の準備を始めた。

「刑事さんたちも、小百合さんから話を聞いたのでしょう」

「はい」

「小百合さんは、八戸での記憶がないとおっしゃっていました。加藤千吉の娘として育てられていたことは、ご存じなのでしょう」

「はい、ご本人から伺っております」

彼女——千恵子がゆるりと目を逸らした。姉妹ふたりがお互いの歯車をかみ合わせ始めたのが釧路だった。人が流れてゆく先が、開けているのか細っているのか、この土地に生まれた者にはわからない。辿り着いた場所でどんな夢をみるかで、過去も今日も明日も、簡単にかたちを変えてしまう。

ワゴンに紅茶のサーバーをのせて再び椅子に戻ってきたとき、彼女は「千恵子と呼んでくださって、よろしいんですよ」と言った。

紅茶の葉が、サーバーの中で大きく開き沈んだ。彼女はお茶をティーカップに注ぎ入れたあと、部屋の電灯を点けた。

「こんな空と海しかないところですけど、霧の濃い日や雲の厚い日は昼間でも明かりが必要です。日が陰ってくると、先に電気を点けるのはいつも夫でした。日中スイッチを入れるたびにそんなことばかり思い出します。人って、あんまり鮮やかな場面を毎日思い出したりはしないみたい。生きている方は生きることに精いっぱいなのか、生活になじんだ場面を思い浮かべることで不在に耐える力をつけるのかもしれないですね」

「不在、ですか」

「記憶の底に残る些細なことばかり思い出すのは、まだ不在をはっきりと胸に落とせていないせいかもしれません。けれど、記憶にないことはその人のなかに存在しないことなんです。小百合さんにしたって、いきなり現れて思い出せというのも、本人にとっては困るだけなんですよ」

記憶にないんだから、と笑う彼女の瞳は穏やかだ。真由は「もしや」の思いを胸から引き上げた。

「もしかして、いまお話しされたこと、小百合さんにはおっしゃっていないんでしょうか」

「もちろんです。ないものを記憶として組み立てるのは難しいですよ」

「いつ小百合さんが妹ということに気づかれたんですか」

「先代が亡くなった際、保険金受け取りの書類手続きをお手伝いしていたときにはっきりと確信しました。旧姓が行方で生まれが八戸とありましたから、すぐにわかりました」

彼女の口調には、まったく動揺がない。するりと、片桐が間に滑り込んできた。

「伝えるつもりは、ないんでしょうねえ」

「わたしが黙っていれば、誰も困らせずに済みますでしょう」

だから、と彼女は一度言葉を切った。片桐もわずかに身を乗り出した気配だ。真由も緊張を片手に次のひとことを待った。

「だから小百合さんは、亡くなった滝川さんを知らなくて当然なんです。いきなり自分に関わりのある人が殺されたと聞いて、彼女はとても困惑していました。どういう事情の果てに事件が起こったのかは知りませんけれど、彼女が直接関わっているということはないんです」

兵藤恵子は、千代ノ浦海岸で発見された遺体が、八戸で最後に自分たちの面倒をみてくれていた滝川信夫だということを知っていた。脳裏にモノクロ写真の白と黒が入れ替わったような景色が広がった。

「伝えなくてはそのお気持ち、報われないと思います」

数秒の沈黙を経て、彼女はいっそう優しい瞳をこちらに向けた。

「この世には報われる必要のない気持ちも、あるでしょう」

真由の脳裏に、ゆるりと陽炎《かげろう》が立った。それが、見たこともない産みの母なのか希代なのか、揺れる影だけではわからなかった。記憶にないものを心に立ち上げるのは、陽炎に輪郭を与えるより困難なことだ。真由の弱気に彼女のひとことが刺さる。

「必要としていないのだから、いいんですよこれで」

ひと筋縄ではゆかぬ気配を全身に含んだ女には、怖いものなどないのだった。今まで米澤小百合に向けられていた疑念は、この時をもって兵藤恵子――兵藤千恵子へと移った。背中から脇、膝の裏側に嫌な汗が滲む。

ロッキングチェアから立ち上がった片桐は、ふたりの視線を浴びても一向に動じる様子がなく、口をへの字に曲げて鼻から長い息を吐き、言った。

「滝川信夫さんが殺害された日、兵藤さんがどちらにいらしたのか、訊かなくてはいけなくなりました」

「家におりました」

「誰か、それを証明するひとに心当たりはありませんか」

「出かけるときは車を使います。ご近所に訊いていただければ、いつ自宅にいたかくらいはわかってもらえると思います」

「この先少々身辺が騒がしくなろうかと思いますが、どうかご容赦願いたい」

千恵子だった女は、ゆっくりと顎を上下に振った。

「昨夜小百合さんに、母がまだ八戸で生きていることを聞きました。とても不思議な気持ちです。彼女が妹だと知ってから、なんにも変わっていないような気もするし、すべてが変わってしまった気もする。あの子の口からそんなことを聞かされて、少しだけ気持ちがざわつきました。生きているのなら、母にはできるだけ長生きして欲しいです。みんな、命はひとつしかないですし」


真由が風呂と仮眠を取るために帰宅したのは午後八時だった。翌日は午後から兵藤宅の張り込みが入っている。それまでに動きがあれば在宅時間も変わってゆく。先に帰宅していた希代が、急いで風呂の準備を始めた。台所にはひとりで食べるつもりだったのか、冷凍チャーハンの袋がひとつ置いてある。

真由は冷凍庫からもうひとり分をつまみあげ、大ぶりの北京鍋《ペキンなべ》を出した。炒め物の音とともに、すぐにごま油の香りが漂い始めた。希代が風呂場から戻ってきた。

「ありがとう、今日もひとりだと思ってたから、さっさと済まそうなんて思っちゃって」

「たまにはこういうのも美味しいよね」

最初はぱらぱらとまとまりのなかった冷凍米が木べらにまとわりついて重たくなってきた。

「捜査、少しは進んでるの」

「まぁまぁってところかな」

意識が兵藤邸へと滑り込んでゆく。視線が腕の時計に落ちた。小百合をあの部屋へ迎えて、そろそろ夕食を食べているのだろうか。ぼんやりと椅子ばかりの部屋を思い浮かべていると手がおろそかになっていたようで、希代が横からＩＨのスイッチを切った。

「今日は食べたらすぐお風呂に入って、なにも考えないでとにかく寝なさい。睡眠が足りてないと、なんにも前に進まないよ」

「ありがとう、そうだね」

事件のこと以外の会話をするのが新鮮で、改めて母の顔を見た。希代が「なに？」と問う表情で娘を見上げた。

「いや、お母さんってあんまり物事に動じないひとだよなって、思って」

「動じてるじゃない、いつも」

「あんまり変わらないようにに思えるけど。お父さんが倒れたときも、すごく冷静だったし」

希代はチャーハンを皿に分けながら、娘の言葉に笑っている。真由は母の笑顔の意味を訊ねられず、バッグの上に放っていた上着をダイニングチェアの背もたれに掛けた。

希代が差し出したレンゲを受け取る。

「感情がないって言われたことはあるけど、動じないっていう言い回しのほうが本人は嬉しいもんなんだね」

「誰がそんなこと」希代に対してそんな言葉があったことが意外で、レンゲを持つ手が止まる。涼しい顔で希代が言う。

「うちの母親」

病床に就くまでほとんど会ったことのなかった祖母の、枯れ細った顔を思い浮かべた。真由を引き取って育てる決意をした頃からほとんど絶縁状態だった希代に看取られることは、祖母にとって幸福だったのか屈辱だったのか。

「想像つかないな」

「うん、もう命をあきらめちゃった頃だったと思うよ。『おまえの感情はどこにあるの』って、訊かれたってねぇ」

ああ、と真由は思い至った。自分の幅を超えた者を、ひとは無意識に畏《おそ》れるのだ。奇《く》しくも今日、兵藤千恵子と対峙《たいじ》していて思ったことだった。祖母も、自分の感情や思惑を超えた生活に踏み出した娘を心の裡《うち》で畏れたのかもしれない。

「ああ、って何よ」希代が言った。

「感情がないと言ってたわけじゃないんだろうなって思っただけ」

希代は「ふうん」と頷き、チャーハンを口に運び続ける。真由もそれ以上言葉を追いかけず、母が費やした介護の時間を胸の裡で労う。最後のひとくちを、ほぼ同時に食べ終えて皿を重ねた。洗うつもりで立ち上がると、希代が今日はいいからと真由の手から皿を取り上げた。

「先にお風呂に入っちゃいなさい。いつ呼び出しがかかるかわからないんだから。とにかく一分でも休むことよ。事件が終わったら、そのぶん働いてもらうから」

母の言葉に、あるかなきかの自信が揺らいだ。姉妹である事実を告げずにおきたいという兵藤千恵子の胸の裡に、この母なら明快な言葉を持って寄り添えるのではないか。期待とも弱音ともつかない娘の、一抹の思いを拭き取るように希代が明るく言った。

「お父さん、本、面白いみたいよ」

「本当なの？」

「うん。動じないわたしなりに嬉しい。信長、一生懸命読んでる。今日は新しい竹刀を持って来て欲しいなんて言ってた」

一日や二日で史郎の調子が急激に良くなるとは考えにくかった。

「どうしたんだろう、急に」

「娘が現場で走り回ってるのが、いい刺激になったんじゃないかな。今まであんなに嫌がっていた発音練習も、根気が出てきてる」

皿を洗い桶《おけ》に入れてお湯をかけながら希代が言った。背を向けた母の肩がすこし小さくなったような気がして、短く「そうなんだ」と相づちを打つ。

「竹刀は、明日持って行くの?」

「うん、そうしようかな」

ならば自分が届けると言うと、希代が振り向いた。

「今夜呼び出しがなかったら、明日の朝は病院に送る。お父さんの竹刀、重いから。少し早めに出て、わたしが届ける」

希代は頷いて、再び皿を洗い始めた。年々ちいさく感じられるようになってゆく母と、わずかでも前へ進むことを決めた父の毎日が、少しでも明るくあるようにと願った。

つと、風呂場へ向かう足を止めて、希代の背中に言った。

「退院するときは、椅子をプレゼントしようかな」

なぜ椅子か、と問う母に「何でも、すわりがいいってのが大事じゃないかと思って」と返した。

真由は何か言い得たような気持ちで風呂に浸かった。あれこれと考えたが、父の退院祝いはやはり椅子がいいだろう。そして——どんな椅子がいいかを兵藤千恵子に訊ねてみたい。

翌日午前六時半、目覚まし時計の音が遠くから近づいてきて、額のあたりまでやってきたところで停止ボタンを押した。目覚まし時計を枕の横に置いてぴしりと起き上がる。血流を良くするためのストレッチを三分。睡眠が足りた頭に思い浮かぶのは、兵藤千恵子の顔と、史郎愛用の竹刀だった。

一階の納戸を開けると、すぐに赤樫《あかがし》八角型の素振木刀が目に入った。筒形の傘立てには、真由の身長とともに長さを増した歴代の竹刀、史郎愛用の木刀や竹刀が立ててある。これらを淡々と振っていた父に、再び二キロの素振木刀を持てる日は来るだろうか。

持たせてあげたい——。

真由は長く放置されていた竹刀の中から軽めのものを手に取り、竹刀袋に入れた。筋力の落ちた腕で持つには、まだ重すぎるかもしれない。けれど、子供用を渡せば史郎を傷つける。筋力と全身のバランスを失った男から、更にプライドまで奪ってはいけなかった。

希代とふたり朝の病室に入った。リハビリ前の時間は、本を開いているという。朝食の食器は既に自分で片付けてあった。瞳の位置が少し戻っている気がした。真っ直ぐ前を向こうとしているのだと理解して、史郎のベッドに竹刀袋を置いた。

出せ――。

真由は袋から竹刀を取り出し、握りを父の手元に差し出した。思いのほか力強く受け取ると、史郎は竹刀を杖にしてベッドから脚を下ろした。意思に伴い動く右半身と思い通りにはゆかぬ左半身が、父の胸のあたりで諍《いさか》いを起こしている。よろけながらベッド脇に立った。息が切れている。支えようと無意識に伸ばした手を、史郎の竹刀が止めた。

ぎこちない仕種で歩き始めた父を、一歩ずつ追った。以前は荷物のように引きずるだけだった左足が、少しずつでも体について行こうとしている。廊下に出るまでに数分かけ、史郎が歩いていた。真由の後ろを、希代がついてくる。振り向くとにこにこと微笑んでいた。

どこへゆくのかと思えば、エレベーターの前だった。史郎が竹刀の先を床に突き立て、片側に流れそうな体を踏ん張りながら、真由を見た。

「仕事、行け」

　一音一音に、濁点がついているがはっきりとそう聞こえた。ほかにはなにも言わない。史郎の後ろで、希代が親指と人差し指を丸めて「ＯＫ」のサインを送ってきた。真由はひとつ頷いて、エレベーターの下降ボタンを押す。何を言おうか迷っているあいだに、扉が開いた。

「じゃ、行ってきます」真由は閉まり掛けたドアの中からちいさく手を振った。瞳に光を取り戻した父と、動じない母が並んでいた。

　病院から出て二十分後、署の駐車場で片桐を拾った。

　助手席に滑り込んで来た片桐は、いつになく上機嫌だ。訝《いぶか》しむ暇もなく、話し始める。片桐の言葉を聞きながら、兵藤邸に向けて車を出した。

　気温は二十二度、湿度八十パーセント。朝夕の差がほとんどないので、夏なのだった。

　交替から三十分経ったところで、玄関から兵藤千恵子が出てきた。もう、捜査線上の彼女を恵子という名で呼ぶことが出来なくなっていた。

　髪をすっきりと後ろでまとめ、紺色のスーツ姿に厚みのある黒い書類バッグを提げている。玄関の鍵を掛ける背中は自然で、あたりを窺うような気配は見られなかった。家の横に停めた軽四輪に乗り込む際、彼女の視線が真由のほうへと向けられた。こちらに向かって軽い会釈をする彼女に、見かけ同様の余裕があるとは思えない。けれど千恵子の笑みはすっきりと晴れやかだ。

「仕事かな」と片桐が言う。

「余裕ありますね」

彼女が自ら匂わせた滝川信夫との関わりは、太い輪郭を持ちながらどこか心許《こころもと》ない。輪郭ばかりで色合いがわからないのだ。自宅周辺の聞き込みでも、彼女が滝川老人と接触していたという証言は出てこなかった。

兵藤千恵子の車は、市内とは反対方向に向かって走り出した。見張りがついていることを知っていて起こす行動と行き先だ。こちらも堂々と追尾する。彼女の、逃げも隠れもしないという意識が、法定速度で走る車両から伝わってくる。ときに真由が苛立つほどに、軽四輪はゆっくりと走り、北太平洋シーサイドラインへと入った。道幅は市街地より狭くなり、沿道は土留めの急な斜面と針葉樹の二次林だ。海側にときどき、細い簡易舗装の道が見えた。

「このあたりは漁場ごとに浜に続く枝道があるんじゃなかったか」片桐がつぶやいた。

「昆布森《こんぶもり》のほうに、母の実家があります」

「希代さん、こっちの生まれだったのか」

「高校からは市内で下宿をしていたそうです」

「祖父《じい》さん祖母《ばあ》さんは、まだ元気なのかい」

「もう両家の親は誰も残ってません」

死んだかい、と問われ、はいと返した。ほとんど行き来もなかった両家の祖父母たちが、最後までわだかまっていたのは「夫が外に作った子を引き取り育てる」という希代の選択だった。

「キリさんは、感情がないっていう人物評と動じないっていう評は同義語だと思いますか」

「なんだよ、それ」

「どっちも同じ人間に対する言葉です」

片桐は数秒の間をあけて「時と場合によるだろうよ」と言った。真由は「それもそうですね」と返すしかなく、愚問を恥じた。ただ――、片桐が続けた。

「兵藤千恵子にあてたとき、どうだ。あの女、俺たちを前にしてもさっぱり動じる様子はなかったろう」

「たしかに、そういう印象はありませんでした」

「三手先が見えているんだよ。自分がこうすれば相手がどう考えてどう動くか、情を使って計算している。一手進めたときの戦況に予測がついてるって、どういう意味かわかるか」

「すみません、すぐには」

「お嬢、頭つかえ。あの女はやる気でやってる。昨日俺たちに手持ちの札を見せたのもそうだ。最後の一手を決めていれば、捨てる駒もはっきりしてくる。余裕が見えるのもわかるだろうよ」

「最後の一手って、なんですか」

「そこは自分で考えろや」

今日のお嬢は冴えがない、と言われると返す言葉がなかった。

千恵子の車が右にウインカーを出した。市内を出てから、対向車もない。車を追い右折する。細い簡易舗装の坂は車一台通るのがやっとで、両側は防風林だ。ゆるやかにカーブする道を下りてゆくと、灰色と水色を混ぜ込んだ空の下に凪《なぎ》の海が見えた。両手を広げたらすっぽりと入ってしまいそうなちいさな浜では、灰色の石原に昆布が黒い縞《しま》模様を描いている。前方の車が、浜まで下りたところでテールランプを点《とも》し止まった。真由もブレーキを最後まで踏んだ。坂の終わりで停止する。車から兵藤千恵子が出てきた。

真由は窓を開けた。いきなり磯のにおいがなだれ込んでくる。干し昆布のにおいなのか浜そのもののにおいなのかわからない。片桐が、このにおいを嗅ぐとにぎりめしが食いたくなるとぼやいた。

千恵子の足取りには迷いがなさそうだ。手を振る先に目を凝らす。昆布干し場の片隅に転がっている赤いブイが動いた。よく見るとそれは背中を丸めた人間だった。

「人か」片桐が助手席で半ば叫ぶように言った。潮騒は、誰の声もかき消してゆく。

千恵子に声をかけられて立ち上がった人影は、その背格好と足腰の曲がり具合から相当な老人を想像させた。赤いアノラックのフードを外すと、水色のスカーフで頬被《ほおかぶ》りをしている。顔は見えないが性別はわかる。このあたりの漁師ならば頭に手ぬぐいを巻いている。

「女性ですね」

「相当な婆さんだ」

そんなやりとりを知ってか知らずか、千恵子は頷きながら老婆の話を聞いている。途中、にっこりと笑ったあと、バッグからクラフト色の紙包みを取り出した。片手にのるくらいの大きさの包みを押し戴《いただ》いて、老婆は曲がった腰のまま頭を上下に振って礼を言っている。

「なんでしょうかね」

「保険の外交員ってのは、いろんなものを持ってくるがなぁ」

老婆から干し昆布の束を受け取った千恵子が、不意にこちらを見た。赤いアノラックに軽く手を振って、彼女がこちらに向かって歩いて来る。声が届く数メートルのところで、真由は運転席から出た。

車から三メートルほど離れた場所で、千恵子がゆったりと腰を折った。

「お疲れさまです。みなさん、ちゃんとお食事を摂《と》っていらっしゃいますか」

「だいじょうぶです。いろいろ煩《わずら》わしいことと思いますが、お許しください」

「当然のことだと思いますよ」

こちらへは仕事かと問うと、千恵子は背後の赤いアノラックを振り向き見て「ええ」と頷いた。

「十年前に、息子さんを海難事故で亡くされた方です。夫が遺した仕事先のひとつです。受取人は母親だったんですけれど、実際にお金が渡ったのはほかの息子さんやお嬢さんたちでした。多いんですよ、こういうこと」

老婆もそれでよしとしていることが、千恵子のゆったりとした口ぶりで伝わってくる。同情も怒りもそこにはなかった。千恵子が真由に向かって、向こう脛《ずね》ほども長さのある干し昆布の束を差し出した。

「いい出汁《だし》が出るの。これ、差し上げます。手作りせっけんをお土産に持って来たら、お礼にいただいたの。どうぞ」

車の中から片桐が「どうもすみません」と声を張り上げた。受け取らないわけにはいかなくなり、十本はあろうかという昆布の束を手にする。磯くささがいつまでも鼻の奥に残りそうだ。

「ここ、車が一台しか通れないので、いちど下まで下りて方向転換してくださいませんか」

なるほど、と坂を見上げた。ここにいると睨み合いになってしまう。気づかぬうちに、彼女の帰路を塞《ふさ》いでいた。真由は昆布の礼を言い急いで車に乗り込み、軽四輪の車体をかすめて浜に下りた。彼女の車をバックミラーに見ながら、家に続く狭い道で車の向きを変えた。

予想どおり車の中には昆布のにおいが充満している。どうして受け取ることを承知したのかと片桐に問うた。

「あそこで押し問答してたって、いいことねぇんだよ。素直にもらっとけよ」

「あとあと、問題が生じたらどうするんですか」

「このにおいよりきつい問題なんぞ、起きねぇよ」

真由は前方をゆく千恵子のテールランプを追い続けた。沿道の緑にエゾカンゾウのオレンジ色が鮮やかだ。往路では気づかなかった色合いに、今しがた見た浜の景色を思った。もう、老婆の着ていた赤いアノラック以外はすべてモノトーンでしか思い出せなくなっている。石も空も海もすべて白か黒、あるいは灰色だ。

兵藤千恵子は家の近くのコンビニに立ち寄った。ここでは真由が車に残り、片桐が店内に入った。街はもう夕暮れに近づいており、赤みを帯びていた。数秒遅れてコンビニから出てきた片桐が、手にレジ袋を提げていた。乗り込んできた途端、昆布のにおいに揚げ物のにおいが混じった。

「俺の晩飯だ」

「彼女はなにを買いに立ち寄ったんでしょうか」

「牛乳とロールケーキふたつだ」

そろそろ、和商市場に小百合を迎えに行く時間だった。そして自分たちは、彼女たちが益浦に戻ってきたところで次の番に交替する。

千恵子はどうやら真っ直ぐ和商市場に向かうつもりらしい。自宅には向かわず、国道をそのまま進んでゆく。千代ノ浦海岸で、目に入るものをすべて朱色に染める太陽を見た。日中は白黒写真のようだった景色が、夕日ひとつで別の街へと姿を変える。太陽が、赤い色を残して今日から去ろうとしていた。

幣舞橋にさしかかったところで、片桐の携帯電話が震えだした。「班長様だ」とつぶやく。

返事ばかりの通話を終えた片桐が言った。

「このあいだ仁志が実印を持ち出した理由がわかった」

「なんだったんですか」駅前の信号待ちで訊ねると、片桐が吐き捨てた。

「実の姉に借金するときの念書じゃ、吐いたところで使えねえな」

仁志は姉の宏美にたびたび金を借りていた。彼女は金を返さぬまま借りに来る弟に借用書を書かせながら、その妻に入信を勧めるお徳さまだった。

「小百合さんが知っているかどうか、気になります」

片桐は数秒黙り「あの女は、知らないんじゃないか」とつぶやいた。どうしてか、問うてみる。片桐の答えは明快だった。

「自分の両手に余るものはみんな、ないことにする人間ってのがいるんだ。肩幅からはみ出したことは、無意識のうちになかったことにできる。姉がいたことも、生まれ育ちについても、面倒と思った段階で放棄だ。知らないっていうよりは、気づくつもりもないんだ」

片桐はひとつ息を吐き「鈍感といえば聞こえはいいがな」と言った。

「鈍感、ですか」

「そうだ、よく見てみろ。周りはあの鈍感さに、いいだけ振り回されてるだろう」

姉妹という現実ひとつとっても、感じ方の異なる女たちだった。妹の小百合が捨て置いた生き別れの事実を、姉の千恵子は気遣いながらそっと見守っている。実母の行方佐知子が存命という現実も、小百合は聞き流し、千恵子は小骨のごとく喉に引っかからせている。

目の前に鮮やかに立ち現れた千恵子を通して、米澤小百合の人としての「薄さ」が目につき始めた。意識的になのか無意識なのか。片桐の言葉を借りればそれは「鈍感」で片付けられる。真由は、自分も産みの母にこの鈍感さをもって復讐《ふくしゅう》しているような気持ちになった。必要以上の、あるいは必要な興味を持たないことであえて母という存在を否定してはいないか。

「結局、米澤小百合は、自分のことしか考えられない人間、ってことですか」

「しぶとく生きて行くには、いいことじゃないのか」

千恵子の車は、和商市場から道路一本を隔てた駐車場に停まった。和商市場とは違って、くしろ丹頂《たんちょう》市場と名付けられたここは開店も店終《みせじま》いも早い。停めた車から、千恵子が出てきた。道路脇に停車している真由に、軽く会釈して和商市場へと入ってゆく。

「行ってきます」

真由はハザードランプの点灯を確認して運転席から出た。夕暮れの湿った空気が肌にまとわりついてくる。建物へ入ってゆくと、柱の横に松崎比呂がいた。

米澤蒲鉾店の店頭にはもうほとんど品物が残っていなかった。会話が聞こえるぎりぎりの場所が、松崎の立っているところだ。松崎が携帯電話を耳にあてるのを見た。二秒を待たず、真由の上着の内ポケットで携帯電話が震えだした。松崎だった。

——返事はいいから聞いて。家では仁志が家にこもってずっと飲んだくれてる。太一は明け方に工場に行って、機械の準備をしてる。家庭の事情で一度工場を辞めたパートのおばちゃんに声をかけて、小百合の穴を埋めてるとこ。母親と姉のほう、よろしく。

そこで通話が終わった。真由は携帯電話を内ポケットに戻した。柱の陰から、松崎が居なくなっていた。辺りを見回すが、どこにも見えない。

千恵子が店頭から離れ、真由のいる方へと歩いてくる。小百合はバッグを持ち店内通用口へ向かっていた。

「お疲れじゃないですか、だいじょうぶ？」軽やかに語尾を上げ、千恵子が問うた。

「目障りなことでしょうが」頭を下げた。

市場を出ると、昼間より湿度を増した街が薄闇に溶けていた。

翌朝七時、小雨の降るなか千恵子は和商市場の前で小百合を車から降ろしたあと、運転席で手を振った。しかし、自宅に小百合を泊まらせて四日目の今日、千恵子は和商市場から自宅に戻らなかった。駅前で北大通へと曲がるはずが、釧網《せんもう》本線沿いの国道三九一号を内陸に向かって走り始めた。

「おばさん、どこへ行くのかな」

片桐がシートから背中を浮かせた。真由はフロントガラスを濡らす水滴とワイパーのスピードを合わせることに気を取られた。

千恵子の車は標茶《しべちゃ》・網走方面へ向かって走っていたが、数回の信号待ちを経て遠矢《とおや》から湿原を横断する道へと左折した。

「お嬢、この道は新しいんじゃなかったか」

「釧路湿原道路という名前だったと思います」

小雨のせいか、沿道の湿地はますます灰色がかって見えた。色を伝えるための光が不足しているのだと気づくころ、千恵子の車が速度を上げ始めた。この道があれば、最短で阿寒方面へと抜けられる。

「おばさん、今日は阿寒の顧客かね」

「どうでしょうか」

仕事にしては、朝が早すぎないだろうか。釧路湿原道路の終わりが見えて、軽四輪はゆるやかに一時停止した。右折、左折の先は空港だった。

「いったいどこに行くつもりだ」

片桐の言葉は問いというよりもぼやきに近かった。車は空港の駐車場へと入った。真由も、車三台ぶんの距離を空けて駐車する。

黒いジョーゼットのパンツに白っぽいTシャツ、アイボリーのロングカーディガン姿の千恵子が車から降りた。肩に仕事のときとは違うトートバッグを提げている。運転席から出ると、千恵子がこちらに軽く会釈をして目の前を通り過ぎた。つられるように頭を下げて、空港のロビーへと向かう彼女を追った。三十分内陸へ入っただけで、小雨が止んでいた。

　千恵子とのあいだには、誰もなにもない。尾行というには開けっぴろげで、お互いの距離を測りながら同じ方向に向かって歩いている。お互い逃げも隠れもしないぶん、主導権は千恵子にあった。

　真由は、空港カウンターで行き先を告げる彼女の声をはっきりと聞いた。

　――いちばん早く着く便で、青森まで行きたいんですけど。

　――今からでしたら、九時発の全日空便で出発されて、新千歳空港で乗り換えていただくのが最も早いと思われます。乗り換えにつきましては、到着ロビーで係員の案内をご希望される場合、手配いたします。

　――お願いします。

　片桐が低く唸る。まだ参考人でしかない人間を、飛行機に同乗して追い続けるのは捜査上無理だ。行き先が青森なのに――。地団駄を踏みたくなる気持ちを鎮めて、片桐を見た。顎を軽く上げて、いかにも機嫌が悪そうだ。

　お嬢――、片桐もなにか言いかけてやめる。千恵子がエレベーターに乗り込む後ろ姿を見た。

「無理だ、ここから先は青森県警のねえちゃんに電話して応援を頼むしかないだろう」

「無理は無理なんですが」そのあとの言葉が続かなかった。

「元生活安全課の、あの何とかっていう男もいたろう。青森に行くのはわかったんだから、次の手を打つぞ」

苛立ちを隠さず、片桐が空港出口を顎で示す。千恵子が乗ったエレベーターが空箱で一階に戻り、スーツ姿のふたり連れが開いた箱に乗り込んだ。片桐の判断は正しい。自分たちはこのまま空港を出て、兵藤千恵子の尾行を青森県警に頼めばいいのだ。

ひとつ息を吐いた。吐ききれないものが胸に溜《た》まっている。千恵子が青森へ行く意味と、これからしようとすることの可能性を、体がねじれるほど考える。そういくつもの選択があるようには思えない。次々と搭乗口へ向かうひとの背中を見送りながら、この歯ぎしりしそうな状況に耐えている。片桐も同じだろう――と思ったところで、心の留め金がねじ切れた。

「休暇を取らせてください」

片桐の瞳が一瞬大きく膨らんだあと、視界から消えた。薄いつむじが数秒、左右に揺れた。キリさん。声がわずかに高くなる。飛び出した言葉に、誰より真由自身が驚いている。

片桐が「うん」と一度頷き、真由を見上げて言った。

「お嬢、車の鍵、寄こせ」

「どうされるんですか」

「俺が乗って帰らないとならんだろう。一ヵ所や二ヵ所へこんでても文句言うなよ」

そう言うと、上着のポケットから札入れを取り出し「これしかねぇからな」と言って一万円札を三枚抜いて差し出した。

「持ってけ。足代の足しにしろ」

真由は片桐から三万円を受け取り、腰を折った。そしてポケットから車の鍵を出して渡した。空港アナウンスが響いている。背筋を伸ばし、カウンターに向かって足を踏み出した。

10

八戸はこのあいだやって来たときよりもずっと、太陽が大きく感じられた。

真由は建物を見上げた。まぶしさに思わず目を閉じる。津軽海峡を越えただけで、どうしてこんなに日差しがきついのか。北海道以外の夏を経験していない身には、室内や車内のエアコンさえもこたえる。

横には同じように建物を見上げる千恵子がいた。兵藤千恵子の目的地は、本八戸の「八戸劇場」だった。真由は彼女へと視線を移した。本八戸駅からここまでやってくる際の千恵子の足取りに迷いは感じられなかった。数えの七歳まで育った土地とはいえ、道路も建物も当時とは違うのではないか。半世紀以上も訪れることがなかったことを思うと、土地の遠さはそのまま気持ちの遠さだったろう。

日傘を差した女がコンビニへと入ってゆくのが見えた。頭も熱いが、照り返しのせいで蒸し風呂にいるようだ。千恵子が劇場の壁が作る狭い日陰に入った。バッグから取り出したハンカチで額と首筋の汗を拭っている。彼女のハンカチが上下に揺れるのを見た。手招きしていると気づくまで数秒かかった。

「こちらへいらっしゃい。日陰にいないと倒れてしまいますよ」

一礼して彼女の隣へと移動した。礼を言うのもおかしいし、かといって無言でいるのも気詰まりだ。

「兵藤さん、ここまで迷いなく歩かれていましたが、劇場の場所はご記憶にあったんでしょうか」

「道路とか建物はほとんど変わってしまっていると思いますけど、空の感じとか山の位置はそんなに変化がないような気がします」

指さす方角に小高い山がある。山と太陽の位置で生まれた場所へ戻ることの出来る彼女だが、自力で母親の元へと帰ることはなかった。海峡ひとつが理由ではないだろうという湿った想像を許すほどに、彼女の声はからりと乾いている。

「日中は外で遊んでも良かったので、向こうの林の中へ行ってお花とか木の実とか取ってました。ようやく歩けるくらいになった妹の手を引いて、野苺《のいちご》が生《な》っているところへ連れていったらとても喜んで、たくさん食べて」

彼女はその夜お腹を壊した小百合にはらはらしたのだと笑った。

「小屋の周りにも中にも、いつもお酒のにおいが漂ってました。常に誰かがお酒を飲んでるんです。でも、悪い酒でもなかったな。みんな陽気なひとばかりだった気がする。なんとなく空気が悪くなると、いつの間にか誰か居なくなってるのね。そんなときは子供心にも楽屋がうまくいってないのがわかるから、わたしと妹はふたりで息を潜めながらいろんなことが過ぎ去るのを待つんです」

静かにしていれば、嵐は過ぎ去りまた楽しく暮らせるようになることを、姉は大人たちのなかで育ちながら覚えた。自分がちょっと生意気なことを言うと彼らが喜ぶことも知った。

「けれどね、同じ年頃の子供たちとはほとんど話すことが出来ませんでした。大人のなかで大人の顔色を見ながら育つと、そういうものかもしれません。無邪気さも賢さも、演出する方法を先に覚えてしまっているせいで、同じ年齢の子ばかりだと途端に怖《お》じ気《け》づいてしまうんです。子供って遠慮と加減がないですから」

北海道の養父母にもらわれて行ったあと、言葉を飲んでうつむきがちな少女はよくいじめられた。けれど、養父も養母もあまり学校のことはうるさく言わないひとたちだったという。

「行きたくないときは、朝から晩まで映画館の中で過ごしました。お客さんに頼まれて煙草や飲み物を買ってきてあげたりして、けっこう重宝がられたんです」

もらったお小遣いを貯《た》めて妹を探しに行こうと思ったという姉も、いつしかそれが叶《かな》わぬ夢とあきらめた。養父母は追いかけ合うように老いてゆき、彼女は彼らの世話と介護に追われた。

「介護って、どういうものですか」

「どういうものって言われてもね」こちらを見上げる千恵子のまなざしに優しい戸惑いがある。訊ねかたが悪かったことを詫《わ》びた。

「実はうちの母が、両家の親を四人とも看取りました。今は半身麻痺《まひ》の夫の世話で明け暮れてます。わたしの父です」

「ご本人がもしお元気なら、さほどの心労とは思ってないかもしれませんよ。体は大変でしょうけれど」

「両家の親とは、いろいろありまして。喜んで世話を出来るような状況じゃなかったと思うんです」

「詳しい事情がわからないので、なんとも申し上げにくいけれど、もしかしたら答えが欲しかったんじゃないですか」

「答え、ですか」

「自分の選択が間違っていなかったという答えを欲すると、人間っていくらでも時間をかけてそのことに取り組めるものだと思うから。認められたいとか報酬が欲しいとか、そういう思いがあると焦ったり投げ出したりしがちでしょう、人って。親の介護って、自分心根との闘いみたいなところがあるんです。亡くなって報われるものでもないし。自分の選択に対する答えって、誰も出してはくれないですしね」

ああ、と深く頷いた。この女は片桐が言ったとおり、三手先が見えている。千恵子が居るのは、こちらよりずっと高い場所かもしれない。「だから」一度言葉を切って、彼女が続けた。

「お母さまは、自分の生きかたが間違っていなかったことを確信していらっしゃるのよ、きっと」

すぐには頷けなかった。真由のこめかみからも汗が流れ落ちる。ハンカチを取り出し額を押さえた。なにか水分を入れなくては、とコンビニの方へ目をやる。ひとりの女がこちらに向かって歩いてくるのが見えた。白地にローリングストーンズのロゴが入ったTシャツと短パン姿で、赤茶色の髪の毛をくるりと頭上でひとまとめにしている。女は二メートルほどのところまで近づき立ち止まると、化粧気のない顔を不機嫌そうに歪めた。

「誰なの、あんたら」表情より声のほうが数倍機嫌が悪そうだった。

真由は「劇場の方でしょうか」と訊ねてみた。女は「だったらなに」と語尾を下げてこちらを威嚇《いかく》してくる。上着のポケットに手を伸ばし、規律違反は百も承知で警察官だと告げた。

「手入れの話は聞いてない。毎回タダで見といて、ふざけるんじゃないよ」

「その件ではありません、失礼しました。ここに立ち寄った可能性のある人を探していたものですから」

女は鼻から勢いよく息を吐き「このくそ暑いときになんだよ」と吐き捨てたあと、入り口に続く狭い道を顎で示した。

「そういうことは、ママに言って。今日は珍しく朝からいるから」

入り口を訊ねると「こっち」と歩き出す。前回会うことが出来なかった「八戸劇場」の二代目に会えるらしい。横を見ると兵藤千恵子が真由を見上げてにっこりと笑った。

「もう一度ここに来ることができるとは思いませんでした。ありがとう」

劇場に入ると、外の熱気が防音扉で遮られた。踊り子だろう彼女は、暗闇に目が慣れる前に「ママ、お客」と声を張り上げてどこかへ消えた。何秒かちかちかと点滅したあと、蛍光灯が点く。長い蛍光管二本のうち、一本が黒く変色して切れていた。

「建物は、新しくなってます」小声で千恵子がつぶやいた。彼女が幼い頃は、もっと粗末な小屋だったという。

「あのときより、街も静かになっている気がします。頭上に大人たちのやりとりを聞いて育ったせいかもしれませんけど」

「ここはいま、二代目の劇場主が経営しています。前回こちらに来たときは、会えなかったんです」

客席は背もたれ付きのパイプ椅子五個が二列きりだが、舞台中央から張り出した小ぶりのランウェイがある。ファッションショーで方向転換して戻るモデルを想像したあとすぐに、ここがストリップ劇場だったことを思い出した。舞台袖に、宅配便の箱が積まれているのが見えた。料金窓口のある部屋から、怠《だる》そうな気配を漂わせた女がひとり出てきた。豹柄《ひょうがら》のTシャツと膝で切ったジーンズ姿だ。金色の髪の毛を無造作にゴムで結わえている。六十前後か——それ以上か。

「客って、だれ」皺という皺を顔の中心に向かって寄せ、ひどく不機嫌そうだ。

先ほどより胸が痛まないことを恐ろしいと思いながら、警察官であることを告げる。女の態度が一瞬硬くなり、「今日は誰が何課のご厄介なの」と語尾を下げたあとは投げやりに変わった。

「実は、先日もこちらに立ち寄らせていただいたんですが、ご不在だったのでお目にかかることが出来ませんでした」

女の表情が変化する。「ああ」と短く、今度は面倒くさそうにプラスチックサンダルのつま先で床をぱたぱたと鳴らした。

「聞いた聞いた、隣のマスターのとこに来たひとでしょ。キャサリンのことでなんか用があったって。悪いけど今さらあの女についてアタシが話せることなんか、ひとつもないんだけど」

「おかげさまで十和田の『ホーム潮風』にご入所されている行方佐知子さんにお目にかかれました」

千恵子の体がすっと後ろにずれた。じゃあもういいじゃないか、と彼女が言う。真由は自分がひどく頼りないことを自覚した。史郎の持つ竹刀を思えば、みな何かを杖にして立っているのだとわかる。

小百合は息子の太一を。

仁志は拒絶されながらも自分を見放さない「家族」を。

仁志の姉たちは信心を――。

千恵子は、と思った。兵藤千恵子はいったい、何を杖に歩いているのだろう。そこまで考えたとき、するりと胸に落ちてくるものがあった。

彼女の杖は「死」ではないか――。

「行方佐知子さんから伺っています。八戸劇場の二代目ママとして、頑張っていらっしゃることも」

「なぁに、いきなり。あのドケチがアタシのこと、なんか言ってた？」

「劇場を任せて良かった、ということを」

「どうせチエコにここをおん出されたって、ぐだぐだ言ってんだろうさ」

「チエコさんとおっしゃるんですか」思わず訊ねた。

「いやだ、アタシに会いに来たって言っておきながら、名前も知らないなんて」

「失礼しました、二代目のママさんということしか」

目の前の女の名がチエコと聞いて、固く撚《よ》っていた糸の束が弛んだ。ここにいると、言葉の持つ響きや音がそれぞれに大きな意味を持っているような気がしてくる。

「二代目はいいんだけどさ、この時代にこんな箱をもらったって、嬉しくもなんともないんだよ。周りは無責任に、娘みたいにしてもらったくせに薄情だって言うけど、アタシだってもらうならもっとしっかりしたもんが欲しかった。劇場を譲ってもらったからって、下の世話まで出来るわけないでしょう、自分の親だって勘弁してほしいってのにさ」

「ママさんは、いつぐらいからこちらにいらっしゃるんでしょうか」

「踊り子になった二十歳のときからずっとここだけど。それがどうかしたの」

「いえ、行方さんが大変信頼されていたんだなと思いまして」

もうひとりのチエコは「ケッ」と鼻を鳴らしながら、まんざらでもない様子で首をぐるりと回したあと「どうだか」と吐き捨てた。

「いいときはここを事務所にして、全国の小屋で踊った。最初は八人くらいタレント抱えてたんだけどね。ひとり辞め、ふたり辞めってしているうちに最後になっちゃった。アタシが廃業したら、小屋も取り壊しっていうところだったんだよ。そこをなんとかもらってやってくれって頼むから、こうして続けてるんじゃないか」

小屋は引き継いだけれど、新しい踊り子は自分が苦労して育ててもわずか二年か三年で廃業してしまう。保ってもせいぜい五年だと彼女は嘆いた。

「劇場を継いでいただけたことは、行方さんも大変嬉しかったのではと思います」

数秒、無言が続いた。真由のすぐ後ろに立っている千恵子は、このやりとりをどんな思いで聞いているだろう。ひとりでやって来ても、もうひとりのチエコを訪ねたろうか。そんなことをあれこれと思っていると、二代目ママのチエコが顎をしゃくって言った。

「そっちのひとも、刑事なの？」

いきなり矛先が変わったものの、慌てる様子もなく千恵子が頭を下げた。

「ご挨拶が遅れてすみません、わたしはずいぶん昔にこちらにお世話になったことがあったものだから。懐かしいついでに、つい立ち寄ってしまいました」

「なんで刑事と一緒にここにいるわけ？」

「たまたま、わたしが探しているひとのお話をしたら、ご親切にしていただくことになりまして」

納得したようなしていないような、胡散臭《うさんくさ》いものを見るような目つきは変わらず「へぇ」と返ってきた。誰を探しているのか問われ、千恵子が答えた。

「滝川さんとおっしゃる男性です。その方がこちらにいらっしゃる頃にわたしもここでお世話になっていました。わたしのほうは、ずいぶん子供の時分でしたけど」

「それって、何十年前のはなし？」

「半世紀以上前のことです」

うんざりした表情を隠さずチエコが大きなため息を吐いた。真由の目の前には、時間から滑り落ちたふたりの「ちえこ」がいた。客席に置かれたパイプ椅子のどれかに行方佐知子がひっそりと座っているような気がする。

「あんたいま、滝川って言った？」

その名前を何度か繰り返したあと、チエコが首を左右に振りながら「どっかで聞いたことがある」とつぶやいた。真由は思わず「どこで」と口走った。

「どこって言われてもねぇ。なんだろう、なにかでその名前を見たか聞いたかしているんだよね」

「滝川信夫さんとおっしゃいます」

なおも「滝川」と繰り返すチエコの、次の言葉をひたすら待った。長い沈黙を経て、一度きつく目を瞑《つむ》ったあと、チエコが言った。

「キャサリンに手紙を寄こしたひとかも」

心臓が左右に揺れた。横の千恵子は変わらず静かにチエコを見ていた。チエコは唇を少し尖らせて、ほとんど残っていない眉毛を寄せた。

「手紙ってさ、勝手に開けたりしなければ罪にはならないんだよね」

「どういうことでしょう」

「キャサリン宛に何通か来てるんだけど、持って行ってやろうって思ってるうちになんだかんだと忙しくなっちゃって、まだ届けてないんだよ」

「失礼ですけれども、そのお手紙はまだこちらに？」

「ちょっと待ってて」

チエコがゆるゆるとした足取りで暖簾の向こうへと消えた。

「手紙を書かれていたんですね」と千恵子がつぶやいた。

「滝川さんのお部屋には、ゴミひとつ落ちていませんでした。洗濯物も布団もすべてたたんで釧路に出かけたようです。本棚には本が並んでいました」

「おひとりでお住まいだったんですか」

「生涯おひとりで過ごされていたようです」

「わたしたちの面倒をみていてくれた時も、声を荒らげるということのない、静かな人だった気がします。母と別れたあとも、ずっとひとりだったのかしら」

「八戸から札幌へ住まいを移して、そこから釧路で殺害されるまでのあいだがすっきりと抜け落ちているんです。良いこともそうじゃないことも、嬉しいこともあったはずなのに、個人の歴史を語るものは、他人の口しかないということに今回改めて気づきました」

暖簾の向こうからチエコが戻ってきた。手に白い封筒の束を持っている。

「こんなに溜まっちゃったけど、多少遅れてでも本人に届ければ罪にはならないよね」

真由は幾分もったいつけて「お届けしましょうか」と語尾を上げてみた。このまま彼女に預けておいても、行方佐知子の手には渡らないのだろう。そして何より、滝川の手で書かれた手紙を見てみたかった。

「よろしかったら、わたしたちがお届けします」

罪になるかならぬかに答えるより、この申し出のほうがよほど気を楽にしたようだった。不機嫌だったのが嘘のように、チエコが笑う。

「じゃあ、持ってってくれるかな。すっかりご無沙汰しちゃってるけど、チッコがよろしく言ってたって伝えてちょうだい」

「チッコさん」と千恵子の語尾が上がった。チッコと名乗った二代目ママは、はにかみながら「キャサリンにはずっとそう呼ばれてた」と答えた。

真由が受け取った白い封筒は、四通あった。青森県八戸市から始まり、「八戸劇場行方佐知子様」まで楷書《かいしょ》の手本に似た文字が並んでいた。一文字一文字に滝川の秘め続けた思いが込められているようで、持つ手が震える。舞台の袖から先ほどの踊り子が顔を出した。

「ママ、今日は何時開演なの。もうひと眠りできる時間ある?」

「お客が入ったら起こすから、寝たいなら寝てな」

「わかった、晩まで入らないことを祈ってるわ」

袖に消えた彼女に舌打ちをしながら、チエコは「このとおりよ」と真由を見た。

「この箱はキャサリンが生きてるうちは取り壊さない約束なのよ。タレントがいないときは、あたしが演《や》ってる。誰も来ない日もあればひとりしか客がいないときもある。客のほうは平気な顔で本番ができるもんだと思ってやってくるわけ。こんな小屋が入場料五千円取るのは、花代が入ってるからよ。触るくらいはご挨拶。こっちは本番のあとは腰が痛くてさ、とってもじゃないけど毎日なんか無理。いくつになったらこんな仕事辞められるのかなって、男を乗っけてるあいだ中思ってる。キャサリンだって、あんなんなる前は客の前で脚を広げてたんだ。ヨボヨボしてても、曲がかかると背筋が伸びるんだよね。都会でいい照明浴びながら踊ってる女の子たちとは、仕事の中身が違うんだよ」

真由は封筒を押し戴くように持ち上げ礼を言った。

「本当に伝えてよ。チッコはまだ辞めてないって」

「わかりました。必ずお伝えします」

劇場の外は更に気温が上がっていた。本八戸駅へと戻るまでのあいだ、ひとことも話さなかった。真由のバッグに入っている滝川信夫の手紙が、より言葉を少なくさせている。自分たちが手紙を読んでみたい理由の何割かは重なっている。駅の構内に入り、真由は汗を拭わないまま彼女に言った。

「どこかに一度、腰を下ろしましょう。そのあいだに、レンタカーの手配をしますから」

「母のところへ、行くんですね」

「効率よく移動するには、八戸駅まで戻って車を借りるのがいちばんだと思います」

千恵子も同じ思いでいることを疑わず、真由は思うままを口にした。八戸劇場へ着くまでは、彼女の行き先に確信が持てなかった。しかし今は違う。バッグの中の手紙が、執拗《しつよう》に真由をせき立てる。いいだろうか、と確かめた。

「大門さんに差し支えないのであれば、お願いします」

彼女の妙に澄んだ瞳に気圧《けお》されそうになる。ふたりで行動するのは差し支えの連続、と言えば大げさだろうか。しかし真由が彼女の尾行をあきらめきれなかったことは事実だ。

辺りに視線を泳がせた。もうここまできたら、と腹をくくる。駅の片隅に休憩所を見つけた。駅の構内でぽっかりと浮いた南国仕様のテーブルセットに、ひとまず腰を下ろす。タブレットで八戸駅前のレンタカー事務所を探した。すぐに電話を入れ予約をする。どのくらいで来られるか、という問いには三十分以内と答えた。

携帯を握りながらも、千恵子の動きからは目を離さなかった。彼女は真由がレンタカー事務所に電話をしているあいだに、ペットボトルの紅茶を二本買っていた。電話を終えた真由に一本差し出し、無糖で良かったかどうかを訊ねてくる。

「ありがとうございます。いつも無糖なんです」

財布を出そうとすると、千恵子は手のひらを立てて「要らぬ」という意思表示をする。そういうわけにはいかないのだと告げると、余裕のある笑みが返ってきた。

「ご一緒していること自体、こういうわけにはいかないことくらい存じてます」

金を払うのをあきらめて、ボトルの蓋を開けた。千恵子が目の前の椅子に腰を下ろして紅茶をひとくち飲んだあと、駅の自動ドアを見ながらぽつりと言った。

「わたしも小さい頃、母にチッコと呼ばれてたんです」

兵藤千恵子から、ゆるやかな風が吹いた。

ナビゲーションが十和田市に入ったことを告げる。指示どおり道を一本入ると、視界からアスファルトの色が減り緑が多くなった。標識に沿って山間《やまあい》の道を抜けると「ホーム潮風」を包み込んでいる林へと入った。

駐車場で千恵子は「静かなところですね」と言いながら車を降りた。真由は再びの訪問を施設長に詫び、もう一度行方佐知子に会わせて欲しいと頭を下げた。

「行方さんは、食後の散歩に出ています。そろそろ戻ると思うんですが」

係と連絡を取った施設長が、建物のすぐ裏にいるようだと教えてくれた。本人がもう少し外にいたいと言っていると聞き、そちらへ向かうことにした。

教えられた遊歩道を歩いてゆくと、車椅子に座った行方佐知子が木陰にいるのが見えた。老女を前にして、千恵子の体が一瞬こわばった。何度も訊ね確かめたが、頑として彼女は「行方千恵子」を名乗らないつもりだと言って聞かなかった。

茂る青葉のお陰で、街なかよりも少しばかり涼しい。どこを流れているのか川のせせらぎが聞こえる。鳥の羽音、虫の蠢《うごめ》きも地中の生も地上の吐息も、ひとつの箱のなかに在るようだ。軽くあの世を感じる程度に、ここは俗世なのだろう。

「先日はありがとうございました、釧路署の大門です」

ああ——、行方佐知子は車椅子に座ったまま首を軽く曲げた。白い化粧と赤く薄い唇は今日も、彼女の情と揺らぎのない矜持のかたちをしている。

「こちらは、亡くなった滝川さんのご友人です」

「初めまして、兵藤と申します」千恵子は必要なことも不要なことも言わない。

キャサリンの細い腕と脚が、木漏れ日のなかでしっかりと揃えられている。体を崩すということをしない女だった。長く舞台に立っていたひとが送る、残り香に似た余生だ。

ご友人——、真由の言葉を受けて「千恵子」を見ている彼女は、瞳の奥にも皺の流れる頬にも、情を含む気配なく「このたびは、残念でしたね」と言った。

「命がひとつしかないなんてのは、この世に生を受けた罰じゃないかと思いますね。換えが利かない武器ひとつ、使いこなせる頃にはぼろぼろです。ご友人を亡くされることも増えるお年頃かしら。あたしくらいになると、もうどっちが先でも気にならなくなりますけれど。お浄土も信じちゃおりませんし、そっと消えられるならお迎えも大歓迎なの」

生まれついての役者には、舞台の下で踊り続ける運命もあるに違いない。行方佐知子の一生は滝川信夫の死によって、より鮮やかな輪郭を持った。

「先ほど、劇場のほうへ参りました。二代目劇場主のチエコさんにもお目にかかることができました」

「チッコは、元気でいましたか」

「辞めずにがんばっていると伝えて欲しいと言付《ことづ》かってきました。あとはこれを」

バッグに入れた手が、ほんの少し震えた。なにを、こんなときに。心を駆り立て四通の封書を取り出した。

「滝川信夫さんが書かれた、行方さん宛のお手紙です」

「死んだひとからの手紙なの」語尾は平坦だ。

「劇場の事務室にあったものです」

微かでも風があるらしい。近づき手紙を渡す際、キャサリンからとてもいいにおいがした。すぐに届けられずに悪かった、とチエコの言葉として伝えると、彼女は細い首を前後に揺らした。

相変わらず、視力は確かなようだ。消印の古いものから順番に並べ、いちばん上になった封筒の糊《のり》を、ゆっくりじっくり時間をかけて剝がした。かさかさと紙の音が響く。三つ折りになった便せんが数枚、キャサリンの膝で広げられた。

彼女が滝川老人からの手紙を読んでいるあいだ、真由と千恵子は静かに木陰に佇《たたず》んでいた。身を寄せる幹を欲しても、命ばかりの林に在っては自分もひとり両脚でこの場に立っているしかない気持ちになる。それは、命あるものとして正しい心細さに思えた。

静かな静かな時間だった。ひとりの男が生きた証を目にしているあいだは、自然界の喧噪《けんそう》もおとなしかった。一通を読み終えたところで、彼女はすっとその顔を持ち上げた。迷いのない視線が兵藤千恵子に向けられた。

「ご友人、でしたね。せっかくですからどうぞ。ご供養になるかもしれません」

封筒と一緒に一通目の手紙を渡すと、彼女は二通目の手紙の糊を丁寧に剝がし始めた。千恵子がひとこと彼女に訊ねた。

「大門さんにも、ご覧いただいてよろしいでしょうか」

「もちろんです、ご一緒にどうぞ」

なにやらこのふたりがつくる空間に居ることがとても尊く誇らしく思えてきた。手紙を手渡す際に見た指先や爪のかたち、手首の細さ、横顔から見る皺の流れ、行き先。みな彼女たちが経てきた時間に関わりなく、細くともどこかで繋がりあっていたことを物語っている。

真由は気づいた。名乗り合わないことは千恵子の意思でありながら、佐知子の望みでもあるのだ。函館の雪道で千恵子が見たリヤカーの轍《わだち》は、長い時間を経て今日へと繋がっていた。

息を乱すことも表情を変えることもなく、兵藤千恵子は滝川信夫の手紙を読み終えた。受け取る際、軽く一礼した。厳かな気持ちで便せんを広げる。

真由は夏の喧噪の切れ間に、ひとがひとりこの世に生きたことの意味と、ひとときの命が映し出す幻を見た。

*

拝啓　行方佐知子様

きっとお元気でいらっしゃることと思い、このたび筆を執りました。

私は滝川信夫と申します。おそらくもう覚えてはいらっしゃらないと思いますが、五十年以上前に八戸にて貴女様《あなた》の一座にお世話になっていた者です。なんの芸もなく、貴女様の身の回りやご家族のお世話くらいしか出来ることはなかった私ですが、二年ほど一座に置いていただきました。長い月日がかかってしまいましたが、こうしてお礼を申し上げられるひとときが、恥ずかしさに勝りました。

先《ま》ず突然の手紙の理由を申し上げなくてはいけません。私は昨年、古書店で一冊の詩集を見つけました。北原白秋の『白金之獨樂』です。思いがけなく、懐かしい思いで手に取りましたらば、自身の署名がございました。いつか、貴女様に差し上げた一冊だったことを思い出しました。貴女様は当時、この本に収録された「他ト我」が大変お気に召したご様子でした。

本がどこでどんな旅を選択し、札幌の街へと流れ着いたのかは時間をかけて想像するしかないのですが、私と同じくこの一冊もまたここへと流れてくるしか道がなかったのかと思うと妙な情が湧いてまいりました。いや決して、手放されたことを責めているのではございません。

古い話でありますし、お気を悪くされぬようお願い申し上げつつ、少しお話をさせてくださいませ。私が八戸を去る少し前、貴女様はおふたりのお嬢様を手放されました。私が責任を持ってお預かりしていたはずが、結果的に目が行き届かず、貴女様にお嬢様たちの将来を案じさせることになってしまいました。今となっては詫びる言葉も方法もございません。

お嬢様を手放されたあとしばらく、お酒の量が増えたと記憶しております。そんな貴女を見ているのがつらく、結局自分の申し訳ないという思いだけしか大切に出来なかった男でありましたこと、どうかお許しください。

八戸から北海道に渡り、いくつか職を転々といたしましたが、札幌で営業車の乗務員を最後に隠居いたしました。いまは自分の歩いてきた道を振り返りながら日々を送っております。恥ばかり多い時間ではありましたが、貴女様のことを思い出すたび、自分の一生も捨てたものではないことを証明できそうな気持ちになっております。とうとう妻も子も持ちませんでしたが、私のような男にはこれもひとつの幸福だったと思います。

差し上げた本が再び手元に返ってきたことで、つまらぬ感傷に浸っているだけかもしれません。けれどこうして筆を執ってみると、同時に貴女様をお慕いしていた時間までがこの胸に戻ってきたようでございます。ときどき、あのときのお嬢様たちが今どんな暮らしをされているのかという思いにふけることがございます。潔く母というお立場をお捨てになった貴女様のお姿が切なく忘れられない記憶として残っております。

この手紙が無事に届きましたらば、この上ない幸せでございます。津軽海峡を未開封で戻らぬことを祈りつつ、投函させていただきます。

どうかどうか、お体おいといくださいませ。末筆末文ご容赦ください。

滝川信夫拝

＊

拝啓　行方佐知子様

前回の手紙から一年が経ってしまいました。投函したあと、気恥ずかしさにしばらくの間消えたい気持ちでおりました。

このたびはひとつご報告がございます。下のお嬢様、小百合さんのことです。数ヵ月前にテレビで道東の釧路という街のグルメ特集が放映されました。冒頭で一瞬映った女性が、記憶の中の貴女様にあまりによく似ていて驚きました。すぐに録画して見直したほどでございます。何度観てもやはりよく似ていらっしゃる。このとき、大変嬉しい発見がございました。蒲鉾店の女将さんであるその人の名前が、小百合さんだったのです。

年の頃もお顔立ちも、次女の小百合さんにぴったりでした。録画したものを観たり止めたりしながら日々その思いを強め、私は釧路への旅を決めました。職場の仲間たちが定期的に行っている旅行会も近かったのです。

その蒲鉾店は地元の駅前市場で大変な人気でした。女将さんの片腕として、息子さんが立ち働いている姿に、涙がこぼれそうになった私です。乗務員仲間たちが市場を散策しているあいだ、私はずっとふたりが仲良く働いている姿を見ていました。

私は彼女が小百合さんだと確信しております。なぜなら、母娘散り散りになってしまう原因を作った私本人が最も自分を責めるべき傷が、彼女の首筋に残っていたからです。見間違いではありません。半世紀以上前に、病院へ運んだ際の傷の縫合痕です。このことについては、どんなにお詫びしても許されることではないと思っております。

素顔の小百合さんは、本当に貴女様によく似ておいででした。彼女がお客さんとやりとりしながら笑顔で働く様子を見ていると、なぜか切ない思いがこみ上げてまいりました。もしかしたら、貴女様と自分にもこんな幸せな生活へと滑り込める機会があったのではという、今となってはただただ都合の良い夢物語です。

しかしその日、会えたら訊ねよう必ず訊こうと思っていた「行方小百合さんではありませんか」のひとことが、なぜか出てきませんでした。意気地のないことに私は、貴女様のことも貴女様を幸せにできなかったひとときのことも、同じくらいに忘れられないのでした。あの日の私は、今さら自分が名乗り出てもこの子たちにどんな得があろうか、という思いに襲われるばかりで、勇んで釧路へ行ってはみたものの、なにも言い出せずに戻ってきてしまったのでした。

夜更けにふと目覚めるときなど、あれこれと思いを巡らせます。もしかしたら貴女様とお嬢様たちの間には既に交流が戻っており、過去を修正してゆく術をもう手に入れているのではないか、と。そんなときは、お返事のないこともなにやら幸福なことのように思えます。会わぬことで、心の安定を保つ方法もあるのだとひとり納得も出来るのです。そしてそんなひとときが過ぎればまた、四人で会える日が来ることへの高揚感に包まれたりもするのでした。

貴女様とお嬢様ふたりの幸福を、毎日祈っております。

滝川信夫拝

＊

拝啓　行方佐知子様

お元気でいらっしゃることと思います。いま八戸の空はどんな色でしょう。旅番組などで青森の景色を見つけると、そこに貴女様がいないかと目を凝らしてしまいます。

釧路へ出かけてから、ときどき電話で小百合さんの蒲鉾店に注文をするようになりました。この年であまり頻繁だと認知症を疑われますし、季節の折々というのがよろしいだろうか、などと思いつつ。電話に彼女が出てくれると、正直緊張してしまいます。声までが貴女様に似ているような気がするのです。

先日、少し多めに注文してしまいました。届いた際にお礼を兼ねて保存方法などを訊ねがてら電話をしましたらば、小百合さんは大変親切にお答えくださいました。一回に食べる分をラップで包んで冷凍しておけば、ずいぶんと長く楽しめるとのことでした。貴女様やお嬢様のことを思うと、ひとりの夕食がひととき温かくなります。そして、若い頃の意気地のなさを嗤《わら》えるようになるまでにはもう少し時間がかかりそうなことにも気づかされます。

ひとり暮らしを気遣ってくださるひとことが嬉しく、その際に思い切って彼女に「ごきょうだいはいらっしゃいますか」と訊ねてみました。否、というお返事に、一瞬心がくじけそうになりました。彼女が行方小百合さんではなかったら、いったい誰が貴女様の次女であろう、と。貴女にそっくりな人を知っているのだが、と再度訊ねてみましたものの、答えは同じでした。

私の思い違いだったのでは、いやまさか。個人的なことを訊ねられるのがお嫌なのかもしれない、個人情報云々《うんぬん》の時代でもあるし、と自分の言動を恥じた次第でございます。またつまらない日常を綴りましたこと、お詫び申し上げます。

貴女様とお嬢様が、お元気でいらっしゃいますこと、切に祈りつつ。

滝川信夫拝

*

拝啓　行方佐知子様

今日は取り急ぎ、ご報告があり筆を執りました。

私、もう一度釧路へ行くことにいたしました。というのも、先日蒲鉾を注文する際に初めて息子さんが電話を取られたのです。日々、行方千恵子さん、小百合さん姉妹のことを思っておりますと、それだけで時間が過ぎゆく気がしているところでした。

小百合さんのご子息も、やはり心優しい青年でした。思い切って彼に小百合さんのことを訊ねてみたのです。ごきょうだいはいないと伺ったのだが、と。年寄りのしつこさに辟易《へきえき》とされることを覚悟でございました。するとご子息の口から、意外なことが分かったのです。

母は親と離れて育ったと聞いている、自分も母の縁戚には会ったことがない――、というものでした。私は耳を疑いました。もしかすると、八戸を出たあと千恵子さんと小百合さんは、離ればなれになったのではないでしょうか。

私は勝手に、貴女様とお嬢様たちが再び連絡を取り合えている、みなそれぞれの事情を理解し合い幸福な日常を送っている、と思っていました。

明日、再び釧路へ参ります。この心のざわつきは、電話では伝わらぬような気がいたします。なにか分かり次第、またお知らせいたします。

今はただ、私の身勝手な行動が貴女様の心を煩わせはしまいかと、それだけを案じております。

滝川信夫拝

＊

真由は木々の梢《こずえ》に茂る葉を見上げ、大きく息を吸い込んだ。呼吸を忘れていた、と言ったほうがいい。四通の手紙に綴られていたのは、恋心と悔いが人生の終わりへと向かい加速する日々だった。それらがすべて、ひとりの男が抱きしめる箱の中で揺れ動いているのがわかる。

これで良かったのかどうか——。

滝川老人に限らず、その問いは常に真由の心も責めている。

行方佐知子の表情はなにひとつ、変わっていなかった。顔に走る皺のひとつも動かさず、彼女はまるで最初からそこに生えた一本の木だった。手紙を一通ずつ封筒に戻していた千恵子からも、同じ気配を感じ取る。ふたりは滝川信夫の手紙について語ることをしなかった。真由のこめかみからひとすじ汗が流れ落ちた。

最後の一通を千恵子に返した。うっすらとした笑みが、安い感想など求めていないことを伝えてくる。

滝川老人は、残された時間とやり過ごしてゆく時間の隙間を行方佐知子とその娘たちで埋めていた。無意識にせよ彼女たちの存在が、ひとり生きひとり死のうと決めた男の晩年を救っていたのである。最後の最後に「ひとり」が苦しく心細くなってゆく過程を、誰が責められよう。再燃する恋心を善意で覆い隠して、彼は行動を起こす。

誰かに、なにかひとつでも、喜ばれてから死にたい——。

そのささやかな欲望を、誰が止められたろう。

不意に、佐知子が顔を上げて言った。

「あなた、滝川さんのお友達とおっしゃったわね」

「はい、そうです」

「この手紙、最後はあなたがお持ちになるといいわ。あたしが持っていたところで、明日一緒に焼かれるかもしれない真心です。いつか滝川さんが探していた娘たちが会うときに、話題のひとつにもなりましょう」

「ありがとうございます。そうさせていただきます」千恵子の表情に迷いはなかった。

「こちらこそ、遠くまでありがとう。でも、不思議なものですね。人の心というのは揺らせばいいというものでもなさそう。黙って昨日と同じ明日を迎える幸福も、この世にはあるんじゃないでしょうかね」

　この聡明な老婆が、目の前の兵藤千恵子を自分の娘と気づかぬわけがないのだった。それでも、このふたりは名乗り合わない。

「お手紙は、少しのあいだ証拠品として署でお預かりすることになると思います。そのあとで兵藤さんにお戻しします。よろしいでしょうか」

　千恵子は頬に木漏れ日を揺らしながらゆっくりと頭を下げた。

　別れ際になっても、行方佐知子の静かな態度は変わらなかった。赤い口紅の両端を上げて、膝の少し上で右手を揺らす。真由は建物の陰へと曲がる際、もう一度振り向き腰を折った。千恵子は一瞬立ち止まったが、振り向かずに歩き続けた。

　ドアを開け車内の空気を入れ換えながら、しばらくのあいだ森の音を聞いていた。耳を澄ませば蟬の羽音のいくつかに、少し弱まったものが混じっているのがわかる。七日目なのか、八日目なのか、蟬は最期になにを思いながら鳴いているのか。滝川信夫の揺れ続けた数年が、十和田の森に溶けてゆく。

　その後、八戸へ向かう車中で何度か携帯が鳴った。すぐに出たいのだが走行中であり、助手席には千恵子がいる。発信元がどこなのかを確かめるのは、手洗いに立ち寄る際しかなさそうだ。休暇中、の三文字が胸に浮かび消える。入手した滝川老人の手紙が果たす役割を、どこまで引き延ばせるだろう。

「お手洗いは、よろしいですか」

道幅が広くなったあたりで訊ねてみた。あと十分もすれば八戸市内に入る。エアコンが効き始めた車内は快適で、空の色も深緑の山々もドライブ日和《びより》を謳《うた》っている。

「そうですね、適当なところがありましたらお願いします」

「コンビニでもいいですか」

「お気遣いありがとうございます。わたしはどこでも」

当たり障りのない会話が、それぞれの胸で蠢くものをあぶり出してゆく。佐知子、千恵子、小百合、そして滝川老人。その名を胸に並べるだけで、重たいものが沈んでゆくのを止められない。

無事、釧路へ戻らねばならぬ――。

八戸市内の表示が現れたところで、真由は気持ちをつよくした。

結局、彼女から目を離すことができないという理由でレンタカー事務所まで手洗いに立ち寄らなかった。そして、返却手続きの傍らで、ようやく携帯電話の着信履歴を見た。片桐からだった。「お手洗い」のドア表示を見る。千恵子はまだ出てこない。急いで片桐へと発信ボタンを押した。

「お嬢、今どこだ」

「八戸です。十和田から戻ったところです」

「仁志が姉に借りてた金は五百万だ。浄財で何とかしてやりゃあいいものを。小百合はそれを知って、また寝込んだようだ」

「こちらは、滝川老人がキャサリンに宛てた手紙を手に入れました。ここ四年のあいだに投函されたものです」

ほう、と軽い賞賛のあと片桐はほんの少し早口で言った。

「お嬢、無事連れて戻れよ」

通話が終わる。真由は急いで携帯電話をポケットに戻した。

千恵子が手洗いから戻った。真由はベンチから立ち上がる。

「お手洗い、行ってらしたら？　わたしはちゃんとここにおりますから、ご安心ください」

礼を言って急いで用を足し、戻った。レンタカー事務所のベンチに座っている千恵子は、背中や腕の筋を伸ばしている。受付の女の子たちも、夕暮れの時間にのんびりとした気配を漂わせている。

「兵藤さんはここから、どちらへかご予定が？」

あればどこまでもついて行かねばならない。

「いいえ、おかげさまで青森での用のおおかたは終わりました」

無粋を承知で、旅の目的を訊ねる。千恵子は晴れ晴れとした笑顔で言った。

「振り出しの地を、一度見ておこうと思ったんです。自分がどうしてあんな風に流れて行ったのか、知りたかったの。誰のせいでもなかったことを確かめたかったのかもしれません」

「釧路まで、ご一緒してもよろしいですか」

兵藤千恵子の視線が真由から逸れて、ゆらりと事務所内にあったパンフレットラックへと移った。彼女は手前側にあった一枚を抜き取ると「これがいいかも」と微笑んだ。

「八戸港から苫小牧まで、船が出ています。わたし、青函連絡船で北海道に渡ってから、一度も船に乗ったことがないんです」

乗船開始時刻の午後九時、一等洋室のチケットを手に乗船する千恵子は、買ったばかりの林檎入り南部せんべいを真由に見せながら「一緒にどう」と微笑んだ。船室を一緒にしてもらうという気遣いに恐縮している場合ではないことを知りつつ、緊張と同時にある種のくつろぎも覚えていた。

「潮のにおいが、函館とも釧路とも違うの。同じ海なのに、不思議ね」

「海岸線で捕れるものが違うのかもしれません。昆布原と、砂浜でも違うでしょうし。釧路の場合はミール工場から流れ出る排水のにおいがつよいと聞いたことがあります」

「そういえば釧路の駅裏も、海からの風は魚のにおいがしたわね」

彼女は船室の鍵を受け取ってから、船内の売店に立ち寄った。どこもここも、ライダースジャケットやTシャツ、親子連れで賑わっている。

「なにか、飲みたいものはある？」

「自分で用意しますから、どうかお気遣いなく」

「十和田まで運転してくださったお礼と思ってください。今日は本当にありがとうございました。夜だし、ミネラルウォーターとジャスミンティーにしましょうね」

二段ベッドの間に狭い通路があり、突き当たりに小上がりがあった。テーブルの上には船の名前が入ったタオルが四本置かれている。洗面台と寝具の確認をした。視界の範囲には浴衣の紐以外危ないものはなさそうだった。

小上がりに荷物を置いて、千恵子がクリーム色の化粧ポーチを取り出した。真由はベッドの下段に腰掛けながら、それとなく彼女の様子を窺い続けた。ポケットから携帯電話を取り出す。どこからも着信がなかった。

無事連れて戻れよ、という片桐の声が耳の奥に残っていた。彼女からはもう、いっときも目を離せない。ここは船の上だ。千恵子がクレンジングペーパーで化粧を落とし、入り口近くの洗面台で顔を洗う後ろ姿を見る。鏡を覗き込む彼女と目が合った。

「さっぱりしました。けっこう汗もかきましたしね。船の案内を読んだら、上に大浴場もあるって書いてあるけれど、大門さんは行かれますか」

「いいえ、陸に戻ってからゆっくり、と思いますが」

彼女が行くと言ったら、ついてゆかねばならない。

「じゃあ、わたしもそうします。一緒に船からの景色を楽しみませんか」

誘われるまま船室の鍵を掛けデッキに出た。夜風が昼間の汗に絡みつき更に湿ってゆく。髪も潮風が通るたびにべたつきそうだ。部屋から出るな、とは言えなかった。千恵子は手すりにつかまり、エンジン音が響く甲板で言った。

「さっきからずっと、携帯電話の着信表示が続いています。オフにしてあるから震えないけど。五分おきです」

「どちらからですか」

千恵子はひとつ息を吐き、小百合からだと答えた。そしてしばらく黙った後、手すりに上体をあずけて言った。

「あの子に、なにかあったんですね」

真由は迷った。しかし朝までの時間を無事に乗り切るために、こちらの手の内を見せておくことも必要だった。千恵子を無事に苫小牧に下ろさねばならない。彼女にはまだやらねばならぬことがあると、気づかせなくては。この海峡で、思い残すことがないなどという満足に浸られてはいけない。

「仁志さんが姉の宏美さんに借金をしていたようです」

「いったいどのくらい」真っ直ぐな目で訊いてくる。

「五百万と聞きました」

彼女の唇から「ああ」と落胆の声が漏れた。

なぜ小百合からの電話に出ないのかと訊ねた。千恵子も、そのときばかりは頬の位置を下げ、眉間に年相応の皺を寄せた。

「今はどうしてあげることもできません。今朝、市場に送ったときに『もしかしたらしばらく会えなくなるかもしれない』と伝えたんです。不思議そうな顔をしてました。わたしの言っていることの意味がよくわかっていないようでした。あの子は、それでいいんです。そうやって、いちいち他人に感情をかき乱されないことを武器にして生きてくるしかなかったんです」

ひとつ潮風を吸い込み、千恵子が続けた。

「この二十年わたしは、加藤千吉の娘として、実の父が彼女にした仕打ちを償わねばならないと思って生きてきました」

銅鑼《どら》の音が響き、船がゆっくりと夜の明かりから離れてゆく。千恵子の言葉は冷たく変わってゆく風に紛れ、真由を引きつけては痛いところを狙ったように響いた。

「滝川さんのことをお話しします」

銅鑼の合間、千恵子が言った。

「滝川さんが和商市場に現れた朝、わたしも同じ場所におりました。小百合さんに手作り石けんをお渡しするつもりでした。接客で忙しそうにしていたものだから、もう少し待っていようと柱のあたりに立っていたら、同じように店頭を気にしている様子のひとがいて。滝川信夫さんだと、わたしのほうが先に気づいたんです」

「滝川さんの顔を、覚えておいでですか」

「幼いときからずっと人の出入りの激しい場所で育ったせいか、人の顔だけはよく覚えるようなんです。年を重ねても、鼻筋と眉毛と、ほくろの位置などは変わりません。もしかしてと伺ったら、向こうもすぐに思い出したふうでした」

――千恵子ちゃん、いやチッコちゃんか、本当にチッコちゃんなのか。

「千恵子」に声をかけられて、滝川信夫は目に涙を浮かべ小躍りしそうなほど喜んだという。

――僕はね、ずっと君たちを探していたんだ。そうか、やっぱりチッコちゃんもこっちにいたんだね。

やはり姉妹は一緒にいたのだと確信した彼は、小百合のいる売り場に駆け寄りそうになった。しかし千恵子は、なぜここに滝川信夫がいるのか、まずそれを知らねばならないと彼を引き留めた。

「小百合はまだ忙しい時間だから」と言うと、滝川はあっさり頷いたという。そして千恵子は「懐かしい」という言葉を何度も使い、市場の外へ連れ出して市場の駐車場に停めていた自分の車に乗せた。

「滝川さんはお若いころとなんにも変わらない。温厚そうなお顔立ちでした」

ハンドルを握りながら滝川の話を聞く千恵子は、その日初めて彼の思いを知る。しかしそれは彼女の胸に響かなかった。

「お話をよくよく伺えば、滝川さんは小百合とわたしを連れて八戸へ行きたいと言うんです。母と連絡は取り合っているのかと問われて、それはないと申し上げたら泣いてしまって。若い頃からずっと、わたしと小百合のことを悔いていたそうです。善意のひとだったと思うんですよ。言葉も行動も、なんにもずれがない。ずれがないから、他人の嘘と都合にも気づかないし、気づけない。善意しか優先するものがないんです」

滝川信夫が望むようにすれば、いつか小百合は千恵子が実の姉であることを知る。同時に加藤千吉の実の娘が自身であることも知られてしまうと、彼女は滝川の善意に怯えた。

「何をおいても、小百合にわたしが加藤の娘だったことを知られたくありませんでした。お互いを捨て合った母と娘にも、記憶に残らぬ姉と妹の間にも、美しい再会なんていうものはないの」

滝川信夫の夢物語を横に聞きながら、千恵子はとりあえず、と自宅へ案内した。ずいぶんと眺めのいいところに住んでいると、滝川は姉妹の姉が「良い暮らし」をしていることを喜んだ。しかしそれもつかの間のこと。千恵子は彼の口からこぼれ落ちてくる善意に大きな狂いがあることに気づいた。

——佐知子さんとあなたたち姉妹のことを思うと、とても苦しかった。僕は、父親のような気持ちで、あなたと小百合さんを探していたんです。

父親——。

「そんなもの、わたしたちには最初からいなかったんです。いないものを実感するのは無理です。養父も、最初からわたしを娘としては育てなかった。物心ついてから養子にしないと自分が実の娘だと勘違いしてわがままを言う、はっきりとそんな言葉を口にするようなひとでした。交換条件なしに、生きてこられなかったのは同じですが、小百合に要らぬ苦労をさせたのは加藤千吉です。老後の面倒をみるという条件付きとはいえ、わたしは白いご飯も食べられたし学校にも通えました」

沈黙は、外海の波に持ち上げられては下降し、ふたりをふらつかせた。

「もう本当のことを言うしかないと思って、小百合には何も告げていないことを申しました。けれど、妹だとわかった時点で姉として名乗らなかった理由をなかなかわかってはもらえませんでした。滝川さんは、名乗り合わないと一生後悔すると一歩も譲りませんでした」

――こんなに近くにいながら、どうしてですか。はやく打ち明けてお互いに助け合ったほうがいい。与えられた時間は永劫じゃない。みんな年を取ります。なにより、あなたたちは血の繋がった姉妹なんですよ。

「わかっていただけないことがなんだかつらくなってきたところで、彼が言ったんです」

――僕は、あなたたちの父親になりたかった。運命のせいになどしたくはないが、なれなかった。だからこそ、いま償いたいんです。

「父親になりたかったという言葉が本当ならば、なぜそっとしておいてくれないのかと思いました。与えられた時間が永劫じゃないならなおのこと、わたしは陰からそっと妹を見守りたかったんです」

滝川老人との会話はいつまで経っても平行線だった。それはどこまでも続き、姉妹をより遠くへと引き離す合図にも思えた。

「今日をなんとかやり過ごしても、滝川さんはまた同じことを言いにやってくると思ったんです。よくよく考えてみれば滝川さんもわたしも、小百合のことについては自分の考えがいちばんだと思っていただけなんです」

せっかくだからもっと良い景色を、と千恵子は海岸線へ下りてゆく小道へと滝川を誘った。

「夫と、最後に散歩した場所でした。小百合と太一君を守ることは、全てを知ってなおわたしの気持ちを理解してくれた夫の、悲願でもあったんです」

事実上の自白を耳にしても、真由の心は凪いでいる。

「滝川さんのバッグと上着が出てきません。ご存じですか」

「自宅を探してください」千恵子が静かに言った。


甲板から戻って一時間後、船室のベッドで千恵子が寝息をたて始めた。真由も「安眠に」と渡されたアロマのにおい袋を枕元に置いて横になる。脳が冷えて眠気も起きないまま、一晩中海峡の波に背中を預けていた。体が眠ることを拒否しているようでもあった。

早朝、苫小牧を後にして南千歳から午前七時三十分発の「特急スーパーおおぞら」一号に乗車した際だった。窓側の座席を促し幕の内弁当を手渡すと、それまで無言だった千恵子が言った。

「わたしと一緒に戻れば、あなたにもいろいろなことが待っているでしょうに」

そうですね、と返した。釧路に戻れば、風に吹かれるようにさまざまなものを見ることになる。千恵子は釧路で身柄を拘束され、その刻《とき》から自分は彼女の送ってきた生活を根こそぎひっくり返す。憎み合ったわけでもないのに、人がひとり死んでいる事実の前で、自分たちはまったく逆の立場で向き合わねばならない。

レールに沿って振り子列車の遠心力に身を任せていてさえ、眠気は起きなかった。千恵子が「お弁当いただきますね」と真由を気遣う。

「食べていないと、倒れてしまいますよ。昨夜もほとんど眠っていなかったでしょう」

「兵藤さん、ご体調はいかがですか」

「わたしはこのとおり元気ですよ。お腹も空くし、よく眠れます」

そうですか、と返してしまうとお互いまた無言になった。冷えた幕の内弁当を口に運ぶ。トンネルに入るたびに、気が急いていることに気づいた。釧路到着が心に重たいのと、この時間が早く終わればいいという思いのあいだで真由自身が揺れている。取り調べで、千恵子は滝川信夫殺害のすべてを認めるだろう。

しかし、そうせざるを得なかった気持ちを聞き出すことが出来なかったら——。

卵焼きを口に入れたところで、急に希代のことが気になり始めた。無意識に母に頼りたくなっているのだとしたら、滑稽《こっけい》なことだ。窓側の席を窺った。彼女も卵焼きを箸で持ち上げたところだった。心細さが、胸底に沈む問いに言葉を与えた。

「兵藤さん、実はわたしも養女なんです」

千恵子の箸が止まった。真由を見上げる素直な眼差しを感じながら、続けた。

「けれど、父は実父なんです。わたしは生まれてすぐにうちのお墓に置き去りにされてたそうです。結局、大門の母は夫が外に作った子供を引き取って育てたんです」

「そのことは、いつお知りになったの」語尾が優しい響きを持って下がった。

「高校に上がるときです。警察官になりたいと告げた際に、母から直接。父も元は刑事だったので、必ず耳に入ることだからと言われました。父はわたしのことがあって、交通課へ異動しました」

「告げるにも、勇気の要ることだったでしょうね」

「母からは、誰が産んでもうちの娘だと言われました」

千恵子の視線が数秒手元の弁当に移り、そして上がった。

「確かに今日も明日も生きて行く人間には、特別関係のないことだと思いますよ」

「産みの母に会いたいと思ったことが、一度もないんです」

「会う必要がないんです。大門さんは、ご自分を責めていらっしゃるの？」

「責めるというよりは、この感情の希薄さに戸惑っているという感じです」

「希薄なくらいで、ちょうどいいんじゃないかしらね」

どういう意味かと問うた。千恵子は弁当を食べ終わってしばらく目を瞑ったあと、静かに言った。

「いくら便利な世の中になっても、人の感情だけはどうにもなりません。過剰なものを削ることも出来なければ、希薄なものを濃くすることも無理なんです。けど、感情の希薄さに落としどころを見つけるのも、生きる作業のひとつじゃないかと思うんですよ」

耳に「生きる作業」のひとことが残って離れない。真由は夫とふたりでいる頃の千恵子を想像した。真実ふたりが遺る瀬なくても、ひとりでいるよりは良かったのではないか。

真実ひとりは堪えがたし――。

想像の及ばないさびしさのなかにいる彼女を思った。

ただでさえ少ない言葉数がトンネルの度に減り続けた。それまで山間《やまあい》の景色だった車窓に海が現れ、ほどなくして列車は釧路に到着した。

釧路駅の改札を抜け、参考人として車に誘導される彼女の背中を見送ったあと、片桐が言った。

「休暇終了」

「ありがとうございます」

「今日は帰って寝ろや」

時計を見ると、まだ昼だ。希代は病院にいる。このまま病院へ行っても心配をさせるだけだった。

真由はその日母に「完徹でした。家に戻って少し寝ます」のメールを打ち、帰宅後シャワーを浴びてすぐ布団に入った。起きたときにはなにもかも、遠いところにあればいい。引き込まれ滑り込んでゆく眠りの助けは、昨夜背中で聞きながら過ごした、絶え間ない波音だった。

＊

八月に入った和商市場はますます海外からの客が増えていた。昼時の活気のなか、砕いた氷の上ではトキシラズが五桁の札を付けており、勝手丼の丼飯販売をしている米澤蒲鉾店の前にも観光客が並んでいた。

「商売繁盛、いいことじゃねぇか」片桐が言った。なにも返さず、客の入りを見ながら蒲鉾店の様子を窺う。市場に入って十分ほどで、店頭の客がいっとき途切れた。真由はすかさず、蒲鉾店の前に立った。

太一はかなしげな瞳で真由に頭を下げた。小百合は削げた頬で真由と片桐を交互に見たあと、声を震わせる。

「いきなり、姉だったとか殺人犯だとか言われても、正直なところわけがわからないんです」

「まだお話を聞いている最中ですから」

「犯行は認めてるって書いてありました。どんな理由があったって、人を殺していいわけないです」

小百合は新聞記事をそのまま受け止めているようだ。真由は次の言葉が見つからず、並んだ「揚げかま」の端にある今月の新作に視線を移した。「カレー&タマネギ」とある。片桐が「旨そうだ」とつぶやいたあと、小百合に向かって言った。

「三十個くらい、適当に包んでもらえるかな」

五個ずつ六種類でいいかという問いに、それで頼むと返している。

「キリさん、おひとりで三十個も食べられますか」

「お嬢、子供みたいな質問するんじゃないよ。職場に差し入れでしょうが」

片桐が仕事場に差し入れするのを初めて見た。素直に驚いていると、むっとした顔をする。片桐が財布から二千円抜き取り、小百合に差し出した。

「またお話を伺うことが出てくると思いますけど、そんときはよろしくお願いします」

「はあ、お役に立てれば」小百合は困った表情を浮かべ、曖昧に頷いた。

彼女にとって、太一と夫以外のことはすべてが他人事なのだった。情に流されることのない性質を、鈍感のひとことで片付けていいのかどうか。それぞれが持って生まれた性分で世の中を泳いでゆくしかないのだとしたら、人と人との関わりとはなんと残酷なものだろう。

真由は市場から出たあとも、片桐と署に向かいながら考えた。面会の許可が下りたところで、あの女は兵藤千恵子に会いにゆかぬかもしれない。千恵子も、小百合の面会を望んではいないのだろう。

千恵子は動機について、滝川が自分を八戸の母親に会わせようとしつこかったため、という供述を崩さない。取り調べに対し、滝川信夫が執拗に情に訴えたことを繰り返している。夫を亡くしてひとりになったのならなおさら血縁のありがたみがわかるはずだ、と口説かれて辟易していたという。

嘘ではないが、真由が千恵子の自宅や八戸、フェリーで聞いた話とは少し趣が違っていた。彼女は供述で、意識的に小百合の存在を薄めている。滝川の興味が小百合ではなく自分にまとめて向けられていたように話している。

どこで再会したのか、という問いには真由に話したとおりのことを答えていた。なにも、無理はないのだった。彼女が、小百合がいかにこの件に無関係だったかということを主張するごとに、事件はひどく短絡的なものになってゆく。たとえこれが千恵子本人の望んだことだったとしても、容疑者逮捕によって、滝川信夫殺害事件は新たに解決できない問題を生んでしまった。

滝川信夫に、死ぬ前にひと目母親に会って来ようと言われ、断ったのにしつこくされ我慢出来なかった——。

これ以上なにを訊ねても、こちら側の理屈に合うような言葉を引き出せる気がしなかった。ありがた迷惑、という言葉が本心となるように、供述書は作成される。言葉を正確に記してゆく書類には、残念ながらそこしか取りすがる部分がないのだ。人間の言葉でありながら、定型の書式を使うと途端に感情の在処《ありか》が不明になってしまう。事実が真実とは限らない。人が人を殺《あや》める事件が起きるたびに、その理由が短絡的であればあるほど、報道や捜査過程を疑ってかかる癖がついた。

署の入り口近い曲がり角で片桐が足を止め、お嬢、と顔を上げた。

「爺さんの手紙、ありゃきつかったな」

「本心だったと思います。書いているあいだは、なんにも矛盾なく、自分の行動になにひとつ疑いを持たなかったんじゃないでしょうか。娘たちを実の母に会わせるという目的の底に、欲を挟ませるほど被害者は若くなかったし、気づくことも出来なかった。生い立ちと相まって、たぶんそこが世の中の情を引くんです」

片桐が口を開けてこちらを見ている。真由は妙に語ってしまったことを恥ずかしく思いながら、今言ったことはほとんどが希代の受け売りだと正直に明かした。

「そうか、希代さんは希代さんのままなんだな。相変わらず、格好いい女だな」

「母は、若いときからあんな風でしたか」

「あんな風って、どんな風だ」

「あんまり感情がなさそうな」そこから先が上手く言葉にならなかった。

「俺は、あんなに情があって懐の大きなひとは、ほかに知らないな。大門さんの奥さんじゃなけりゃ、俺が嫁に欲しかったくらいだ」

歩き出した片桐を追いながら思わず「本気ですか」と問うた。

「ばかやろう、真面目に返されたら答えに詰まるだろう」

笑いながら返す片桐の背中が、いつもより大きく見えた。

真由は片桐の背に向かって声をかけた。

「キリさん、たまには道場に行きませんか」

「おう、久しぶりに和尚に稽古でもつけてやるか」

堪えがたいひとりを生きている者にも明日はある。明日がある限り、朝は訪れる。朝が訪れるたび、ひとはいつもひとりを思い知る。そうして、堪えがたい真実を抱え続けるひとにも、律儀に次の季節は訪れる。

夏空の下、真由は明日の空模様を祈りながら足を早めた。

解説

瀧本智行（映画監督）

　二〇一六年、『氷の轍』を原作にしたドラマを作った。大門真由《だいもんまゆ》役に柴咲《しばさき》コウさん、片桐周平《かたぎりしゅうへい》役に沢村一樹《さわむらいつき》さん。他にも宮本信子《みやもとのぶこ》さん、余貴美子《よきみこ》さん、塩見三省《しおみさんせい》さんといった豪華キャストが揃う、朝日放送開局65周年記念のスペシャルドラマだった。

「ドラマ化を前提に桜木紫乃さんに新たに小説を書き下ろしてもらいます。監督やりませんか？」

　プロデューサーの飯田新《いいだあらた》さんからの電話に、僕は詳しい内容も聞かず「やる」と答えた。『ラブレス』に心を鷲掴《わしづか》みにされて以来のファン、今風に言えば、「推し」の作家だったからだ。北海道警釧路《くしろ》方面本部を舞台にしたサスペンス小説『凍原』のスピンオフだと聞いたのはその後のことだ。

『起終点駅《ターミナル》』『ホテルローヤル』『ブルース』『霧《ウラル》』『ふたりぐらし』『緋の河』『ヒロイン』……振り返ると、愛しい作品たちが次々と思い浮かぶ。叙事詩のように重厚で骨太な人間ドラマから、市井《しせい》に生きる人々のささやかな日常、サスペンス、ノワール、ラブストーリー、軽妙で哀愁漂う喜劇まで、一作一作の振り幅は相当に広い。ご本人にしてみれば、書きたいものを書きたいように書いているだけなのだろうが、意図的にジャンルを横断しながら、常に新しいことに挑戦し続けているようにも思える。それでいてどの作品にも、人間の業を愛情と冷徹さを併せ持つまなざしで見つめる桜木印の判がしっかりと押されている。

桜木さんの小説は文体こそ硬質だが、難解な言葉はほとんど出てこない。易しい言葉を独特の感性で組み合わせて、人間という厄介な生き物の複雑さ、不可解さを丁寧に解きほぐしていく。そのスリリングな過程にわくわくしながら読み進めると、不意に頁《ページ》を捲《めく》る手が止まる滋味深い描写と出くわす。読み終えると、ずしりと腹の中に重いものが残る。

「むずかしいことをやさしく、やさしいことをふかく、ふかいことをおもしろく……」井上《いのうえ》ひさしさんが遺《のこ》した言葉だ。僕にとって桜木さんはそういう小説を読ませてくれる作家だ。

さて、本題の『氷の轍』である。頁を開いて、先ず目に飛び込んでくる北原白秋《きたはらはくしゅう》の『他ト我』に、ハッとした方は多いのではないだろうか。最後まで読み終えた後で再び冒頭に戻り、改めて一言一句嚙《か》み締めたという方も。登場人物の誰もが孤独と向き合う物語の世界観を端的に表すエピグラフである。

僕は『他ト我』を三十年以上前に読んでいた。手痛い失恋をした直後だった。さめざめと泣いた。思い返すと、今も胸の奥がちくりと痛む。忘れたいような、忘れたくないような記憶だった。

人生の晩年を迎えた男が、若き日にラブレター代わりに女性に贈った詩集『白金之《はっきんの》獨樂《こま》』を古本屋で見つけることが事件の発端――最初にこのアイデアを聞かされた時、体に電気が走った。浪漫があり、謎がある。読者を惹《ひ》きつけるサスペンスの導入としても見事だ。何より、思いもよらず自分の過去と巡り合ったことに、滝川信夫《たきがわのぶお》と同じように、僕は運命を感じた。絶対に面白いドラマにすると自分に誓った……のだが……。

ドラマをご覧になった方はご承知だろうが、実は小説とドラマでは事件の真相が全く異なる。細部の設定にもかなりの違いがある。もう時効だからこの場を借りて言い訳をすると、桜木さんの執筆スケジュールとドラマの製作スケジュールが重なり、小説の完成を待たずに脚本を作り、撮影をしなければならないという異例の事態に陥ったからだ。

最初に桜木さんが書いたラフなプロットを基に大筋の打ち合わせをした。

「でもね、書き始めたらどうなるかわからない。脚本も読まないから、好きにしてね。

あたしはあたしの『氷の轍』を書くから、監督は監督の『氷の轍』を撮って」

桜木さんはにっこり笑ってそう言った。ここまで太っ腹な原作者はそう多くはない。長編小説を二時間のドラマで完璧に再現することは土台無理な話だ。必ず省略や改変が必要になる。ましてやその原作は桜木さんの中で生まれ始めたばかり。好きにせざるを得なかったのだが、その分プレッシャーも大きかった。何と言っても「推し」の作品なのだ。ヘタは打てなかった。

プロットに沿って青木研次《あおきけんじ》さんに脚本を書き進めてもらった。その最中、出版社の編集担当から途中段階の原稿が二章分上がってきた。書き始めたらどうなるかわからないという話は本当だった。

「えっ？　こんな展開、打ち合わせの場では全然出てこなかったんですけど……」と僕。

「まあ、そういうもんだろ」と脚本家。

「ですよね……」

「で、どうするよ？」

「全部は無理にしても、このエピソードは入れられませんかね」

「うーん……」

「これぞ桜木節じゃないですか」

「そうなると今の脚本の流れを変えないとならなくなるんだよな」

「ですよね……でも、そこを何とか」

渋る脚本家を拝み倒して直してもらう。

その後も原稿が上がってくる度に、監督、脚本家、プロデューサーが揃って頭を抱えた。あとの二人も桜木さんの愛読者だ。何とか小説に近づけたいのは同じだった。とは言え、作家の脳内までは読めない。小説の世界はどんどんと広がって行く。新たな展開を迎える度に右往左往した。全く違う内容の原稿が上がってくるという悪夢まで見た。

そうこうする内、クランクインが迫ってきた。結局、自分たちの『氷の轍』を作るしかないと開き直った。『他ト我』という羅針盤《らしんばん》がある。あの詩を冒頭に置いた桜木さんの意図をきちんと反映すれば、原作から大きく外れることはないはずだと。

紆余曲折を経てどうにか脚本は完成した。最初の言葉通り、桜木さんからは一切注文がなかった。

無事撮影を終えて編集作業をしている時、プロデューサーが最後の原稿を届けに来た。やけに神妙な顔つきだった。

「どうかしたの？」と僕。

「犯人が……」とプロデューサー。

「犯人が？」

「……ドラマと違います」

「えっ？」

絶句した。へらへらと笑うしかなかった。今となっては、真剣に思い悩んでいた当時の自分が喜劇の登場人物のように思える。兎《と》にも角《かく》にも、出来上がったドラマは、僕にとっての『氷の轍』だった。

桜木さんの小説は『氷の轍』以外に、『硝子の葦《そじょう》』『起終点駅《ターミナル》』『ホテルローヤル』の三作が映像化されている。それ以外にも企画の俎上に上がった作品は何本もあると業界仲間から聞いている。多くの映画屋を惹きつけるのは、物語そのものの面白さもあるが、桜木さんの文章が映像を喚起する力がとりわけ強いからだと思う。

『氷の轍』で言えば、真由と片桐が十和田《とわだ》の老人ホームにいる行方佐知子《なめかたさちこ》を訪ねたシーン。二人の娘と滝川信夫との別れの真相を佐知子が語り終えた後の数行――『それからどのくらいの沈黙が和室に積もったのか。誰も口を開かず、窓の外から聞こえてくる自然の騒音に耐えていた。行方佐知子はまた、咳なのか笑い声なのかわからぬ音を漏らし、枯れ木の瘤《こぶ》に似た膝頭をさすった』――映画屋の血が騒ぐ描写である。

『沈黙が和室に積もった』で、半世紀以上秘していた真実の重みがひしひしと伝わってくる。『枯れ木の瘤に似た膝頭』で、かつてストリッパーとして裸体を人目に晒《さら》すことで口に糊《のり》していた女の哀しみ、その後も長い時間を生き抜いてきた女の矜持を想像させる。

こういう文章に出くわすと、つい一旦本を閉じて、どうすれば映像という別の言語に置き換えられるか考えだす。ロケ場所は？　小説通り室内？　それとも中庭みたいな場所の方がいいか？　夕方西日がだんだん傾く時間がいいだろう。肝心の膝頭は？　皺《しわ》だらけの手のアップをフォローして膝頭を見せるか？　それともカットを割るか？　音はどうする？　音楽をつけるのか？　風が木を揺らす音だけを際立たせるか？　――次々と想像が膨らんで行き、「ああ、このシーン撮りたい」と疼《うず》くのだ。

こういう描写は他に幾つもあるが、紙幅が尽きそうだ。最後に、今回久しぶりに再読して強く印象に残った、というより、妙に引っかかった台詞《せりふ》を一つ取り上げたい。八戸《はちのへ》から戻った真由が父の史郎《しろう》の病床を見舞うシーン。真由が捜査の状況を報告すると、史郎は「ものが抱えてきた時間と、向き合え」と言う。「ものが抱えてきた時間って、なんですか」と問う真由に史郎はこう答える。

「そのとき、その場所に在った意味――だ。被害者にも加害者にも、お前にも、時間は止められない。唯一時間を止められるのは『もの』だ。そいつが抱えてきた時間を、ていねいに解いて、『犯行』に近づいていけ」

以前は読み流していたが、少々難解で抽象的な台詞である。元刑事の言葉なのだから、『もの』というのは刑事用語で言うところの『ブツ（遺留物）』なのかも知れない。

そう考えればすんなり理解できる。何も引っかかる程のことはない。だったらどうして『ブツ』と書かなかったのだろう。文脈からすると、もっと広範な意味合い、『人間』をも含んだ『もの』のようにも思えてくる。だとすると、何故自分がこの台詞に引っかかったのか、腑《ふ》に落ちる。試しに『犯行』を『真実』に置き換えてみる。

「『もの』が抱えてきた時間を、ていねいに解いて、『真実』に近づいていけ」となる。

これは桜木さんの創作姿勢そのものではないだろうか。本作に限らず、桜木さんの小説では時間は重要な主題だ。登場人物の過去は深く掘り下げられ、時代とともに変わって行く街の風景も丁寧に描かれる。刑事が『ブツ』を読み解くことで、『犯行』を明らかにするように、桜木さんは独自の視点で『もの』をじっくりと観察し、過去から現在に至る時間の流れを想像し、イメージを膨らませ、その末に辿り着いた『真実』を物語にしているように僕には思える。

真由に刑事の心得を諭す台詞に、自分の流儀をこっそり忍ばせたのだと想像してみる。秘密を見つけた気分でちょっと愉快になる。妄想は映画屋の得意技である。

いつか桜木作品を映画にしたい。力及ばず実現できなかったが、とある小説の映画化を模索したこともある。次こそはと思う。頭の中では、構想はできている。もう原稿を待つ必要はないのだから。

■この作品は二〇一九年十二月に小学館文庫より刊行された『氷の轍　北海道警釧路方面本部刑事第一課・大門真由』を加筆修正し改題したものです。

|著者|桜木紫乃　1965年北海道釧路市生まれ。2002年「雪虫」で第82回オール讀物新人賞を受賞し、'07年同作を収録した単行本『氷平線』でデビュー。'13年『ラブレス』で第19回島清恋愛文学賞、『ホテルローヤル』で第149回直木賞、'20年『家族じまい』で第15回中央公論文芸賞を受賞。ほかの著書に『凍原』『硝子の葦』『起終点駅《ターミナル》』『霧《ウラル》』『裸の華』『ふたりぐらし』『緋の河』『ヒロイン』『谷から来た女』などがある。

氷《こおり》の轍《わだち》

桜木紫乃《さくらぎしの》

© Shino Sakuragi 2024

2024年6月14日第1刷発行

講談社文庫

定価はカバーに
表示してあります

発行者――森田浩章
発行所――株式会社　講談社
東京都文京区音羽2-12-21　〒112-8001
電話　出版（03）5395-3510
　　　販売（03）5395-5817
　　　業務（03）5395-3615

KODANSHA

デザイン―菊地信義
本文データ制作―講談社デジタル製作
印刷―――株式会社KPSプロダクツ
製本―――株式会社国宝社

Printed in Japan

落丁本・乱丁本は購入書店名を明記のうえ、小社業務あてにお送りください。送料は小社負担にてお取替えします。なお、この本の内容についてのお問い合わせは講談社文庫あてにお願いいたします。

本書のコピー、スキャン、デジタル化等の無断複製は著作権法上での例外を除き禁じられています。本書を代行業者等の第三者に依頼してスキャンやデジタル化することはたとえ個人や家庭内の利用でも著作権法違反です。

ISBN978-4-06-533784-4

講談社文庫刊行の辞

二十一世紀の到来を目睫に望みながら、われわれはいま、人類史上かつて例を見ない巨大な転換期をむかえようとしている。

世界も、日本も、激動の予兆に対する期待とおののきを内に蔵して、未知の時代に歩み入ろうとしている。このときにあたり、創業の人野間清治の「ナショナル・エデュケイター」への志を現代に甦らせようと意図して、われわれはここに古今の文芸作品はいうまでもなく、ひろく人文・社会・自然の諸科学から東西の名著を網羅する、新しい綜合文庫の発刊を決意した。

激動の転換期はまた断絶の時代である。われわれは戦後二十五年間の出版文化のありかたへの深い反省をこめて、この断絶の時代にあえて人間的な持続を求めようとする。いたずらに浮薄な商業主義のあだ花を追い求めることなく、長期にわたって良書に生命をあたえようとつとめるところにしか、今後の出版文化の真の繁栄はあり得ないと信じるからである。

同時にわれわれはこの綜合文庫の刊行を通じて、人文・社会・自然の諸科学が、結局人間の学にほかならないことを立証しようと願っている。かつて知識とは、「汝自身を知る」ことにつきていた。現代社会の瑣末な情報の氾濫のなかから、力強い知識の源泉を掘り起し、技術文明のただなかに、生きた人間の姿を復活させること。それこそわれわれの切なる希求である。

われわれは権威に盲従せず、俗流に媚びることなく、渾然一体となって日本の「草の根」をかたちづくる若く新しい世代の人々に、心をこめてこの新しい綜合文庫をおくり届けたい。それは知識の泉であるとともに感受性のふるさとであり、もっとも有機的に組織され、社会に開かれた万人のための大学をめざしている。大方の支援と協力を衷心より切望してやまない。

一九七一年七月

野間省一